ピーターパン

J.M.バリー／作
代田亜香子／訳
日本アニメーション／絵

★小学館ジュニア文庫★

もくじ

おもな登《とう》場《じょう》人《じん》物《ぶつ》

ティンカーベル（ティンク）

ピーターの友《とも》だちの妖精《ようせい》。チリリンという美《うつく》しい音《おと》で話《はな》すけど、ウェンディにはちょっとイジワル。

ウェンディ

ダーリング家《け》に最初《さいしょ》に生《う》まれた女《おんな》の子《こ》。なんでもきちんとしたいタイプ。お話《はなし》をたくさん知《し》っている。

フック

ネバーランドの海賊船《かいぞくせん》の船長《せんちょう》。悪党《あくとう》のなかの悪党《あくとう》。右手《みぎて》が鉤爪《かぎづめ》になっている。

ピーターパン

ネバーランドからやってきた、とってもキュートな男《おとこ》の子《こ》。空《そら》を飛《と》ぶことができる。

タイガー・リリー

ピカニニ族《ぞく》の首長《しゅちょう》の娘《むすめ》。うつくしくて誇《ほこ》り高《たか》い。

ジョン

ウェンディの上《うえ》の弟《おとうと》。

マイケル

ウェンディの下《した》の弟《おとうと》。

ピーターがやってくる

子《こ》どもはみんな、ひとり例外《れいがい》はいるけれど、大人《おとな》になる。早《はや》いうちに、自分《じぶん》もいつか大人《おとな》になるんだって気《き》づく。

ウェンディの場合《ばあい》は、こんなふう。二歳《にさい》になったある日《ひ》、花畑《はなばたけ》で遊《あそ》んでたときだった。いつものように花《はな》をつんで、お母《かあ》さんのところへ走《はし》ってもっていった。そのようすがあんまりかわいくて、胸《むね》がキュンとしたんだろう。お母《かあ》さんは思《おも》わず声《こえ》をあげた。

「ああ、ずっと小《ちい》さいままでいてくれたらいいのに！」

それだけで、ウェンディは自分《じぶん》もいつか大人《おとな》にならなきゃいけないんだって感《かん》じとった。気《き》づくのは、決《き》まって二歳《にさい》だ。二歳《にさい》というのは子《こ》ども時代《じだい》の終《お》わりのはじまりだ。

ダーリング家《け》は、十四番地《じゅうよんばんち》に住《す》んでいた。ウェンディが生《う》まれるまで、一家《いっか》の中心《ちゅうしん》はお母《かあ》さんだった。お母《かあ》さんは美人《びじん》で、いつも夢《ゆめ》を見《み》ていて、口《くち》もとはいたずらっぽくてかわいかった。心《こころ》のなかには、マトリョーシカみたいに、あけてもあけてもちがう箱《はこ》が入《はい》っていた。いたずらっぽい口《くち》もとは、いまにもキスをしそうに見《み》えた。ウェンディは一度《いちど》もしてもらえなかったけど、くちびるの右《みぎ》はしにはいつもキスがちょこんとくっついてた。

お父《とう》さんがお母《かあ》さんをお嫁《よめ》さんにしたときは、こんな感《かん》じだ。お母《かあ》さんが小《ちい》さい女《おんな》の子《こ》だったころに男《おとこ》の子《こ》だった青年《せいねん》たちがたくさん、そろいもそろってお母《かあ》さんに恋《こい》をした。そしてプロポーズをしようと、いっせいにお母《かあ》さんの家《いえ》を目指《めざ》して走《はし》った。そのとき、ひとりだけ走《はし》らなかったのが、若《わか》きダーリング青年《せいねん》だ。ひとりだけ馬車《ばしゃ》に乗《の》って一番乗《いちばんの》りで到着《とうちゃく》し、めでたくお母《かあ》さんを手《て》に入《い》れた。でも、お母《かあ》さんの心《こころ》のいちばん奥《おく》にある箱《はこ》と、キスだけはべつ。お父《とう》さんは箱《はこ》があるのに気《き》づいてもなかったし、キスのほうはそのうちあきらめてしまった。

ナポレオンならキスを手《て》に入《い》れられたかもね、とウェンディは思《おも》った。まあ、たぶんナポレオンだって、がんばるだけがんばって、けっきょく怒《おこ》ってドアをバタンと閉《し》めて出《で》ていったろうけど。

お父《とう》さんはしょっちゅうウェンディに、おまえのママはパパのことを愛《あい》してるだけではなくて尊敬《そんけい》もしているんだ、と自慢《じまん》してた。お父《とう》さんは、株《かぶ》やら配当《はいとう》やらにやたらくわしいタイプだった。もちろん、その手《て》のことをほんとうに理解《りかい》している人《ひと》なんてどこにもいないけど、お父《とう》さんはなんでも知《し》ってるみたいな顔《かお》をしてた。株《かぶ》が上《あ》がりましてねとか、配当《はいとう》が下《さ》がってますねとか、それっぽくいうから、つい尊敬《そんけい》してしまう人《ひと》がたくさんいた。

お母《かあ》さんは、真《ま》っ白《しろ》なドレスを着《き》て結婚《けっこん》した。はじめのうちは、きっちり家計簿《かけいぼ》をつけていた。ゲームをしてるみたいにはしゃいで、芽《め》キャベツひとつだってもらさずに。でもそのうち、花《はな》キャベツをごっそりつけ忘《わす》れるようになった。そして、合計《ごうけい》を出《だ》すかわりに、顔《かお》のない赤《あか》ちゃんの絵《え》を描《か》いたりもした。赤《あか》ちゃんのことばかり考《かんが》えていたから。

まず、ウェンディが生《う》まれた。そしてジョン、それからマイケル。

ウェンディが生《う》まれて一《いち》、二週間《にしゅうかん》、お母《かあ》さんとお父《とう》さんは、ちゃんと育《そだ》てていけるか不安《ふあん》だった。なんたって、食《た》べさせる口《くち》がひとつふえたわけだから。お父《とう》さんは、ウェンディが自慢《じまん》でしょうがないのに、すべてにきっちりしているので、お母《かあ》さんのベッドのはしっこにすわって、お母《かあ》さんの手《て》をにぎりながら、これから必要《ひつよう》なお金《かね》を計算《けいさん》しはじめた。お母《かあ》さんは、かんべんしてちょうだいという目《め》でお父《とう》さんをながめていた。いざとなればどうにでもなるというのがお母《かあ》さんの考《かんが》えだったけど、お父《とう》さんはちがった。えんぴつと紙《かみ》を使《つか》って答《こた》えを出《だ》すのが、お父《とう》さんのやり方《かた》だった。そんなとき、お母《かあ》さんがあれこれ口《くち》をはさむと、お父《とう》さんは頭《あたま》がこんがらがって一《いち》からやり直《なお》しになった。

「さあ、じゃましないでくれよ」

まずお母《かあ》さんにたのんでから、計算《けいさん》をはじめる。

「うちに一《いち》ポンド十七《じゅうなな》シリング六《ろく》ペンスあって、会社《かいしゃ》に二《に》シリング六ペンスある。会社《かいしゃ》でコーヒーを飲《の》むのをやめれば十《じっ》シリングの節約《せつやく》、と。二十《にじっ》シリングが一《いち》ポンドなので合《あ》わせて二《に》ポンド九《きゅう》シリング六《ろく》ペンスになる。これにきみの十八《じゅうはち》シリング三《さん》ペンスを足《た》して、三《さん》ポンド七《なな》シリング九《きゅう》ペンス。さらに五《ご》ポンドぶんの小切手《こぎって》を足《た》して、八《はち》ポンド七《なな》シリング九《きゅう》ペンス……だれだ、そこにいるのは？　……八《はち》・七《なな》・九《きゅう》、点《てん》を打《う》って、九《きゅう》をくり上《あ》げて……しーっ、だまっててくれ……このあいだうちに来《き》た男《おとこ》にきみが一《いち》ポンド貸《か》したから……おい、静《しず》かに……点《てん》を打《う》って、静《しず》かにをくり上《あ》げて……ん？ ほら、まちがえた！ 九《きゅう》・九《きゅう》・七《なな》だったか？ うん？ で、九《きゅう》ポンド九《きゅう》シリング七《なな》ペンスで一年間《いちねんかん》やっていけるのか？」

「もちろん、やっていけますとも」

お母《かあ》さんは力《ちから》をこめていった。ただしお母《かあ》さんはウェンディかわいさに甘《あま》くなっているだけで、お父《とう》さんのほうがずっと現実的《げんじつてき》だった。

「おたふく風邪《かぜ》を忘《わす》れちゃいかん」

お父《とう》さんはおどすようにいって、また計算《けいさん》をはじめた。

「おたふく風邪《かぜ》のワクチンに一《いち》ポンド。とはいったものの、実際《じっさい》は一《いち》ポンド十《じっ》シリングはかかるだろう……しーっ……はしかに一《いち》ポンド五《ご》シリング、風《ふう》しんに半《はん》ギニーだから、二《に》ポンド十五《じゅうご》シリング六《ろく》ペンス……指《ゆび》を振《ふ》るな……百日咳《ひゃくにちぜき》に、そうだな、十五《じゅうご》シリングってところか」

こんな感《かん》じでえんえんとつづき、計算《けいさん》するたびに合計《ごうけい》が変《か》わったけど、おたふく風邪《かぜ》を十二《じゅうに》シリング六《ろく》ペンスに減《へ》らし、はしかと風《ふう》しんをひとくくりにして、ギリギリセーフでウェンディはダーリング家《け》の一員《いちいん》になった。

ジョンが生《う》まれたときもやっぱり大騒《おおさわ》ぎになって、マイケルのときもギリギリセーフみたいな感《かん》じだったけど、ふたりとも無事《ぶじ》に育《そだ》ち、そのうちきょうだい三人《さんにん》は仲《なか》よく並《なら》んでフルサム先生《せんせい》の幼稚園《ようちえん》に通《かよ》うようになった。つきそっていたのは、子守《こもり》のナナだ。

お母《かあ》さんはぜんぶきちんとしたいタイプだし、お父《とう》さんは何《なに》がなんでも近所《きんじょ》の人《ひと》とおなじにしたがるので、とうぜん子守《こもり》をつけていた。だけど子《こ》どもたちのミルク代《だい》がかさんでお金《かね》がないので、子守《こもり》は、しっかり者《もの》のニューファンドランド犬《けん》を雇《やと》った。ダーリング家《け》に来《く》る前《まえ》は、だれにも飼《か》われたこともない。それでも前《まえ》から、子《こ》どもが大好《だいす》きだった。ダーリング夫妻《ふさい》と知《し》り合《あ》ったのはケンジントン公園《こうえん》で、そのころはひまさえあればベビーカーのなかをのぞいて、ほかの子守《こもり》たちからめんどうくさがられていた。ちょっとでもなまけているのを見《み》られると、家《いえ》までついてきていいつけられるからだ。

いざ子守《こもり》をさせてみると、ナナはとても優秀《ゆうしゅう》だった。子《こ》どもたちをていねいにおふろに入《い》れてあげたし、夜中《よなか》に子《こ》どもがちょっとでも声《こえ》をあげればぱっと飛《と》び起《お》きる。とうぜん、犬小屋《いぬごや》も子《こ》ども部屋《べや》のなかにある。ナナにはすごい才能《さいのう》があって、この咳《せき》はほっといたらたいへんだとか、喉《のど》に靴下《くつした》を巻《ま》かなきゃとか、すぐにわかってしまう。ダイオウの葉《は》とかで治《なお》す、むかしながらのやり方《かた》がいちばんだとかたく信《しん》じていたので、病原菌《びょうげんきん》やら何《なに》やらあたらしい言葉《ことば》をきくと、くだらないと切《き》りすてた。ナナが子《こ》どもたちを幼稚園《ようちえん》まで送《おく》り届《とど》けるようすは、お作法《さほう》の手本《てほん》みたいだった。子《こ》どもたちがお行儀《ぎょうぎ》よくきちんと歩《ある》いていればそのとなりをゆっくり歩《ある》き、列《れつ》をはみだせばうしろから鼻《はな》でつついてもどす。ジョンがサッカーをする日《ひ》は忘《わす》れずにセーターをもっていくし、雨《あめ》が降《ふ》るといけないのでいつも傘《かさ》を口《くち》にくわえていた。

幼稚園《ようちえん》の地下《ちか》には、子守《こもり》の待合室《まちあいしつ》があった。みんなベンチにすわり、ナナだけ床《ゆか》に寝《ね》そべっていたけど、ちがいはそれだけだ。みんなはナナを、自分《じぶん》より身分《みぶん》が低《ひく》いみたいに思《おも》って相手《あいて》にしなかったし、ナナはナナで、くだらないおしゃべりばっかりしてと軽蔑《けいべつ》していた。ナナは、お母《かあ》さんの友《とも》だちが子《こ》ども部屋《べや》に入《はい》ってくるのをいやがった。それでも来《く》るとなったら、マイケルを部屋着《へやぎ》から青《あお》い刺繍《ししゅう》のセーターにさっと着《き》がえさせ、ウェンディの身《み》だしなみを整《ととの》え、ジョンの髪《かみ》をぱぱっととかした。

こんなにきちんと世話《せわ》をしてくれる子守《こもり》なんて、どこを探《さが》してもいない。お父《とう》さんだって、それくらいわかってたけど、それでもときどき、近所《きんじょ》でうわさされてるんじゃないかと不安《ふあん》になった。お父《とう》さんにとって大切《たいせつ》なのは、この町《まち》での自分《じぶん》の立場《たちば》だった。

ナナはべつの意味《いみ》でもお父《とう》さんの悩《なや》みのたねだった。お父《とう》さんはときどき、自分《じぶん》がナナに尊敬《そんけい》されていないと感《かん》じていた。そんなとき、お母《かあ》さんは「ナナはあなたをほんとうに尊敬《そんけい》しているのねえ」とかなんとかいって自信《じしん》をつけさせ、パパにとびきりやさしくしてあげてね、と子《こ》どもたちに合図《あいず》を送《おく》った。するとそこから、楽《たの》しいダンスの時間《じかん》がはじまる。お手伝《てつだ》いさんのライザも、ときどき仲間《なかま》に入《はい》った。ライザはこの家《いえ》ではたらくことになったとき、とっくに十歳《じっさい》は超《こ》えてるといいはっていたけど、長《なが》いスカートをはいてメイド帽《ぼう》をかぶって踊《おど》っていると、よけいチビに見《み》えた。みんな、大《おお》はしゃぎで浮《う》かれていた。とくにお母《かあ》さんは、つま先立《さきだ》ちでくるくるくるくる回《まわ》るものだから、みんなの目《め》にはくちびるにくっついてるキスしか見《み》えなかった。こんなときにお母《かあ》さんに抱《だ》きついたら、キスが手《て》に入《はい》るかもしれない。

こんなに平和《へいわ》で幸《しあわ》せな家族《かぞく》はいなかった。

ピーターパンがやってくるまでは。

お母《かあ》さんがはじめてピーターの名前《なまえ》を耳《みみ》にしたのは、子《こ》どもたちの心《こころ》のなかを整理《せいり》しているときだった。

よい母親《ははおや》なら子《こ》どもたちが寝《ね》しずまったあとの習慣《しゅうかん》で、子《こ》どもたちの心《こころ》のなかをすみずみまで見《み》まわし、昼《ひる》のあいだに散《ち》らかったものをもとの場所《ばしょ》にもどし、翌朝《よくあさ》のために整理《せいり》しておく。ムリに決《き》まってるけど、もし子《こ》どもが夜《よる》じゅう起《お》きていられたら、お母《かあ》さんのそんな姿《すがた》を見《み》かけて、おもしろがってながめるはずだ。心《こころ》の整理《せいり》は、引《ひ》き出《だ》しの片《かた》づけとよく似《に》ている。お母《かあ》さんはひざを立《た》てて、心《こころ》の中身《なかみ》を楽《たの》しそうにながめまわし、こんなものをどこで拾《ひろ》ってきたのかとふしぎがったり、ステキなものとステキじゃないものを見《み》つけたり、子《こ》ねこをかわいがるみたいにほっぺたをすりすりしたり、あわてて見《み》えないところにしまいこんだりしている。朝《あさ》になって子《こ》どもが目《め》を覚《さ》ますと、寝《ね》る前《まえ》にあったはずのわがままや意地悪《いじわる》な心《こころ》が小《ちい》さく折《お》りたたまれて、心《こころ》の奥底《おくそこ》にしまってある。いちばん上《うえ》には、お日《ひ》さまをたっぷり浴《あ》びたきれいな気持《きも》ちが、すぐに身《み》につけられるように広《ひろ》げてある。

だれもが見《み》たことあるわけじゃないけど、人《ひと》の心《こころ》には地図《ちず》がある。

医者《いしゃ》はからだのなかのことならちゃんと図《ず》にあらわせるけど、子《こ》どもの心《こころ》の地図《ちず》となると描《か》けやしない。ごちゃごちゃしてるし、ずっと動《うご》きまわっているから。

心《こころ》の地図《ちず》には体温《たいおん》の折《お》れ線《せん》グラフみたいなジグザグの線《せん》が見《み》える。これはたぶん、〝ネバーランド〟にある道《みち》。心《こころ》のなかにある国《くに》、ネバーランドは、たいてい島《しま》と決《き》まってる。

はっとするほどあざやかな色《いろ》がついた水《みず》しぶきが、あちこちにはねている。サンゴ礁《しょう》があって、スピードが出《で》そうな船《ふね》が沖《おき》にとまっている。人里《ひとざと》はなれたところで原始的《げんしてき》な暮《く》らしをする人《ひと》たちがいる。地《ち》の精《せい》はたいてい仕立《した》て屋《や》をしている。川《かわ》が流《なが》れる洞窟《どうくつ》がある。六人《ろくにん》の兄《あに》をもつ王子《おうじ》がいる。いまにもくずれおちそうな小屋《こや》がある。鉤鼻《かぎばな》のとても小《ちい》さな老婆《ろうば》がひとり。これでぜんぶならかんたんに地図《ちず》が描《か》けるけど、まだまだいろいろある。はじめての登校日《とうこうび》、宗教《しゅうきょう》、神父《しんぷ》、まんまるの池《いけ》、針仕事《はりしごと》、殺《ころ》し合《あ》い、首《くび》つりの刑《けい》、使《つか》い方《かた》がむずかしい動詞《どうし》、チョコレートプディングを食《た》べる日《ひ》、歯《は》の矯正《きょうせい》、医者《いしゃ》の聴診器《ちょうしんき》、自分《じぶん》で歯《は》を抜《ぬ》いたごほうびの三《さん》ペンス硬貨《こうか》、とかなんとか。こういうものがみんな、島《しま》の一部《いちぶ》なのか、それともべつの地図《ちず》が透《す》けて見《み》えているだけなのかはわからない。とにかく、どれもこれもじっとしててくれないので、ごちゃごちゃだ。

もちろん、ネバーランドといってもいろいろだ。たとえばジョンのネバーランドでは、入《い》り江《え》の上《うえ》をフラミンゴの群《む》れが飛《と》び、それをジョンが銃《じゅう》で撃《う》つ。まだ小《ちい》さいマイケルのネバーランドでは、フラミンゴの上《うえ》を入《い》り江《え》の群《む》れが飛《と》んでいる。ジョンは砂浜《すなはま》の上《うえ》にひっくりかえったボートに住《す》んでいるし、マイケルはテント小屋《ごや》、ウェンディは木《き》の葉《は》っぱをきれいに縫《ぬ》い合《あ》わせた家《いえ》だ。ジョンは友《とも》だちがいないけど、マイケルは夜《よる》になると友《とも》だちと遊《あそ》ぶし、ウェンディは親《おや》に捨《す》てられたオオカミを飼《か》っている。

とはいえ、きょうだいだとネバーランドもどこか似《に》ている。家族《かぞく》のネバーランドがもし一列《いちれつ》に並《なら》んでたら、やっぱり鼻《はな》のかたちがそっくりだねえ、みたいなことを思《おも》うはずだ。この魔法《まほう》の島《しま》の浜辺《はまべ》で、子《こ》どもたちはよく自分《じぶん》の小舟《こぶね》を引《ひ》きあげて遊《あそ》ぶ。大人《おとな》だって、一度《いちど》は行《い》ったことがある。耳《みみ》をすませば、打《う》ち寄《よ》せる波音《なみおと》がきこえるかもしれない。たぶんもう、行《い》くことはないけど。

楽《たの》しい島《しま》はいっぱいあるけど、ネバーランドほどこぢんまりといい感《かん》じにまとまっている島《しま》はない。大《おお》きくもなく、ぶかっこうでもなく、ひとつの冒険《ぼうけん》からつぎの冒険《ぼうけん》までの移《い》動距離《どうきょり》も長《なが》ったらしくなくて、ぎゅっとつまっている。昼間《ひるま》の明《あか》るいときに、いすやらテーブルクロスやらを使《つか》ってネバーランドごっこをしてもちっともドキドキしないけど、眠《ねむ》る二分前《にふんまえ》になると、ほんとうにあるように思《おも》えてくる。だから寝《ね》るときも、小《ちい》さな明《あ》かりをともしておく。

子《こ》どもの心《こころ》のなかを旅《たび》しているとき、お母《かあ》さんはよく意味不明《いみふめい》なものを見《み》つけた。そのなかでも断《だん》トツでワケがわからないのが〝ピーター〟という名前《なまえ》だ。ピーターなんて知《し》り合《あ》いは、ひとりもいない。なのに、ジョンとマイケルの心《こころ》のあちこちにいるし、ウエンディの心《こころ》のなかなんて、ピーターだらけになりそうだ。その名前《なまえ》はほかのどの言葉《ことば》よりもくっきりと目立《めだ》っている。じっと見《み》ていると、やけに生意気《なまいき》そうな感《かん》じのする名前《なまえ》ね、と思《おも》えてきた。

「まあね、ちょっと生意気《なまいき》」

ウエンディはお母《かあ》さんにしつこくきかれると、しぶしぶうなずいた。

「それにしても、いったいどこのだれなの？」

「やだ、ママ、ピーターパンに決《き》まってるでしょ」

ん？

最初《さいしょ》はわからなかったお母《かあ》さんも、自分《じぶん》の子《こ》どものころを振《ふ》りかえっているうちに、ふと思《おも》いだした。そういえば、妖精《ようせい》と暮《く》らしているピーターパンっていう子《こ》がいるってきいたことがあったわね。ふしぎな話《はなし》がいろいろあって、たとえば、子《こ》どもが死《し》んでしまうと、こわがらないようにあの世《よ》に行《い》く途中《とちゅう》までつきそってくれるとかなんとか。あのころはわたしだって信《しん》じてたけど、大人《おとな》になって結婚《けっこん》していろいろなことがわかるようになったいまは、ほんとうにそんな子《こ》がいるなんて思《おも》えない。

「だいたいね、その子《こ》だってもう大人《おとな》になっているはずよ」

お母《かあ》さんはウェンディにいった。

「ううん、ピーターは大人《おとな》になんてならないもん」

ウェンディは自信《じしん》たっぷりにいった。

「大《おお》きさもあたしといっしょくらいだし」

〝大《おお》きさ〟というのは心《こころ》とからだ、両方《りょうほう》のことだ。どうして知《し》っているのかわからないけど、とにかくウェンディは知《し》っていた。

お母《かあ》さんはお父《とう》さんに相談《そうだん》してみたけれど、ふふんと笑《わら》われただけだった。

「いいか？　そんなのは、ナナがふきこんだでたらめだ。いかにも犬《いぬ》が考《かんが》えそうなことじゃないか。放《ほう》っておけばそのうちおさまるよ」

ところが、おさまらなかった。このあとすぐ、ウェンディのお母《かあ》さんは、そのトラブルメーカーの男《おとこ》の子《こ》のせいでたいへんなショックを受《う》けることになった。

子《こ》どもというのは、どんなに奇妙《きみょう》な冒険《ぼうけん》をしてもけろっとしている。たとえば、そういえば一週間前《いっしゅうかんまえ》のことなんだけどとかいっていきなり、死《し》んだお父《とう》さんに森《もり》でばったり会《あ》っていっしょに遊《あそ》んだ、なんて話《はな》しだす。

ウェンディもある朝《あさ》、そんなふうになんてことなく、お母《かあ》さんをざわざわさせた。その朝《あさ》、木《こ》の葉《は》が子《こ》ども部屋《べや》の床《ゆか》に落《お》ちていた。子《こ》どもたちが寝《ね》るときにはなかったはずなのに……お母《かあ》さんがふしぎに思《おも》っていると、ウェンディが、まったくしょうがないわね、みたいな笑《え》みを浮《う》かべていった。

「あーあ、またピーターが来《き》たのね！」

「ウェンディ、どういうこと？」

「あの子《こ》ったら、お行儀《ぎょうぎ》が悪《わる》いから足《あし》をふかないの」

きれい好《ず》きなウェンディはため息《いき》をついた。

ピーターが夜中《よなか》になるとときどき子《こ》ども部屋《べや》に来《き》て、あたしのベッドのはしっこにすわって笛《ふえ》を吹《ふ》いてるの、とウェンディはさも当《あ》たり前《まえ》のようにいった。残念《ざんねん》ながら目《め》が覚《さ》めたことがないから、どうして知《し》っているのかわからないけど、とにかくそう思《おも》うの、と。

「おかしなことといわないで！　ノックなんかきこえなかったわよ」

「たぶん、窓《まど》から入《はい》ってくるんじゃないかな」

「あのね、ここは三階《さんがい》よ」

「だってママ、葉《は》っぱが落《お》ちてたのは窓《まど》のすぐ下《した》でしょ？」

ウェンディのいうとおり、葉《は》っぱは窓《まど》のすぐそばに落《お》ちていた。

お母《かあ》さんは頭《あたま》がこんがらがってしまった。ウェンディがあんまり当《あ》たり前《まえ》みたいにしているから、夢《ゆめ》を見《み》ていたのよ、といってきかせることもできない。

「どうしていままでだまってたの？」

お母《かあ》さんは声《こえ》をはりあげた。

「忘《わす》れてたんだもん」

ウェンディはけろっといった。そんなことより、早《はや》く朝《あさ》ごはんを食《た》べたかった。

きっと、ウェンディは夢《ゆめ》を見《み》てたのね。

だけど、そうなるとこの葉《は》っぱは？

お母《かあ》さんは葉《は》っぱをじっくりながめた。すじだらけの枯《か》れ葉《は》だけれど、どう見《み》てもイギリスにある木《き》の葉《は》っぱじゃない。床《ゆか》にはいつくばって、ロウソクの明《あ》かりで照《て》らして、ふしぎな足跡《あしあと》が残《のこ》っていないかと目《め》をこらした。煙突《えんとつ》を火《ひ》かき棒《ぼう》でつついたり、壁《かべ》をコツコツたたいたりした。窓《まど》からひもをたらして地面《じめん》までの長《なが》さをはかってみたけど、しっかり十《じゅう》メートル近《ちか》くあるうえに、つたってのぼれるような雨《あま》どいもない。

やっぱり、ウェンディは夢《ゆめ》を見《み》ていたんだ。


でも、ちがってた。

ウェンディは夢《ゆめ》を見《み》ていたんじゃないって、つぎの日《ひ》にはっきりした。その夜《よる》、ダーリング家《け》の子《こ》どもたちのとんでもない冒険《ぼうけん》がはじまったのだ。

いつもどおり、子《こ》どもたちはベッドに入《はい》った。たまたまその夜《よる》はナナがお休《やす》みだったので、お母《かあ》さんが子《こ》どもたちをおふろに入《い》れ、子守歌《こもりうた》を歌《うた》ってやった。やがてひとり、またひとりと、子《こ》どもたちはお母《かあ》さんの手《て》を放《はな》し、すーっと眠《ねむ》りの国《くに》に入《はい》っていった。

何《なに》もかもがおだやかで心地《ここち》よくて、お母《かあ》さんはよけいな心配《しんぱい》だったわねとほほ笑《え》んで、暖炉《だんろ》のそばにそっと腰《こし》をおろして縫《ぬ》いものをはじめた。

縫《ぬ》っていたのはマイケルの服《ふく》で、こんどの誕生日《たんじょうび》にはじめて着《き》るシャツだ。けれども、暖炉《だんろ》がぽかぽかあったかいし、子《こ》ども部屋《べや》には夜《よる》の明《あ》かりが三《みっ》つぼんやりともっているだけだし、お母《かあ》さんの手《て》から縫《ぬ》いものが離《はな》れてひざにぽとっと落《お》ちた。頭《あたま》がこっくりこっくり、上品《じょうひん》に揺《ゆ》れる。お母《かあ》さんはぐっすり眠《ねむ》っていた。あっちにウェンディとマイケル、こっちにジョン、暖炉《だんろ》のそばにお母《かあ》さんが寝《ね》ていた。

お母《かあ》さんは夢《ゆめ》を見《み》ていた。ネバーランドがすぐそばまでせまってきて、そこからふしぎな男《おとこ》の子《こ》が飛《と》びだしてくる夢《ゆめ》。べつにびっくりはしない。いろんな女《おんな》の人《ひと》の目《め》のなかに、この男《おとこ》の子《こ》の姿《すがた》を見《み》たことがある気《き》がしたから。その男《おとこ》の子《こ》はいま、お母《かあ》さんの夢《ゆめ》のなかで、ネバーランドをふんわりおおっていた薄《うす》い膜《まく》をびりっと破《やぶ》った。その裂《さ》け目《め》から、ウェンディとジョンとマイケルがなかをのぞいている。

夢《ゆめ》を見《み》ただけならどうってことないけど、そのあいだに、子《こ》ども部屋《べや》の窓《まど》が風《かぜ》であいて、男《おとこ》の子《こ》が床《ゆか》におりたった。いっしょに、何《なに》やら光《ひか》るものも入《はい》ってきた。人《ひと》のこぶしくらいの光《ひかり》で、生《い》きものみたいに部屋《へや》のなかをすばやく動《うご》きまわっている。お母《かあ》さんが目《め》を覚《さ》ましたのは、きっとこの光《ひかり》のせいだ。
お母《かあ》さんはキャッと叫《さけ》んで飛《と》び起《お》き、男《おとこ》の子《こ》を見《み》た。

ピーターパン！

どうしてかはわからないけれど、とっさにそう思《おも》った。
もしウェンディが見《み》ていたら、ピーターパンってママのキスそっくり、と思《おも》うはずだ。とてもキュートな男《おとこ》の子《こ》で、すじだらけの枯《か》れ葉《は》を樹液《じゅえき》でくっつけた服《ふく》を着《き》ていた。何《なに》よりかわいらしいのは、まだぜんぶ乳歯《にゅうし》だったこと。ピーターはお母《かあ》さんが大人《おとな》だとわかると、真珠《しんじゅ》のような小《ちい》さい歯《は》をギィギィきしませた。

ちょん切《ぎ》れた影《かげ》

お母《かあ》さんは悲鳴《ひめい》をあげた。

すると、呼《よ》び鈴《りん》にこたえるみたいにドアがあいて、出《で》かけていたナナが帰《かえ》ってきた。ナナがうなりながら飛《と》びかかると、男《おとこ》の子《こ》は窓《まど》からひらりと飛《と》びだしていった。お母《かあ》さんはまた悲鳴《ひめい》をあげた。こんどの悲鳴《ひめい》は、男《おとこ》の子《こ》が死《し》んでしまうと思《おも》ってぎょっとしたから。急《いそ》いで外《そと》に飛《と》びだして、小《ちい》さなからだが落《お》ちてないか探《さが》した。でも、どこにもいない。真《ま》っ暗《くら》な空《そら》を見《み》あげても、星《ほし》らしきものがすっと流《なが》れていくだけだった。

子《こ》ども部屋《べや》にもどると、ナナが口《くち》に何《なに》やらくわえていた。よく見《み》ると、さっきの男《おとこ》の子《こ》の影《かげ》だ。ピーターが窓《まど》に飛《と》び乗《の》ったとき、ナナはあわてて窓《まど》を閉《し》めた。ピーターのからだはうまく逃《に》げたけど、影《かげ》が逃《に》げきれず、バタンと閉《し》まった窓《まど》にはさまってちょん切《ぎ》れた。

お母《かあ》さんはその影《かげ》をじっくり観察《かんさつ》してみたけれど、なんてことないふつうの影《かげ》だった。

この影《かげ》をどうしたものか、ナナはよくわかっていて、窓《まど》のところにつるした。〈あの子《こ》はぜったいとりにもどってくる。子《こ》どもたちを起《お》こさずにとれるところにかけておこう〉っていう考《かんが》えだ。

でも残念《ざんねん》ながら、お母《かあ》さんは影《かげ》を窓《まど》からはずしてしまった。洗濯《せんたく》ものが干《ほ》しっぱなしみたいで、世間体《せけんてい》が悪《わる》いから。お父《とう》さんに見《み》せてみようかと思《おも》ったら、ジョンとマイケルの冬用《ふゆよう》コートを買《か》うお金《かね》を計算中《けいさんちゅう》で、頭《あたま》をしゃきっとさせるためにぬれタオルまで巻《ま》いてるくらいだから、じゃまするわけにはいかない。しかもどうせ、「犬《いぬ》なんかに子守《こもり》させるからだ」っていわれるに決《き》まっている。

お母《かあ》さんはピーターの影《かげ》をくるくるまるめて、引《ひ》き出《だ》しにきちんとしまっておくことにした。タイミングをみてお父《とう》さんに話《はな》そう。

ああ、なんてこと!

そのタイミングは一週間後《いっしゅうかんご》にめぐってきた。

あの、決《けっ》して忘《わす》れることのできない金曜日《きんようび》に。事件《じけん》は金曜日《きんようび》に起《お》きると決《き》まっている。

「金曜日《きんようび》だっていうのに、わたしが不注意《ふちゅうい》だったわ」

お母《かあ》さんはそれ以来《いらい》、しょっちゅうお父《とう》さんにいった。そんなときナナは、お父《とう》さんと向《む》きあってお母《かあ》さんの横《よこ》にすわり、手《て》をそっとつつんであげていた。

「いやいや」お父《とう》さんはいつもいった。「原因《げんいん》はすべてわたしにある。このジョージ・ダーリングの責任《せきにん》だ。ああ、わたしのミスだ、メア・クルパ、メア・クルパ」

お父《とう》さんはラテン語《ご》も知《し》っていた。


こんなふうに、お母《かあ》さんとお父《とう》さんとナナは夜《よ》な夜《よ》な、あの運命《うんめい》の金曜日《きんようび》のことを思《おも》いだしていた。そのうちすみずみまで頭《あたま》にきざみこまれ、しまいには、できそこないの硬貨《こうか》の模様《もよう》が裏側《うらがわ》に浮《う》きでるみたいに、頭《あたま》の外側《そとがわ》からでも透《す》けて見《み》えるほどだった。

「わたしが二十七番地《にじゅうななばんち》のお宅《たく》のディナーパーティのご招待《しょうたい》を受《う》けさえしなければ」

お母《かあ》さんがいう。

「わたしがナナの皿《さら》に薬《くすり》を入《い》れなければ」

お父《とう》さんがいう。

〈わたしがあの薬《くすり》をおいしそうに飲《の》んでれば〉

ナナのぬれた目《め》が訴《うった》える。

「パーティ好《ず》きなわたしのせいだわ」

「悪《わる》ふざけがすぎるわたしのせいだよ」

〈細《こま》かいことにこだわるわたしのせいだワン〉

すると、かならずひとり以上《いじょう》がどっと泣《な》きくずれる。ナナは心《こころ》のなかで思《おも》った。

〈ああ、もう、わかりきってる。犬《いぬ》を子守《こもり》にしたのがそもそものまちがい〉

そんなとき、ナナの目《め》にハンカチをそっとあててあげるのはたいていお父《とう》さんだった。

「あの悪魔《あくま》め！」

お父《とう》さんが声《こえ》をあららげると、ナナも応《おう》じてはげしく吠《ほ》える。でも、お母《かあ》さんだけは、ピーターのことをぜったいにけなさなかった。口《くち》の右《みぎ》はしにある例《れい》のものが、ピーターの悪口《わるくち》をいわせなかったから。

みんなは子《こ》どもがいなくなった子《こ》ども部屋《べや》にすわって、あのおそろしい夜《よる》のできごとを、どんな小《ちい》さいことでも大事《だいじ》に思《おも》いだした。はじまりはとてもおだやかで、ふだんどおりの夜《よる》だった。ナナがおふろをわかし、マイケルを背中《せなか》に乗《の》せて連《つ》れていった。

「寝《ね》ないってば！」

マイケルがわめきちらした。だだをこねたもん勝《が》ちだと思《おも》っているらしい。

「寝《ね》ないったら寝《ね》ない。まだ六時《ろくじ》になってないじゃん。やだやだ。ナナなんか、大《だい》きらいだ。おふろなんか入《はい》らない。入《はい》らないったら入《はい》らない！」

そこへ、真《ま》っ白《しろ》なイブニングドレスを着《き》たお母《かあ》さんが部屋《へや》に入《はい》ってきた。このドレスを着《き》るとウェンディが喜《よろこ》ぶので、まだ出《で》かける時間《じかん》じゃないけど着《き》がえた。お父《とう》さんからプレゼントされたネックレスと、ウェンディから借《か》りたブレスレットもした。ウェンディは自分《じぶん》のブレスレットをお母《かあ》さんに貸《か》すのがすごくうれしかった。

お母《かあ》さんが部屋《へや》に入《はい》ると、上《うえ》のふたりが遊《あそ》んでいた。ウェンディが生《う》まれたときのお母《かあ》さんとお父《とう》さんごっこだ。

「ミセス・ダーリング、おめでとう、きょうから母親《ははおや》だよ」

ジョンがお父《とう》さんそっくりの口調《くちょう》で、お父《とう》さんがいかにもいいそうなセリフをいう。ウェンディは喜《よろこ》んでダンスした。これも、お母《かあ》さんがやりそうなことだ。

そのあとジョンが生《う》まれると、お父《とう》さん役《やく》のジョンは、男《おとこ》の子《こ》だと大《おお》げさに騒《さわ》いだ。そこへマイケルがおふろからあがってきて、つぎはぼくの番《ばん》だというと、ジョンがいじわるく、もう子《こ》どもはいらない、といった。

マイケルはべそをかいた。

「だれも、ぼくなんていらないんだ」

もちろん、イブニングドレス姿《すがた》のお母《かあ》さんがだまっちゃいない。

「いりますとも。わたしは三人目《さんにんめ》の子《こ》どもがほしいわ」

「男《おとこ》の子《こ》？　女《おんな》の子《こ》？」マイケルはあまり期待《きたい》しないできいた。

「男《おとこ》の子《こ》」

マイケルはお母《かあ》さんの腕《うで》に飛《と》びこんだ。

こんなにささいなことも、お母《かあ》さんとお父《とう》さんとナナは思《おも》いだす。もっともこれがマイケルが子《こ》ども部屋《べや》で過《す》ごす最後《さいご》の夜《よる》になるとしたら、決《けっ》してささいなことではない。

お母《かあ》さん、お父《とう》さん、ナナは、記憶《きおく》をたどりつづける。

「そのとき、わたしが竜巻《たつまき》みたいな勢《いきお》いで部屋《へや》に飛《と》びこんだんだっけね？」

お父《とう》さんは自分《じぶん》にあきれるようにいった。たしかにあのときのお父《とう》さんは竜巻《たつまき》みたいだった。

お父《とう》さんにも理由《りゆう》があったはずだ。あのとき、お父《とう》さんもパーティのしたくをしていた。すべて順調《じゅんちょう》だったけれど、ネクタイを結《むす》ぶところでつまずいた。お父《とう》さんは株《かぶ》やら配当《はいとう》やらにはあんなにくわしいのに、ネクタイの扱《あつか》いがてんでダメだった。たまにすいすい結《むす》べることもあるけど、家族《かぞく》にとっては、お父《とう》さんがへんなプライドを捨《す》てて、はじめから結《むす》んであるネクタイを使《つか》ってくれるほうがありがたい。

あの夜《よる》はとくに。

お父《とう》さんはくしゃくしゃに丸《まる》めたネクタイを手《て》に、子《こ》ども部屋《べや》に飛《と》びこんできた。

「まあ、いったいどうしたの？」

「どうしたもこうしたも！」お父《とう》さんはやかましくわめいた。

「こいつめ。どうしたって結《むす》ばれようとしない」

お父《とう》さんはこわいくらい皮肉《ひにく》たっぷりにいった。

「わたしの首《くび》じゃいやだとさ！　ベッドの柱《はしら》がお好《この》みらしい！　ああ、そうだよ、ベッドの柱《はしら》にならニ十回《にじっかい》だって結《むす》べた。それがわたしの首《くび》になると、いやです、やめてください、かんべんしてくれ！　ときたもんだ」

お母《かあ》さんの反応《はんのう》が少《すこ》し薄《うす》いので、お父《とう》さんは断固《だんこ》としていいはった。

「お母《かあ》さん、いっとくがな、このネクタイがわたしの首《くび》に結《むす》ばれなければ、今夜《こんや》のディナーに出《で》かけられない。ディナーに行《い》かなければ、会社《かいしゃ》にもう行《い》かない。そうなれば、きみもわたしも飢《う》え死《じ》にするし、子《こ》どもたちは道《みち》ばたにほっぽりだされる」

そんなときでもお母《かあ》さんはおだやかにいった。

「わたしにやらせてみて」

じつをいうと、お父《とう》さんは最初《さいしょ》からそのつもりだった。

お母《かあ》さんは落《お》ち着《つ》いて、ていねいにネクタイを結《むす》んであげた。子《こ》どもたちは、道《みち》ばたにほっぽりだされるかどうか、見守《みまも》っていた。世《よ》の中《なか》には、奥《おく》さんにかんたんにネクタイを結《むす》ばれてしまって腹《はら》を立《た》てる男《おとこ》の人《ひと》もいるけど、お父《とう》さんはそういうことは気《き》にしなかった。さらっとお礼《れい》をいうと、怒《おこ》っていたことなんかけろっと忘《わす》れて、つぎの瞬間《しゅんかん》にはマイケルをおんぶして、部屋《へや》じゅうを踊《おど》りまわっていた。

「ああ、にぎやかで楽《たの》しかったわ！」お母《かあ》さんがしみじみ思《おも》いだす。

「あれが最後《さいご》の楽《たの》しい時間《じかん》だったなあ！」お父《とう》さんがせつなそうにいう。

「ねえ、お父《とう》さん、マイケルが急《きゅう》にいったの、覚《おぼ》えてる？『お母《かあ》さんはどうやってぼくと知《し》り合《あ》ったの？』って」

「覚《おぼ》えてるさ！」

「みんな、かわいい子《こ》だったわ。でしょう？」

「ああ。そしてみんな、わたしたちの子《こ》だ。わたしたちふたりの！それがもういないんだ」

あの夜《よる》の楽《たの》しい時間《じかん》は、ナナの登場《とうじょう》でおしまいになった。タイミング悪《わる》く、お父《とう》さんがナナとぶつかって、ズボンがナナの毛《け》だらけになったからだ。おろしたてだし、はじめて仕立《した》ててもらった飾《かざ》りひもがついた正装《せいそう》だ。お父《とう》さんはもう、くちびるをかんで涙《なみだ》をこらえるしかない。もちろんお母《かあ》さんが毛《け》を払《はら》ってあげたけど、お父《とう》さんはまたしても、犬《いぬ》に子守《こもり》をさせるのがまちがいだといいだした。

「お父《とう》さん、ナナはうちの宝《たから》ものよ」

「わかっている。だがときどき、ナナがうちの子《こ》たちを子犬《こいぬ》とかんちがいしてるんじゃないかと心配《しんぱい》になるんだ」

「まあ、そんなことないわ。ナナはちゃんとわかってますとも。あの子《こ》たちが人間《にんげん》の魂《たましい》をもっているって」

「どうだか……。どうだかねえ」お父《とう》さんは考《かんが》えこむようにいった。

いまだわ、とお母《かあ》さんは思《おも》った。あの男《おとこ》の子《こ》のことを話《はな》すチャンスだわ。

最初《さいしょ》、お父《とう》さんはふんと鼻《はな》で笑《わら》うだけだった。でも、ちょん切《ぎ》れた影《かげ》を見《み》せると、うーんと考《かんが》えこんだ。

「わたしの知《し》り合《あ》いの影《かげ》ではないな。ともかく、悪《わる》いやつのものらしい」

お父《とう》さんは影《かげ》をまじまじ見《み》ていった。

「あれは、わたしたちが影《かげ》の話《はなし》をしていたときだったな」お父《とう》さんが思《おも》いだす。

「あのとき、ナナがマイケルの薬《くすり》をもってきたんだ。ナナ、もう二度《にど》と、薬《くすり》びんをくわえて運《はこ》ぶことはないだろうよ。それもこれもぜんぶ、わたしの責任《せきにん》だ」

お父《とう》さんは頼《たよ》りになるけど、あの薬《くすり》のことではずいぶんバカなまねをした。お父《とう》さんに欠点《けってん》があるとしたら、自分《じぶん》はいままでずっと薬《くすり》をこわがらずに飲《の》んできたと思《おも》いこんでいるところだ。だから、あのときマイケルが、ナナのくわえた薬《くすり》のスプーンをさっとよけと、お父《とう》さんはとがめるようにいった。

「マイケル、男《おとこ》らしく飲《の》め」

「やだよ、やだやだ」

マイケルがじたばたして泣《な》き叫《さけ》ぶと、お母《かあ》さんがチョコレートをとりにいこうとした。

これだから弱虫《よわむし》になるんだ、とお父《とう》さんは思《おも》った。

「お母《かあ》さん、甘《あま》やかすんじゃない」お父《とう》さんがうしろから呼《よ》びかけた。

「なあマイケル、パパがおまえくらいのときは、薬《くすり》なんて、ぶつくさいわずに飲《の》んだぞ。

『やさしいお母《かあ》さん、お父《とう》さん、ぼくを元気《げんき》にしてくれる薬《くすり》をありがとう』といってね」

お父《とう》さんはほんとうにそうだったと思《おも》いこんでいた。ネグリジェに着《き》がえていたウェンディも、すっかりお父《とう》さんの話《はなし》を信《しん》じて、マイケルをその気《き》にさせようとした。

「パパがたまに飲《の》んでる薬《くすり》のほうがよっぽどまずいよね？」

「よっぽどまずいさ」お父《とう》さんは胸《むね》をはった。

「手本《てほん》を見《み》せてやりたいところだが、薬《くすり》びんがどっかにいってしまってね」

びんはどっかにいったわけではなく、お父《とう》さんが夜中《よなか》にたんすのてっぺんにのぼってこっそりかくしていた。ただし、お父《とう》さんは気《き》づいてなかったけど、まじめなお手伝《てつだ》いさんのライザがびんを見《み》つけて洗面台《せんめんだい》にもどしていた。

「あたし、どこにあるか知《し》ってる！」

ウェンディが大声《おおごえ》でいった。世話《せわ》を焼《や》くのは大好《だいす》きだ。

「もってきてあげるね」

お父《とう》さんに止《と》められないうちに、ウェンディは部屋《へや》を飛《と》びだした。お父《とう》さんは、急《きゅう》に威《い》勢《せい》が悪《わる》くなってきた。

「ジョン、あんなにぞっとするものはないぞ。まずくて、ねばっこくて、甘《あま》ったるい」

お父《とう》さんはぶるっとふるえた。

「パパ、あっというまだよ」

ジョンが楽《たの》しそうにいうと、ウェンディがコップに薬《くすり》を入《い》れてかけこんできた。

「あー、走《はし》った走《はし》った」ウェンディが息《いき》を切《き》らした。

「家《いえ》のなかで走《はし》らなくてもいいだろうに」

お父《とう》さんは嫌《いや》みをこめていったけれど、ウェンディには通《つう》じない。

「マイケルからだ」お父《とう》さんがきっぱりいった。

「パパからだよ」マイケルが疑《うたぐ》り深《ぶか》さを見《み》せる。

「パパはほら、飲《の》むと気分《きぶん》が悪《わる》くなるかもしれない」お父《とう》さんはおどすようにいった。

「いいじゃん、パパが先《さき》だよ」ジョンが口《くち》をはさんだ。

「ジョン、おまえはだまってろ」お父《とう》さんがどなる。

ウェンディはわけがわからなかった。

「パパ、薬《くすり》なんて楽勝《らくしょう》じゃなかったの？」

「そういうことじゃない」お父《とう》さんがいいかえした。

「問題《もんだい》はだな、マイケルのスプーンよりも、パパのコップのほうがたくさん薬《くすり》が入《はい》ってるってことだ」

お父《とう》さんのプライドはずたずたになりかけていた。

「こんなのは不公平《ふこうへい》だ。これが死《し》ぬ前《まえ》の最後《さいご》の言葉《ことば》だとしても、おなじことをいう。不公平《ふこうへい》だ」

「まだ？　ぼく、待《ま》ってるんだけど」マイケルが冷《ひ》ややかにいった。

「待《ま》っててけっこう。こっちも待《ま》ってるんだ」

「パパなんて弱虫毛虫《よわむしけむし》だ」

「おまえこそ弱虫毛虫《よわむしけむし》だ」

「ぼくはこわくないもん」

「パパだってこわくない」

「じゃあ、飲《の》んで」

「じゃあ、おまえが飲《の》め」

ウェンディがいいことを思《おも》いついた。

「ふたりで、いち、にの、さんでいっしょに飲《の》んだら？」

「それはいい」お父《とう》さんがうなずいた。「マイケル、準備《じゅんび》はいいか？」

ウェンディが、いち、にの、さんとかぞえると、マイケルは自分《じぶん》の薬《くすり》をごくっと飲《の》んだ。

ところがお父《とう》さんは、自分《じぶん》の薬《くすり》を背中《せなか》にさっとかくした。

マイケルが怒《おこ》って声《こえ》をあげ、ウェンディが「ひどい、パパ！」と叫《さけ》んだ。

「『ひどい』とはなんだ？」お父《とう》さんがぴしゃりという。

「マイケル、やかましいぞ。パパだって飲《の》もうとしたんだ。だが、ほら、あれだ、手《て》がすべってしまってね」

三人《さんにん》の視線《しせん》は氷《こおり》みたいに冷《つめ》たかった。こんなパパは尊敬《そんけい》できない、という目《め》だ。

「そうだ、おもしろいことを思《おも》いついた」

ナナがおふろ場《ば》に消《き》えたとたん、お父《とう》さんは甘《あま》えるようにいった。

「最高《さいこう》に笑《わら》えるぞ。あのな、パパの薬《くすり》をナナの皿《さら》に入《い》れるんだ。ナナはきっと、ミルクだと思《おも》って飲《の》んでしまうよ！」

たしかに、薬《くすり》はミルク色《いろ》だった。子《こ》どもたちはお父《とう》さんのユーモア感覚《かんかく》がさっぱり理解《りかい》できなくて、ナナのお皿《さら》に薬《くすり》を入《い》れるお父《とう》さんをとがめるような目《め》で見《み》た。

「ああ、おもしろい」お父《とう》さんはおそるおそるいった。

お母《かあ》さんとナナがもどってきたとき、子《こ》どもたちにはいいつける勇気《ゆうき》がなかった。

「いい子《こ》だ、ナナ」お父《とう》さんはナナをなでた。

「皿《さら》にミルクを少《すこ》し入《い》れておいてやったぞ」

ナナはしっぽを振《ふ》りながら薬《くすり》が入《はい》ったお皿《さら》にかけよると、ペロペロなめはじめた。そして、なんともいえない目《め》でお父《とう》さんを見《み》つめた。怒《おこ》っている顔《かお》ではない。ナナは大粒《おおつぶ》の赤《あか》い涙《なみだ》を浮《う》かべていた。こんな気高《けだか》い犬《いぬ》になんてひどいことを、と思《おも》わせる涙《なみだ》だ。ナナはそのまま、とぼとぼ歩《ある》いて犬小屋《いぬごや》に入《はい》った。

お父《とう》さんはたまらなく自分《じぶん》が恥《は》ずかしくなったけど、非《ひ》を認《みと》めはしなかった。おそろしいほどしーんとするなか、お母《かあ》さんがお皿《さら》のにおいをかいだ。

「いやだ、お父《とう》さんの薬《くすり》じゃないの！」

「ふざけただけだ」

お父《とう》さんがいいわけするのをよそに、お母《かあ》さんは子《こ》どもたちをなだめ、ウェンディはナナをぎゅっと抱《だ》きしめた。

「わかってないな」お父《とう》さんは吐《は》きすてるようにいった。

「こっちが骨身《ほねみ》を削《けず》ってまでみんなを楽《たの》しませようとがんばっているのに」

ウェンディはかまわずナナを抱《だ》きしめていた。

「そうか、そうか」お父《とう》さんが声《こえ》をはりあげる。

「そいつばっかり大事《だいじ》にすればいい！　だれもわたしを大事《だいじ》にしてくれない！　ああ、そうだろうよ、わたしなんて食費《しょくひ》をかせいでくるだけの人間《にんげん》だからな。大事《だいじ》にしてもらえるわけがない。そりゃあ、そうだろうさ！」

「お父《とう》さん」お母《かあ》さんがせがむようにいった。

「そんなに大《おお》きな声《こえ》を出《だ》さないで。お手伝《てつだ》いさんたちにきこえてしまうわ」

どういうわけか、お手伝《てつだ》いさんはライザしかいないのに、お母《かあ》さんもお父《とう》さんも何人《なんにん》もいるみたいないい方《かた》をする。

「きかせりゃいい！」お父《とう》さんが乱暴《らんぼう》にいいかえした。

「世界《せかい》じゅうにきかせろっていうんだ。だがもう、あと一時間《いちじかん》だって、あの犬《いぬ》をうちの子《こ》ども部屋《べや》にはいさせないからな」

子《こ》どもたちがしくしく泣《な》きだした。ナナがお父《とう》さんにかけよってすがりついたけど、お父《とう》さんは手《て》で振《ふ》りはらった。なんだかまた頼《たの》もしい父親《ちちおや》になった気《き》がする。

「むだだ、むだだ！　おまえにふさわしいのは庭《にわ》だ。いますぐ鎖《くさり》でつないでやろう」

「ねえ、お父《とう》さん、さっき話《はな》したでしょう？　あの男《おとこ》の子《こ》が来《き》たらどうするの？」

お母《かあ》さんは小声《こごえ》でいった。

でも、お父《とう》さんはきく耳《みみ》をもたなかった。この家《いえ》の主人《しゅじん》がだれなのか見《み》せてやる、と燃《も》えていた。命令《めいれい》してもナナが犬小屋《いぬごや》から出《で》てこないとわかると、甘《あま》い言葉《ことば》でおびき寄《よ》せ、がしっとつかまえて子《こ》ども部屋《べや》から引《ひ》きずりだした。そんな自分《じぶん》が自分《じぶん》で恥《は》ずかしいのに、おさえられない。それもこれも、お父《とう》さんが意地《いじ》っぱりで、みんなに尊敬《そんけい》されたいと思《おも》うあまりだった。ナナを裏庭《うらにわ》につなぐと、お父《とう》さんはすごすごと家《いえ》のなかにもどり、廊下《ろうか》にすわりこんでこぶしで目《め》をおおった。

そのあいだ、お母《かあ》さんはいつもとはちがってだまったまま子《こ》どもたちを寝《ね》かしつけ、ひとりひとりに夜《よる》の明《あ》かりをつけた。ナナの吠《ほ》える声《こえ》がきこえると、ジョンがめそめそ泣《な》いた。

「パパが庭《にわ》につないだりするからだよ」

でも、ウェンディはちゃんとわかっていた。

「ナナは悲《かな》しんでるんじゃない。あれは危険《きけん》をかぎつけたときの声《こえ》よ」

とはいったものの、何《なに》が起《お》きようとしているのかはわからない。

「ウェンディ、たしかなの？」お母《かあ》さんがきく。

「うん」

お母《かあ》さんはふるえながらおずおずと窓《まど》に近《ちか》づいた。しっかり閉《し》まっている。外《そと》を見《み》ると、夜空《よぞら》にたくさんの星《ほし》が浮《う》かんでいた。星《ほし》たちは、やいのやいのと家《いえ》のまわりに集《あつ》まっていた。これから何《なに》が起《お》きるんだろうというふうに。だけど、お母《かあ》さんはそんなことには気《き》づいてなかったし、そのなかの小《ちい》さな星《ほし》のひとつ、ふたつが、こちらに向《む》かってウインクしたのも知《し》らなかった。それでも、なんともいえない恐怖《きょうふ》にぞくっとして、お母《かあ》さんは思《おも》わずなげいた。

「ああ、今夜《こんや》のパーティに行《い》かずにすめばいいのに！」

うとうとしていたマイケルでさえ、お母《かあ》さんがパニックになってるのがわかった。

「ねえママ、何《なに》か悪《わる》いことが起《お》きるの？　夜《よる》の明《あ》かりをつけてるのに？」

「だいじょうぶ、何《なに》も起《お》きないから」お母《かあ》さんは答《こた》えた。

「夜《よる》の明《あ》かりはね、子《こ》どもを守《まも》るためにママが残《のこ》していく〝目《め》〟なのよ」

お母《かあ》さんはベッドからベッドへと、おまじないをかけるように歌《うた》を歌《うた》って歩《ある》いた。まだ小《ちい》さいマイケルがお母《かあ》さんにぎゅっと抱《だ》きついて大《おお》きな声《こえ》でいった。

「ママ！　ぼく、ママのこと大好《だいす》き」

このあとずいぶん長《なが》いあいだ、お母《かあ》さんはかわいいマイケルの声《こえ》をきけなかった。二十七番地《にじゅうななばんち》はほんの数《すう》メートル先《さき》だけれど、少《すこ》し雪《ゆき》が降《ふ》ったので、お父《とう》さんとお母《かあ》さんは靴《くつ》をよごさないように慎重《しんちょう》に道《みち》を選《えら》んで歩《ある》いた。ほかにだれも歩《ある》いていないので、星《ほし》たちの注目《ちゅうもく》がふたりに集《あつ》まっていた。星《ほし》はうつくしいけれど、自《みずか》ら行動《こうどう》してはいけない決《き》まりになっている。永遠《えいえん》にだまって見守《みまも》るしかない。むかし、悪《わる》いことをした罰《ばつ》だけど、いまとなっては、何《なに》をしたのか知《し》ってる星《ほし》もいない。そんなわけで、年寄《としよ》りの星《ほし》たちはぼんやりしたようすでめったにしゃべらない（星《ほし》の言葉《ことば》はウインクだ）けど、若《わか》い星《ほし》たちは、むかし何《なに》があったのか知《し》りたがっている。星《ほし》たちは、ピーターをそれほどよく思《おも》っていない。うしろに忍《しの》びよってきて、いたずらで光《ひかり》を吹《ふ》き消《け》そうとしたりするからだ。だけど、楽《たの》しいことは大好《だいす》きだから、今夜《こんや》はピーターの味方《みかた》をして、大人《おとな》たちがいなくなるのをワクワクしながら待《ま》っていた。だから、ダーリング夫妻《ふさい》が二十七番地《にじゅうななばんち》のお宅《たく》に着《つ》いてドアが閉《し》まったとたん、天空《てんくう》がざわめいて、天《あま》の川《がわ》のなかでいちばん小《ちい》さな星《ほし》が叫《さけ》んだ。

「いまだ、ピーター！」

さあ、冒険《ぼうけん》だ！

お母《かあ》さんとお父《とう》さんが出《で》かけたあとしばらく、子《こ》どもたちのベッドわきにある三《みっ》つの夜《よる》の明《あ》かりは、赤々《あかあか》と元気《げんき》に灯《とも》っていた。とてもステキな明《あ》かりだし、ピーターが来《く》るまでついていられるかと思《おも》いきや、まずはウェンディの明《あ》かりが目《め》をぱちくりさせて大《おお》きなあくびをして、もうふたつの明《あ》かりもつられてあくびをすると、三《みっ》つとも、口《くち》をあけっぱなしでうとうとするうちに消《き》えてしまった。

そしていま、この部屋《へや》にもうひとつ明《あ》かりがある。子《こ》どもたちの夜《よる》の明《あ》かりより千倍《せんばい》くらい明《あか》るい光《ひかり》だ。

子《こ》ども部屋《べや》の引《ひ》き出《だ》しに片《かた》っぱしからもぐりこみ、服《ふく》を引《ひ》っかきまわして、ポケットをどんどん裏《うら》がえしにして、ピーターの影《かげ》を探《さが》している。ほんとうは、明《あ》かりじゃない。あんまり速《はや》く飛《と》びまわるから光《ひかり》のように見《み》えるだけで、一瞬《いっしゅん》止《と》まったすきによく見《み》ると、妖《よう》精だった。いまは子どもの手のひらくらいだけれど、これから大きくなる。ティンカーベルという名前《なまえ》の女《おんな》の子《こ》の妖精《ようせい》で、すじだらけの葉《は》っぱでつくったドレスが似合《にあ》ってる。襟《えり》ぐりが深《ふか》いせいか、かなりしゅっとして見《み》えるけど、じつはいまはちょっとぽっちゃりぎみだ。

ティンカーベルが入《はい》ってきてすぐ、小《ちい》さい星《ほし》たちの吹《ふ》く息《いき》で窓《まど》がひらいて、ピーターがすとんと部屋《へや》におりたった。途中《とちゅう》までティンカーベルを抱《だ》きかかえて飛《と》んできたので、手《て》が妖精《ようせい》の粉《こな》まみれだ。

「ティンカーベル」

子《こ》どもたちが眠《ねむ》ってるのを確《たし》かめてから、ピーターは小声《こごえ》で呼《よ》びかけた。

「ティンク、どこ?」

ティンカーベルは、水差《みずさ》しのなかにいた。すっかり気《き》に入《い》ったらしい。水差《みずさ》しなんて、生《う》まれてはじめて入《はい》った。

「ねえ、そんなところに入《はい》ってないで、早《はや》く教《おし》えてよ。ぼくの影《かげ》、どこにしまってあるの?」

金《きん》の鈴《すず》を鳴《な》らしたみたいな、チリリンというつくしい音《おと》が返事《へんじ》だった。このチリリンは、妖精の言葉。ふつうの子どもにはきこえないけど、もしきこえたら、前にもきいたことがある音《おと》だなって思《おも》うはず。

　影《かげ》はその大《おお》きな箱《はこ》のなか、とティンカーベルがいった。

　大《おお》きな箱《はこ》というのはたんすの引《ひ》き出《だ》しのことだ。ピーターは引《ひ》き出《だ》しに飛《と》びついて、まるで王《おう》さまが集《あつ》まった人《ひと》に向《む》かって半《はん》ペニー硬貨《こうか》を投《な》げ与《あた》えるときみたいに、中身《なかみ》を床《ゆか》にばらまいた。すぐに自分《じぶん》の影《かげ》を見《み》つけると、うれしすぎて、ティンカーベルがまだなかにいるのにも気《き》づかずに引《ひ》き出《だ》しを閉《し》めてしまった。

　ピーターがものを考《かんが》えることなんてないけど、もしこのとき、ピーターが何《なに》かしら考《かんが》えたとしたら、影《かげ》に近《ちか》づきさえすれば水滴《すいてき》みたいにぴとっとくっつくに決《き》まってる、ってことだったはず。ところがくっつかないので、ピーターはあわてた。おふろから石《せっ》けんをもってきて影《かげ》にぬってもダメ。ピーターはぶるっとふるえて、床《ゆか》にすわりこんで泣《な》きだした。

　その泣《な》き声《ごえ》でウェンディは目《め》を覚《さ》まし、起《お》きあがった。知《し》らない子《こ》が自分《じぶん》の部屋《へや》の床《ゆか》で泣《な》いているのに、こわがるどころか、うれしくなってワクワクしていた。

「まあ、どうして泣《な》いてるの？」ウェンディは思《おも》いやりをこめていった。

ピーターだって、その気《き》になれば大《おお》げさなくらい礼儀正《れいぎただ》しくなれる。妖精《ようせい》の儀式《ぎしき》に出《で》るときにちゃんとした礼儀作法《れいぎさほう》を習《なら》ったからだ。ピーターは立《た》ちあがって、上品《じょうひん》にお辞儀《じぎ》をした。ウェンディはすっかりうれしくなって、ベッドの上《うえ》から上品《じょうひん》にお辞儀《じぎ》を返《かえ》した。

「きみの名前《なまえ》は？」ピーターがたずねる。

「ウェンディ・モイラ・アンジェラ・ダーリングよ」ウェンディは得意《とくい》そうに答《こた》えた。

「あなたは？」

「ピーター・パン」

ウェンディはとっくにこの子《こ》はピーターだとわかっていたけど、なんだか名前《なまえ》が短《みじか》すぎる気《き》がする。

「それだけ？」

「そうさ」ピーターはつっけんどんにいった。

はじめて、自分《じぶん》の名前《なまえ》がどうやら短《みじか》いらしいことに気《き》づいた。

「ごめんなさいね」ウェンディ・モイラ・アンジェラがあやまる。

「べつに」ピーターはぐっとこらえた。

ウェンディは、どこに住《す》んでるの、とたずねた。

「ふたつ目《め》を右《みぎ》に曲《ま》がって、そのまま朝《あさ》までまっすぐ」

「へんてこな住所《じゅうしょ》！」

ピーターは不安《ふあん》になった。はじめて、自分《じぶん》の住所《じゅうしょ》がどうやらへんてこなものらしいことに気《き》づいた。

「へんてこなんかじゃない」

「あ、えっとね、そういうことじゃなくて」

いけない、お客《きゃく》さまには失礼《しつれい》のないようにしなくちゃ。ウェンディはにこやかにいった。

「それって、手紙《てがみ》に書《か》く住所《じゅうしょ》？」

なんで手紙《てがみ》の話《はなし》なんかするんだよ、とピーターは思《おも》った。

「手紙《てがみ》なんてこない」ピーターは小《こ》ばかにするようにいった。

「でも、お母《かあ》さんにはくるでしょう？」

「お母《かあ》さんなんかいない」

お母《かあ》さんはいないし、ほしいとも思《おも》ってない。みんな、お母《かあ》さん、お母《かあ》さんって、うるさいよ。

だけどウェンディはとっさに、なんてかわいそうな子《こ》なの、と思《おも》ってしまった。

「ああ、ピーター。泣《な》くのもむりないわ」

ウェンディはベッドから飛《と》びおりて、ピーターにかけよった。

「お母《かあ》さんがいなくて泣《な》いてたんじゃない。影《かげ》がくっつかないからだ。ていうか、泣《な》いてないし」ピーターはムッとしていった。

「影《かげ》、ちぎれちゃったの？」

「うん」

ウェンディが床《ゆか》に目《め》をやると、影《かげ》が落《お》ちていた。汚《よご》れてよれよれだ。ウェンディはピーターが心《こころ》から気《き》の毒《どく》になった。「ひどいわ！」ウェンディは声《こえ》をあげたけど、ピーターが石《せっ》けんで影《かげ》をくっつけようとしていたのに気《き》づくと、思《おも》わずにんまりした。男《おとこ》の子《こ》がやりそうなことね！

幸《さいわ》い、ウェンディはどうすればいいかすぐにわかった。

「縫《ぬ》わなくっちゃ」ちょっといばっていう。

「縫《ぬ》うって？」

「なんにも知《し》らないのね」

「ううん、なんでも知《し》ってる」

だけど、ウェンディはピーターが何《なに》も知《し》らないのがうれしかった。

「縫《ぬ》いつけてあげるわね、おチビちゃん」

背丈《せたけ》がおなじくらいなのに、ウェンディはいった。それから裁縫箱《さいほうばこ》をとりだして、ピーターの足《あし》に影《かげ》を縫《ぬ》いつけはじめた。

「いっとくけど、ちょっと痛《いた》いわよ」ウェンディはおどした。

「ふん、ぼくは泣《な》かないよ」

ピーターはついさっきまで泣《な》いていたのにもう、生《う》まれてから一度《いちど》も泣《な》いたことがないと思《おも》いこんでいた。だから、歯《は》を食《く》いしばって涙《なみだ》をこらえた。すぐに、影《かげ》はうまいことくっついた。ちょっとだけしわがよっていたけど。

「アイロンかけとけばよかったわ」

ウェンディは反省《はんせい》してたけど、ピーターはやっぱり男《おとこ》の子《こ》で、見《み》た目《め》なんて気《き》にならない。大《おお》はしゃぎで跳《と》びまわっている。残念《ざんねん》ながら、このうれしい気分《きぶん》がウェンディのおかげだってことは、すっかり忘《わす》れていた。ピーターの頭《あたま》のなかでは、自分《じぶん》で影《かげ》をくっつけたことになっていた。

「ぼくって頭《あたま》いいなあ！　かしこすぎだな！」うっとりして、得意《とくい》げにいう。

あんまり調子《ちょうし》にのらせたくないけど、このうぬぼれこそ、ピーターの魅力《みりょく》のひとつだ。はっきりいって、こんなに生意気《なまいき》な男《おとこ》の子《こ》もいないのに。

ウェンディはあ然《ぜん》とした。

「なんてうぬぼれ屋《や》なの」皮肉《ひにく》たっぷりに大声《おおごえ》でいう。

「そうね、あたし、なんの役《やく》にも立《た》たなかったもんね！」

「ちょっとは役《やく》に立《た》ったよ」ピーターはのんきにいって、踊《おど》りつづけた。

「ちょっと!?」ウェンディはぶすっとした。

「これで役《やく》に立《た》ってないんだったら、もうけっこう。とっとと引《ひ》っこむわ」

ぷりぷりしてベッドに飛《と》びこむと、頭《あたま》まですっぽり毛布《もうふ》をかぶった。

ウェンディに顔《かお》を出《だ》させたくて、ピーターは帰《かえ》るフリをした。うまくいかないと、こんどはベッドのはしっこにすわって、ウェンディを足《あし》でつんつんついてみた。

「ウェンディ、ねえ、引《ひ》っこまないでよ。ぼくって、うれしくなると、ついはしゃいじゃうんだ」

ウェンディは顔《かお》を出《だ》さなかったけど、耳《みみ》をそばだてていた。

「ねえ、ウェンディ」

こんどは、どんな女《おんな》の人《ひと》でもとろんとしちゃいそうな声《こえ》だ。

「女《おんな》の子《こ》ってさ、ひとりで、男《おとこ》の子《こ》二《に》十人《じゅうにん》ぶん以上《いじょう》の能力《のうりょく》があるんだよ」

ウェンディはからだこそ大《おお》きくなかったけど、心《こころ》はもうすっかり大人《おとな》の女《おんな》の人《ひと》なので、思《おも》わず毛布《もうふ》から顔《かお》を出《だ》した。

「ほんとうにそう思《おも》ってるの、ピーター？」

「もちろん」

「なかなかわかってるじゃない。起《お》きてあげるわ」

そういって、ベッドのピーターのとなりにすわった。よかったらキスをあげてもいいわよ、ともいった。でも、ピーターはキスの意味《いみ》がわからなくて、何《なに》をもらえるんだろうと手《て》を差《さ》しだした。

「まさか、キスを知《し》らないの？」ウェンディはびっくりした。

「くれればわかるよ」ピーターはムッとしている。

ウェンディはピーターを傷《きず》つけないように、指《ゆび》ぬきをわたした。

「じゃあこんどは、ぼくがキスをあげようか？」

「そうしたかったらどうぞ」

ウェンディはちょっぴり気《き》どって答《こた》えると、つい自分《じぶん》からピーターに顔《かお》を近《ちか》づけた。

するとピーターは、ドングリのかたちをしたボタンをウェンディの手《て》にぽとっと落《お》としたので、ウェンディはそっと顔《かお》をもとにもどした。そして、もらったキスはチェーンに通《とお》して首《くび》にかけておくわね、とやさしくいった。これがじつはラッキーで、このネックレスがのちのちウェンディの命《いのち》を救《すく》ってくれることになる。

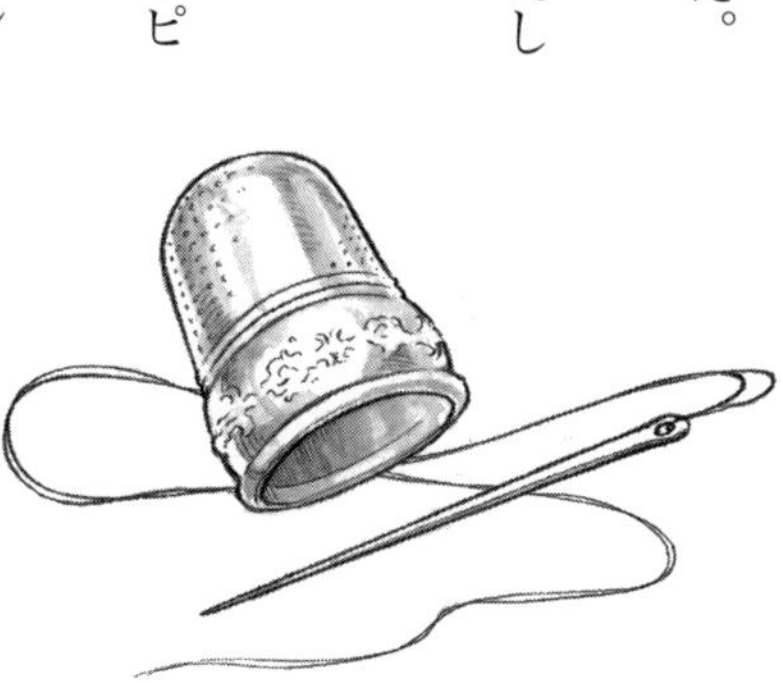

習慣的《しゅうかんてき》に、初対面《しょたいめん》の人《ひと》どうしは年齢《ねんれい》をたずねあう。ウェンディはなんでもきちんとやりたいほうなので、ピーターに何歳《なんさい》かたずねた。ほんとうはあんまりききたくなかった。こんなのって、歴史《れきし》のテストを受《う》けていたら、英文法《えいぶんぽう》の問題《もんだい》が出《で》てきたみたいなものだ。

「知《し》らない。とにかく、かなり若《わか》い」ピーターは困《こま》った顔《かお》をした。

ピーターはほんとうに自分《じぶん》がいくつか知《し》らなくて、うっすらとした記憶《きおく》を思《おも》いきって打《う》ちあけた。

「ウェンディ、ぼくね、生《う》まれた日《ひ》に逃《に》げだしたんだ」

ウェンディはびっくりした。でも、なんだかおもしろそう！　だから、かわいらしくお上品《じょうひん》に、もっとこっちに来《き》て、と身《み》ぶりで伝《つた》えた。

「ぼく、お母《かあ》さんとお父《とう》さんが話《はな》してるのをきいちゃったんだ」ピーターは声《こえ》をひそめた。「ぼくが大人《おとな》になったら何《なに》になるだろう、ってさ」ピーターは、だんだん興奮《こうふん》してきた。「ぼくは大人《おとな》になんかなりたくない。いつまでも男《おとこ》の子《こ》のまま、楽《たの》しんでいたい。だから、ケンジントン公園《こうえん》まで逃《に》げて、妖精《ようせい》たちとずっといっしょに暮《く》らしてたんだ」

ピーターは熱《ねつ》のこもった口調《くちょう》でいった。

ウェンディは、尊敬《そんけい》のまなざしでピーターを見《み》つめた。ピーターは逃《に》げたのを尊敬《そんけい》されたのかと思《おも》ってたけど、ほんとうの理由《りゆう》は妖精《ようせい》と知《し》り合《あ》いだからだ。ふつうの家《いえ》で育《そだ》ったウェンディにとって、妖精《ようせい》と知《し》り合《あ》うなんてめちゃくちゃ楽《たの》しそうに思《おも》える。ウェンディがつぎからつぎへと妖精《ようせい》について質問《しつもん》するので、ピーターは意外《いがい》に思《おも》った。妖精《ようせい》なんて、ウザいだけなのに。人《ひと》のじゃまばっかりしてくるし、おしおきしなきゃいけないことだってある。まあ、なんだかんだいってきらいじゃないけど。

そこでピーターは、妖精《ようせい》のはじまりについて話《はな》してやった。

「あのね、ウェンディ。世界《せかい》ではじめて生《う》まれた赤《あか》ちゃんがはじめて笑《わら》ったとき、笑《わら》い声《ごえ》がかぞえきれないくらいのかけらになって、飛《と》びまわったんだ。それが妖精《ようせい》のはじまりだよ」

ピーターにとってはたいくつな話《はなし》だけど、家《いえ》のなかのことしか知《し》らないウェンディにしてみたらステキな話《はなし》だ。

「そういうわけでね」ピーターは親切《しんせつ》に教《おし》えてやった。

「どんな子《こ》どもにも妖精《ようせい》がひとりついてるはずなんだ」

「はず？　ついてないこともあるの？」

「あるよ。子《こ》どももいろいろ知《し》るようになってくると、すぐに妖精《ようせい》を信《しん》じなくなって、『妖精《ようせい》なんかいない』っていいはじめる。そのたびに、どこかで妖精《ようせい》がひとり倒《たお》れて死《し》んじゃうんだ」

ほんというと、ピーターは妖精《ようせい》の話《はなし》はもういいやと思《おも》っていた。しかも、ティンカーベルがやけにおとなしいのが気《き》になる。

「どこ行《い》っちゃったのかな」

ピーターは立《た》ちあがって、ティンク、と呼《よ》んだ。

ウェンディはドキッとして、心臓《しんぞう》がばくばくしてきた。

「ピーター！」そう叫《さけ》んで、ピーターをぐいっとつかむ。

「まさか、この部屋《へや》に妖精《ようせい》がいるの？」

「さっきまでいたんだけど」ピーターはじれったそうに答《こた》えた。

「声《こえ》、きこえない？」

ふたりは耳《みみ》をすました。

「ベルみたいなチリリンって音《おと》しかきこえない」ウェンディはいった。

「あっ、それそれ、それがティンクの声《こえ》。その音《おと》が妖精《ようせい》の言葉《ことば》なんだ。ほんとだ、きこえる」

音《おと》はたんすの引《ひ》き出《だ》しからきこえてくる。ピーターがにこっとした。こんなにうれしそうな顔《かお》ができる人《ひと》もいない。しかも、ころころと笑《わら》う声《こえ》がとってもかわいらしい。生《う》まれてはじめて立《た》てた笑《わら》い声《ごえ》をそのまま持っている。

「ウェンディ」ピーターは楽《たの》しそうに小声《こごえ》でいった。

「引《ひ》き出《だ》しに閉《と》じこめちゃってたみたいだ！」

ピーターがかわいそうなティンクを引《ひ》き出《だ》しから出《だ》してあげると、ティンクは子《こ》ども部《べ》屋《や》を飛《と》びまわりながら、キレてわめきちらした。

「そんなこというなって」ピーターはいいかえした。

「そりゃ、悪《わる》かったと思《おも》うけど、引《ひ》き出《だ》しのなかにいるなんて、わかりっこないだろう？」

ウェンディは、ピーターの声《こえ》なんて耳《みみ》に入《はい》ってない。

「あーん、ピーター！　その子《こ》、ちょっとだけ止《と》まってくれれば、近《ちか》くで見《み》られるのに！」

「妖精《ようせい》はじっとしちゃいないんだよ」

ピーターはそういったけど、ウェンディはほんの一瞬《いっしゅん》、鳩時計《はとどけい》の上《うえ》にとまる愛《あい》らしい姿《すがた》を見《み》た。

「わあ、かっわいーい！」

ティンクの顔《かお》は、まだ怒《いか》りでひきつってたのに。

「ティンク」ピーターは愛想《あいそ》よくいった。

「このお嬢《じょう》さんが、自分《じぶん》の妖精《ようせい》になってほしいって」

ティンカーベルが何《なに》かえらそうにいいかえす。

「ね、ピーター、なんていってるの？」

ピーターはしかたなく通訳《つうやく》した。

「あんまり行儀《ぎょうぎ》よくないんだ。きみのこと、デカくてブスだって。それに、自分《じぶん》はピーターの妖精《ようせい》よ、って」

ピーターはティンクにいいきかせようとした。

「ティンクはぼくの妖精《ようせい》にはなれないんだってば。ぼくは男《おとこ》で、ティンクは女《おんな》なんだから」

ティンカーベルは「バーカ、バーカ」といって、おふろ場《ば》に姿《すがた》を消《け》した。

「妖精《ようせい》ってあんな感《かん》じなんだ」ピーターはすまなそうに説明《せつめい》した。

「ティンカーベルって名前《なまえ》は、鍋《なべ》とかやかんとかを修理《しゅうり》できるからなんだ。ティンカーって、修理屋《しゅうりや》っていう意味《いみ》だから」

このときには、ふたりはひじかけいすに並《なら》んですわっていた。ウェンディはまた、ピーターを質問《しつもん》ぜめにした。

「ケンジントン公園《こうえん》に住《す》んでるんじゃなければ……」

「いまもときどきいるよ」

「でも、ふだんはどこに住《す》んでるの？」

「迷子《まいご》の男《おとこ》の子《こ》たちといっしょにいる」

「えっ、どこの子《こ》？」

「子守《こもり》がよそ見《み》をしてるあいだに、ベビーカーから落《お》っこっちゃった子《こ》たち。その週《しゅう》のうちにだれも引《ひ》きとりに来《こ》なきゃ、はるか遠《とお》くのネバーランドに送《おく》られるんだ。経費節減《けいひせつげん》だね。ぼくが、迷子《まいご》たちのリーダー」

「へーえ、楽《たの》しそう！」

「楽《たの》しいよ」ピーターは何《なに》やらたくらんでいるらしく、ずるがしこくうなずいた。

「だけど、けっこうさみしいんだ。ほら、女《おんな》の子《こ》が近《ちか》くにいないから」

「ひとりもいないの？」

「うん、ひとりも。女《おんな》の子《こ》ってかしこいから、ベビーカーから落《お》っこちたりしないだろう」

ウェンディはくすぐったい気《き》持《も》ちになった。

「ステキ。女《おんな》の子《こ》のことをちゃんとわかってるのね。そこにいるジョンなんて、女《おんな》の子《こ》をバカにしてるのよ」

返事《へんじ》のかわりに、ピーターは立《た》ちあがってジョンをベッドから蹴《け》り落《お》とした。毛布《もうふ》ごと、ひと蹴《け》りで。

出会《であ》ったばかりなのにちょっとやりすぎ。ウェンディはそう思《おも》って、あなたはこの家《いえ》ではリーダーじゃないのよ、ときっぱりいった。ジョンは床《ゆか》の上《うえ》ですかーっと眠《ねむ》っているので、ほうっておくことにした。

「あたしのためにしてくれたのはわかってるから」

ウェンディはふいにやさしい気《き》持《も》ちになった。

「キスをくれてもいいわよ」

ウェンディはピーターがキスを知《し》らないのをすっかり忘《わす》れていた。

「どうせ返《かえ》せっていうと思《おも》ってたよ」

ピーターはぶちぶちいって、ウェンディに指《ゆび》ぬきを返《かえ》した。

「あっ、まちがえちゃった」

ウェンディは思《おも》いやりでウソをついた。

「キスじゃなくて、指《ゆび》ぬきっていうつもりだったの」

「何《なに》それ?」

「こういうのよ」ウェンディはピーターにキスをした。

「ヘンなの!」ピーターはまじめな顔《かお》でいった。

「じゃ、こんどはぼくが指《ゆび》ぬきをあげようか?」

「そうしたいなら、どうぞ」

ウェンディは、こんどは顔《かお》を近《ちか》づけずに待《ま》った。

ピーターが指《ゆび》ぬきをくれるのとほとんど同時《どうじ》に、ウェンディがキャッと声《こえ》をあげた。

「どうかした？」

「だれかに髪《かみ》の毛《け》を引《ひ》っぱられた気《き》がする」

「きっとティンクだ。ふだんはこんないたずらしないのに」

たしかにティンクは暴言《ぼうげん》を吐《は》きながら、あたりを飛《と》びまわっている。

「またやってやる、っていってる。ぼくがきみに指《ゆび》ぬきをあげるたびにするってさ」

「えーっ、なんで？」

「ティンク、なんでだよ？」

「バーカ、バーカ」ティンクがまたいう。

ピーターにはわけがわからなかったけれど、ウェンディはわかった。

そういうウェンディも、少《すこ》しがっかりしていた。ピーターが子《こ》ども部屋《べや》の窓《まど》から入《はい》ってきたのは、ウェンディに会《あ》うためではなく、お話《はなし》をきくためだと白状《はくじょう》したから。

「ぼく、お話《はなし》をひとつも知《し》らないんだ。迷子《まいご》たちもみんな」

「そんな……ひどすぎる」ウェンディはいった。

「ね、知《し》ってる？　ツバメが家《いえ》の軒下《のきした》に巣《す》をつくるのは、お話《はなし》をきくためなんだ。ウェンディ、きみのお母《かあ》さんがしてた話《はなし》、すごくおもしろそうだったね」

「どんな話《はなし》？」

「王子《おうじ》がガラスの靴《くつ》をはいた女《おんな》の人《ひと》を探《さが》して見《み》つけられない話《はなし》」

「ピーター、それはシンデレラよ！　王子《おうじ》さまは女《おんな》の人《ひと》を見《み》つけたの。そしてふたりはいつまでも幸《しあわ》せに暮《く》らしたのよ」ウェンディはうきうきしてきた。

ピーターはうれしくなって立《た》ちあがると、窓《まど》へかけよった。

「どこ行《い》くの？」ウェンディが不安《ふあん》そうにきいた。

「迷子《まいご》たちに教《おし》えてあげなきゃ」

「行《い》かないで、ピーター」ウェンディはたのんだ。

「あたし、お話《はなし》ならたくさん知《し》ってるわ」

ウェンディはたしかにそういった。ってことは、誘《さそ》ったのはウェンディってことになる。

ピーターはもどってきた。ものほしそうな目《め》をしている。ウェンディはまずいと思《おも》わなきゃいけなかったのに、気《き》づかなかった。

「あたしなら、その子《こ》たちにもお話《はなし》をきかせてあげられるのに！」

ウェンディがいうと、ピーターはウェンディの手《て》をつかんで窓《まど》のほうに引《ひ》っぱった。

「放《はな》してよ！」ウェンディは命令《めいれい》した。

「ウェンディ、ぼくといっしょに来《き》て、あの子《こ》たちに話《はなし》をしてやってよ」

もちろん、ウェンディはたのまれてうれしかったけど、こう答《こた》えた。

「ダメよ、ママのことを考《かんが》えたらできない！　しかもあたし、飛《と》べないし」

「教《おし》えてあげる」

「ああ、空《そら》を飛《と》べたらステキでしょうねえ」

「風《かぜ》の背中《せなか》に飛《と》び乗《の》っちゃえばいいんだよ。そうすれば飛《と》べる」

「すごーい！」ウェンディははしゃいだ。

「行《い》こうよ、ウェンディ。そのへんてこなベッドで寝《ね》てるあいだに、ぼくといっしょに飛《と》べるんだよ。星《ほし》たちとふざけたりしながらね」

「ステキ！」

「あとね、ウェンディ、人魚《にんぎょ》もいる」

「人魚《にんぎょ》？　しっぽはある？」

「尾《お》びれのこと？　うん、すごく長《なが》いよ」

「わあっ、人魚《にんぎょ》に会《あ》えるなんて！」ウェンディはきゃあきゃあいった。

ピーターは、どんどんズルくなっていった。

「みんな、ウェンディのこと、尊敬《そんけい》するだろうなあ」

ウェンディはどうしたらいいかわからなくなって、じたばたした。まるで、なんとかして子《こ》ども部屋《べや》の床《ゆか》から離《はな》れまいとしているみたいに。

だけど、ピーターは手《て》かげんしない。

「ねえ、ウェンディ」ピーターは、ダメ押《お》しした。

「夜《よる》になったら、ぼくたちを寝《ね》かしつけてよ」

「ええっ！」

「ぼくたち、寝《ね》かしつけてもらったことがないんだ」

「まあ」

ウェンディは思《おも》わずピーターのほうへ腕《うで》をのばした。

「あと、服《ふく》を縫《ぬ》ったり、ポケットをつくったりしてよ。ぼくたちの服《ふく》にはポケットがないんだ」

ああ、もうムリ。断《ことわ》れっこない。

「もちろんよ。ああ、おもしろそう！　ねえピーター、ジョンとマイケルにも飛《と》び方《かた》を教《おし》えてくれる？」

「きみがそうしてくれっていうなら」

ピーターがどうでもよさそうに答《こた》えると、ウェンディはジョンとマイケルにかけよって、ゆさゆさ揺《ゆ》すった。

「起《お》きて！　ピーターパンが来《き》てるの。飛《と》び方《かた》を教《おし》えてくれるって」

ジョンは目《め》をこすりながら答《こた》えた。

「うん、起《お》きる」

といっても、さっきベッドから蹴《け》り落《お》とされて床《ゆか》の上《うえ》にいたけれど。

「よーし、起《お》きた！」

マイケルもこのころには目《め》を覚《さ》まして、六枚《ろくまい》の刃《は》とギザギザつきのナイフみたいにシャキッとしていた。

そこへ、ピーターが突然《とつぜん》、静《しず》かに、と合図《あいず》した。みんなの顔《かお》が、大人《おとな》の世界《せかい》の音《おと》に耳《みみ》をすます、とびきりずるがしこい子《こ》どもの顔《かお》に変《か》わった。あたりがしんと静《しず》まりかえる。夜《よる》じゅうつらそうに吠《ほ》えていたナナが、ぴたっとだまったことがわかった。

「明《あ》かりを消《け》して！　かくれて！　早《はや》く！」

ジョンがリーダーシップを発揮《はっき》した。もっとも、この冒険中《ぼうけんちゅう》、一回《いっかい》きりだったけど。だけどそういうわけで、ライザがナナを抱《だ》きかかえて部屋《へや》に入《はい》ってきたとき、子《こ》ども部屋《べや》はいつもどおり真《ま》っ暗《くら》で、三人《さんにん》のいたずらっ子《こ》たちは天使《てんし》のようにすーすー寝息《ねいき》をたてて眠《ねむ》っているようにしか見《み》えなかった。ほんとうは、窓《まど》のカーテンのうしろにかくれて、すーすーという音《おと》を出《だ》していたのに。

ライザはぷりぷりしていた。せっかくキッチンでクリスマスのプディングをつくってたのに、ナナがバカみたいに騒《さわ》ぐせいで、ほっぺに干《ほ》しぶどうをつけたまま、引《ひ》っぱりだされた。ナナをおとなしくさせるには子《こ》ども部屋《べや》に連《つ》れていくしかない、と思《おも》ったからだ。もちろん、鎖《くさり》はつけたままだ。

「まったく疑《うたぐ》り深《ぶか》いんだから」ライザはいった。

ナナがしゅんとしててもおかまいなしだ。

「なんともないでしょ？　かわいい天使《てんし》たちはみんな、ぐっすり眠《ねむ》ってますよ。ほーら、寝息《ねいき》だってきこえる」

ここでマイケルが調子《ちょうし》にのって大《おお》きないびきをかいてみせたので、あやうくバレそうになった。ナナは、ウソのいびきだと気《き》づいて、ライザの腕《うで》から飛《と》びだそうとした。

でも、ライザはまったく気《き》づいてない。

「ナナ、いいかげんにして」

ぴしゃりというと、ナナを子《こ》ども部屋《べや》から引《ひ》っぱりだした。

「これ以上《いじょう》吠《ほ》えたら、だんなさんと奥《おく》さんのとこへかけていって、パーティからもどってきてもらうよ。こっぴどくしかられたって知《し》らないからね」

ライザは、しょげかえっているナナをまた外《そと》につないだ。

これでナナが吠《ほ》えるのをやめると思《おも》ったら大《おお》まちがい。お母《かあ》さんとお父《とう》さんにパーティからもどってきてもらう？　望《のぞ》むところだワン。大切《たいせつ》な子《こ》どもたちさえ無事《ぶじ》でいてくれたら、しかられたってかまわない。でも、残念《ざんねん》ながらライザがプディングづくりにもどってしまったので、ナナはライザの助《たす》けを借《か》りるのはあきらめて、つながれた鎖《くさり》を必死《ひっし》で引《ひ》きちぎった。あっというまに二十七番地《にじゅうななばんち》のお宅《たく》のダイニングルームに飛《と》びこんで、あおむけになって脚《あし》を投《な》げだした。伝《つた》えたいことがあるときに使《つか》う、いちばんわかりやすい方法《ほうほう》だ。ダーリング夫妻《ふさい》はすぐに、子《こ》ども部屋《べや》でおそろしいことが起《お》きていると理解《りかい》して、パーティの主催者《しゅさいしゃ》にさようならもいわずに外《そと》に飛《と》びだした。

でも、三人《さんにん》のいたずらっ子《こ》がカーテンのうしろで寝息《ねいき》をたててから、もう十分《じっぷん》たっていた。ピーターパンは、十分《じっぷん》もあればなんでもできる。

「もうだいじょうぶ」ジョンがいって、カーテンのうしろから顔《かお》を出《だ》した。

「ねえ、ピーター。飛《と》べるってホント？」

ピーターは、答《こた》えるのがめんどくさいみたいに、部屋《へや》を飛《と》びまわってみせ、途中《とちゅう》で暖炉《だんろ》の上《うえ》にとまったりもした。

「わあ、すげー！」ジョンとマイケルが声《こえ》をあげる。

「ステキ！」ウェンディもいう。

「そう、ぼくはステキ。ステキなんだ！」ピーターがまた調子《ちょうし》にのる。

あんまりかんたんそうなので、子《こ》どもたちは、はじめは床《ゆか》から、つぎにベッドから飛《と》ぼうとしてみた。でもどうしても、上《うえ》ではなく下《した》に行《い》ってしまう。

「ね、どうやって飛《と》んでるの？」

ジョンが、ひざをさすりながらきいた。なんでも手《て》っとりばやく片《かた》づけたいほうだ。

「楽《たの》しいことやステキなことを思《おも》い浮《う》かべるんだ」ピーターが説明《せつめい》する。

「そうすれば、からだが浮《う》いてくれる」

ピーターはもう一度《いちど》飛《と》んでみせた。

「速《はや》すぎだよ。もう一回《いっかい》、ゆっくりやってくれない？」ジョンがお願《ねが》いした。

ピーターはゆっくりのと速《はや》いのと、両方《りょうほう》やってみせた。

「うん、これでわかった。見《み》てて、ウェンディ！」

だけどすぐに、まったくわかってなかったと気《き》づいた。だれも、一《いっ》センチも飛《と》べない。マイケルでさえ読《よ》めるような単語《たんご》もわからないピーターが、すいすい飛《と》べるのに。

もちろん、ピーターは三人《さんにん》をからかっていた。妖精《ようせい》の粉《こな》をかけなければ飛《と》べっこないから。ピーターの片手《かたて》には、さっきの妖精《ようせい》の粉《こな》がべったりついていたので、ひとりひとりに少《すこ》しずつ吹《ふ》きかけてやると、効果《こうか》てきめんだった。

「よし、じゃあ、こんなふうに肩《かた》を揺《ゆ》すって。で、飛《と》ぶんだ」

三人《さんにん》でベッドの上《うえ》に立《た》ち、まずはこわいもの知《し》らずのマイケルがトライした。そんなに必死《ひっし》にならなくても飛《と》べた。あっというまに、部屋《へや》の向《む》こう側《がわ》まで運《はこ》ばれた。

「ぼく、飛《と》んだよ！」マイケルは宙《ちゅう》に浮《う》いたまま叫《さけ》んだ。

ジョンも飛《と》んで、おふろ場《ば》のあたりでウェンディと合流《ごうりゅう》した。

「ステキ！」

「サイコー！」

「見《み》て、あたし飛《と》んでる！」

「見《み》て、ぼく飛《と》んでる！」

「こっちも見《み》て！」

子《こ》どもたちはピーターにくらべたらまだまだで、どうしても足《あし》をバタバタさせるので、頭《あたま》がしょっちゅう天井《てんじょう》にぶつかった。でも、楽《たの》しいったらない。ピーターははじめ、ウェンディに手《て》を貸《か》してやってたけど、ティンクがキレそうなので、しかたなく引《ひ》っこめた。

みんな、上《あ》がったり下《さ》がったり、ぐるぐる回《まわ》ったりした。天国《てんごく》みたい、とウェンディがいった。

「ねえ、みんなで外《そと》に行《い》こうよ」ジョンが声《こえ》をあげる。

それこそ、ピーターの狙《ねら》いどおりだった。

マイケルはノリノリで、一兆《いっちょう》キロ先《さき》まで行《い》くにはどのくらいかかるか知《し》りたくてうずうずしている。だけど、ウェンディはためらっていた。

「人魚《にんぎょ》に会《あ》えるよ！」ピーターがまたいう。

「ああ！」

「海賊《かいぞく》もいる」

「えっ、海賊《かいぞく》？」

ジョンはよそゆきの帽子《ぼうし》をつかんでいった。

「早《はや》く連《つ》れてって！」

ちょうどそのころ、ダーリング夫妻《ふさい》はナナといっしょに二十七番地《にじゅうななばんち》のお宅《たく》をあわてて出《で》たところだった。通《とお》りのまんなかまで走《はし》って、子《こ》ども部屋《べや》の窓《まど》を見《み》あげると、まだ閉《し》まっていた。でも、部屋《へや》にはこうこうと明《あ》かりがついている。

そのとき、お母《かあ》さんとお父《とう》さんはびっくりして心臓《しんぞう》が飛《と》びだしそうになった。ナイトウエア姿《すがた》の小《ちい》さな影《かげ》が三《みっ》つ、カーテンにうつっていて、それが空中《くうちゅう》をぐるぐる回《まわ》っている。

ううん、三《みっ》つじゃない。四《よっ》つ！

ふたりはふるえながら玄関《げんかん》のドアをあけた。お父《とう》さんが子《こ》ども部屋《べや》へかけあがろうとすると、お母《かあ》さんがそっと行《い》くように合図《あいず》した。お母《かあ》さんは自分《じぶん》の心臓《しんぞう》もそっと落《お》ち着《つ》かせようとしていた。

ふたりは間《ま》に合《あ》うか？　間《ま》に合《あ》ったら、ふたりにとってこれほどうれしいことはないし、だれもがほっとため息《いき》をつくはずだ。ただし、そうなるとここで話《はなし》が終《お》わってしまう。もしこのとき、小《ちい》さな星《ほし》たちがこのようすを見《み》ていなかったら、間《ま》に合《あ》ったはずだ。ここでまた、星《ほし》たちが息《いき》を吹《ふ》いて窓《まど》をあけた。あのいちばん小《ちい》さな星《ほし》が叫《さけ》ぶ。

「気《き》をつけて、ピーター！」

ピーターはとっさに、ぐずぐずしている場合《ばあい》じゃないと気《き》づいた。

「行《い》くぞ」

命令《めいれい》するように大《おお》きな声《こえ》でいうと、夜空《よぞら》に飛《と》びたった。ジョンとマイケルとウェンディもあとにつづく。

お母《かあ》さんとお父《とう》さんとナナが子《こ》ども部屋《べや》にかけこんだときには、手遅《ておく》れだった。小鳥《ことり》たちは、もう空《そら》を飛《と》んでいた。

空《そら》の旅《たび》

「ふたつ目《め》を右《みぎ》に曲《ま》がって、そのまま朝《あさ》までまっすぐ」

これが、ピーターがウェンディに教《おし》えたネバーランドへの行《い》き方《かた》だ。だけどこんな説明《せつめい》じゃ、風《かぜ》の強《つよ》い曲《ま》がり角《かど》に来《く》るといつも地図《ちず》をしっかり確認《かくにん》する鳥《とり》だって、ネバーランドを見《み》つけられない。ピーターはただの思《おも》いつきでいっただけだった。

はじめはみんな、ピーターのことを百《ひゃく》パーセント信用《しんよう》していた。それに、飛《と》ぶのが楽《たの》しくてたまらなくて、教会《きょうかい》のてっぺんやら、目《め》についた気《き》になる高《たか》い建物《たてもの》やらのまわりをぐるぐる回《まわ》って寄《よ》り道《みち》をしていた。

ジョンとマイケルは競争《きょうそう》して飛《と》んだ。ジョンは小《ちい》さいマイケルにハンデをあげて先《さき》に行《い》かせた。

子《こ》どもたちは、ちょっと前《まえ》の自分《じぶん》が恥《は》ずかしかった。部屋《へや》のなかを飛《と》びまわるだけで、すごいって思《おも》ってたなんて。

でも、ちょっと前《まえ》って、どのくらい前《まえ》だっけ？　みんなで海《うみ》の上《うえ》を飛《と》んでいるときに、ウェンディはふと、気《き》になりだした。ジョンの記憶《きおく》だと、海《うみ》をわたるのは二回目《にかいめ》で、夜《よる》は三回目《さんかいめ》らしい。

暗《くら》くなったり明《あか》るくなったり、すごく寒《さむ》くなったりすごく暑《あつ》くなったり。たまにおなかがすいた気《き》がしたけど、ほんとうにすいてたかどうかは不明《ふめい》だ。ピーターがおもしろいやり方《かた》で食《た》べものをもってきてくれるから、おなかがすいたフリをしてただけかもしれない。ピーターは、人間《にんげん》が食《た》べられそうなものをくわえている鳥《とり》を追《お》いかけて、口《くち》からうばいとった。すると、鳥《とり》が追《お》いかけてきてうばいかえしにくる。そんなふうに何《なん》キロもはしゃぎながら追《お》いかけっこして、最後《さいご》には食《た》べものを分《わ》けあって、仲《なか》よくバイバイする。だけど、ウェンディはちょっと心配《しんぱい》になった。こんなふうに食《た》べものを手《て》に入《い》れるのがヘンだって、ピーターはわかってないのかも。ほかに方法《ほうほう》があるってことさえ知《し》らないかもしれない。

みんな、眠《ねむ》いフリだけはしなかった。ほんとうに眠《ねむ》かったから。そして、眠《ねむ》るのは危険《きけん》だった。うっかり寝《ね》たら、下《した》に落《お》っこちる。

ピーターはそれをおもしろがっていたから、ひどいもんだ。

「ほーら、また落《お》ちた！」

マイケルが急《きゅう》に石《いし》みたいに落《お》ちるのを見《み》て、ピーターははしゃいだ。

「ちょっと、助《たす》けてあげて！」ウェンディは叫《さけ》んだ。

はるか下《した》のおそろしい海《うみ》を見《み》て、ぶるっとふるえる。ピーターはなんだかんだいって落《お》ちるすれすれのところでさっとつかまえてくれるはずだ。そういうときはステキなんだけど、いつも、ギリギリまで動《うご》いてくれない。人《ひと》の命《いのち》を救《すく》うことより、自分《じぶん》のすごさをひけらかしたいだけみたい。しかも、めちゃくちゃあきっぽくて、ついさっきまで夢中《むちゅう》になっていた遊《あそ》びをぱたっとやめたりする。だから、つぎにだれかが落《お》ちても助《たす》けてくれる保証《ほしょう》はない。

ピーターはあおむけに浮《う》かんでいるだけで、落《お》ちずに空中《くうちゅう》で眠《ねむ》れた。からだがめちゃくちゃ軽《かる》くて、うしろから息《いき》を吹《ふ》きかけたら、さらにスピードが出《で》るくらいだから。

「もっとピーターに愛想《あいそ》よくしなきゃ」

ウェンディはジョンにこっそりいった。〝まねっこゲーム〟という、リーダーのまねをする遊《あそ》びをしているところだ。

「じゃ、わざと見《み》せびらかすの、やめさせてよ」ジョンがいった。

ピーターはまねっこゲームのとき、よく海面《かいめん》すれすれまで行《い》って、一匹《いっぴき》ずつサメのしっぽにタッチしながら飛《と》ぶ。鉄柵《てっさく》を指《ゆび》でなぞりながら歩《ある》くみたいに。ピーターみたいにうまくできない子《こ》どもたちにしてみたら、見《み》せびらかされているとしか思《おも》えない。しかもピーターは、うしろを振《ふ》りかえって、子《こ》どもたちがさわりそこねたしっぽの数《かず》を確認《かくにん》したりする。

「ピーターと仲《なか》よくしてくれなくちゃ。置《お》いていかれたらどうするの？」

ウェンディは弟《おとうと》たちにいいきかせた。

「うちに帰《かえ》ればいいじゃん」マイケルがいう。

「ピーターがいなかったら、帰《かえ》り道《みち》がわかんないでしょ」

「じゃあ、このまま飛《と》びつづければいい」ジョンがいった。

「それをいってるのよ。あたしたち、飛《と》びつづけるしかないの。止《と》まり方《かた》を知《し》らないんだから」

たしかに、ピーターは子《こ》どもたちに止《と》まり方《かた》を教《おし》えるのを忘《わす》れていた。

ジョンは、どうしようもなくなったらとにかくまっすぐ進《すす》んでいけばいい、といった。地球《ちきゅう》は丸《まる》いんだから、いつか自分《じぶん》たちの家《いえ》の窓《まど》に着《つ》くよ、と。

「あのね、ジョン。だれが食《た》べものをくれるっていうの？」

「ぼく、あのワシがくわえてたやつ、とってやったよ。うまいもんだっただろ？」

「二十回目《にじっかいめ》でやっとね」ウェンディはチクリといった。

「それにね、食《た》べものをとれるようになったとしても、あたしたち、ピーターに手《て》を貸《か》してもらわなきゃ、雲《くも》やら何《なに》やら、いろんなものにぶつかっちゃう」

たしかに、子《こ》どもたちはしょっちゅう何《なに》かしらにぶつかっていた。まだ蹴《け》りが強《つよ》すぎるとはいえ、安定《あんてい》して飛《と》べるようにはなっていた。ところが、目《め》の前《まえ》に雲《くも》があらわれると、よけようとすればするほどぶつかってしまう。ナナがいたらいまごろ、マイケルのおでこに包帯《ほうたい》が巻《ま》いてあるはずだ。

このとき、ピーターはいっしょに飛《と》んでいなかった。空《そら》の上《うえ》で三人《さんにん》きりになると、なんだか心細《こころぼそ》い。ピーターは速《はや》く飛《と》べるので、ふいに目《め》の前《まえ》からさっといなくなって、知《し》らない冒険《ぼうけん》をひとりでしてきたりする。星《ほし》にめちゃくちゃおもしろい話《はなし》をしてやったとかいって笑《わら》いながらもどってきたくせに、なんの話《はなし》かは忘《わす》れている。人魚《にんぎょ》のうろこをくっつけてもどってきたのに、何《なに》をしていたのか説明《せつめい》できない。人魚《にんぎょ》を見《み》たこともない子《こ》どもたちにしてみたら、じれったいなんてもんじゃない。

「だいたい、あんなにすぐ忘《わす》れちゃってたら、あたしたちのことだって、いつ忘《わす》れちゃうかわかんないでしょ？」

ウェンディが心配《しんぱい》してたとおり、ピーターはもどってきたときに三人《さんにん》を見《み》て、だれだっけという顔《かお》をすることが何度《なんど》かあった。ウェンディの目《め》はごまかせない。さっさと通《とお》りすぎようとして、あ、そうか、みたいな顔《かお》をしたこともある。一度《いちど》なんて、ウェンディのほうから名乗《なの》らなきゃいけなかった。

「あたし、ウェンディよ」ウェンディはどぎまぎしながらいった。

ピーターは、かなり反省《はんせい》してた。そして、ひそひそ声《ごえ》でいった。

「あのさ、ウェンディ、ぼくがきみのことを忘《わす》れてるようだったら、これからも『あたし、ウェンディよ』って声《こえ》をかけてよ。そしたら思《おも》いだすから」

こんなことをいわれていい気《き》がするわけがない。

けれども、ピーターはおわびのしるしに、強《つよ》い追《お》い風《かぜ》に乗《の》って寝《ね》そべったまま飛《と》ぶ方法《ほうほう》を教《おし》えてくれた。なかなかいい気分転換《きぶんてんかん》になったし、何度《なんど》か試《ため》すうちに、安全《あんぜん》に眠《ねむ》れるようになった。ほんとうはもっと長《なが》く寝《ね》ていたかったけど、ピーターは眠《ねむ》るのにすぐあきて、キャプテン気《き》どりで「出発《しゅっぱつ》するぞ」と叫《さけ》ぶ。

こんなふうにケンカもしたけど、だいたいは大《おお》はしゃぎしてるうちに、だんだんネバーランドに近《ちか》づいていった。月《つき》と出会《であ》っては別《わか》れを何度《なんど》もくりかえして、ようやくたどりついた。というか、ひたすらまっすぐ進《すす》んでいたら着《つ》いていた。ピーターやティンクの案内《あんない》のおかげというより、ネバーランドのほうから探《さが》しだしてくれたからだろう。そうでもなければ、この魔法《まほう》の岸辺《きしべ》はぜったいに見《み》つからない。

「ほら、あそこだよ」ピーターが静《しず》かにいった。

「えっ、どこ？　どこ？」

「あの、矢《や》がぜんぶ指《さ》してる先《さき》」

ほんとうだ。百万本《ひゃくまんぼん》もの黄金《おうごん》の矢《や》が島《しま》を指《さ》し示《しめ》している。子《こ》どもたちのためにそうして

くれたのは、仲《なか》よしの太陽《たいよう》だ。もうすぐ夜《よる》で帰《かえ》るから、いまのうちに道《みち》を教《おし》えてくれようとしていた。

ウェンディとジョンとマイケルは、早《はや》く島《しま》を見《み》たくて、空中《くうちゅう》で背《せ》のびした。どうしてかみんな、ひと目《め》でそれがネバーランドだとわかった。そして、あとから不安《ふあん》におそわれるとも知《し》らずに、ひたすら元気《げんき》にあいさつしていた。夢見《ゆめみ》ていたものにようやく会《あ》えたというより、休暇《きゅうか》でふるさとに帰《かえ》って親友《しんゆう》と再会《さいかい》したみたいに。

「ジョン、入《い》り江《え》がある！」

「ウェンディ、見《み》て。カメが卵《たまご》を砂《すな》に埋《う》めてる」

「あっ、脚《あし》の折《お》れたフラミンゴ！　あれ、ジョンのだよね」

「ほら、マイケルの洞窟《どうくつ》だ！」

「ジョン、あの茂《しげ》みのなかにあるのは何《なに》？」

「オオカミの親子《おやこ》だよ。あれはきっと、ウエンディのかわいがってるオオカミの子《こ》どもだ！」

「ジョン、あれ、ぼくのボートだ！　わきに穴《あな》があいてるやつ」

「ちがうよ。おまえのボートは燃《も》やしちまっただろ」

「ううん、ぜったいにぼくのだ。あっ、ピカニニ族《ぞく》のキャンプから煙《けむり》が出《で》てる！」

「えっ、どこだ？　煙《けむり》ののぼり方《かた》で、戦《たたか》いに行《い》くところかどうかわかるんだ」

「あそこ。ミステリアス・リバーの向《む》こう岸《ぎし》」

「あっ、ほんとだ。うん、戦《たたか》いに行《い》くとこだな」

ピーターは、みんながいろいろ知《し》っているので、ちょっとイラッとした。でも、いばりたがりのピーターは、すぐに満足《まんぞく》することになる。なにしろ、子《こ》どもたちはこの直後《ちょくご》に不《ふ》安《あん》におそわれるから。

黄金《おうごん》の矢《や》が消《き》え、島《しま》が暗《くら》やみにつつまれたときだった。

心《こころ》のなかで見《み》ていたネバーランドは、寝《ね》るころになると、うす暗《ぐら》くてぶきみだった。人《ひと》が足《あし》を踏《ふ》み入《い》れていない地《ち》があちこちにあらわれ、そこを黒《くろ》い影《かげ》が動《うご》きまわる。猛獣《もうじゅう》のうなり声《ごえ》も、昼間《ひるま》とはちがってきこえた。何《なに》より、何者《なにもの》かにおそわれたら勝《か》てる自信《じしん》がなくなってくる。そんなとき、夜《よる》の明《あ》かりがつくとほっとした。ナナに、それはただの暖炉《だんろ》で、ネバーランドなんて空想《くうそう》の世界《せかい》だといわれると、うれしいくらいだった。

あのころのネバーランドはもちろん空想《くうそう》だったけど、いまのは現実《げんじつ》だ。夜《よる》の明《あ》かりはなく、どんどん暗《くら》くなっていく。それなのにナナもいない。

ばらばらに飛《と》んでいた子《こ》どもたちも、ピーターにぴたっとくっついた。へらへらしてたピーターも、目《め》をかがやかせている。からだにふれると、ピリピリが伝《つた》わってくるくらいだ。島《しま》はぶきみだった。低空飛行《ていくうひこう》していたので、たまに足《あし》が木《き》にふれた。空中《くうちゅう》にこわいものは見《み》あたらなかったけど、だんだんスピードがおそくなり、敵軍《てきぐん》をかき分《わ》けて前進《ぜんしん》しているみたいになった。たまにまったく進《すす》めなくなると、ピーターがげんこつで空気《くうき》をたたきわってくれた。

「やつらがぼくたちを上陸《じょうりく》させないようにしているんだ」ピーターが説明《せつめい》した。

「やつらって?」ウェンディがふるえながら小声《こごえ》できいた。

でも、ピーターは答《こた》えられなかった。答《こた》える気《き》がないのかもしれない。自分《じぶん》の肩《かた》の上《うえ》で眠《ねむ》っていたティンカーベルを起《お》こして、先頭《せんとう》に行《い》かせた。

ときどきピーターは、空中《くうちゅう》で止《と》まり、手《て》をあててじっと耳《みみ》をすました。それからまた、きらきらした目《め》でじっと下《した》を見《み》つめた。地面《じめん》にふたつ、穴《あな》があくんじゃないかと思《おも》うくらいじっと。それからまた、前《まえ》に進《すす》みだす。

ピーターの勇気《ゆうき》は、並《なみ》はずれていた。

「さて、冒険《ぼうけん》をしようか？　それとも先《さき》にお茶《ちゃ》にする？」

なんてことなさそうにジョンにきく。

ウェンディがすかさず「まずお茶《ちゃ》よ」と答《こた》えた。

マイケルはありがとうというふうにウェンディの手《て》をにぎったけど、ジョンは迷《まよ》った。

「冒険《ぼうけん》って、どんな？」ジョンがおそるおそるきく。

「この真下《ました》に大草原《だいそうげん》があって、海賊《かいぞく》がひとり、眠《ねむ》ってる。よかったら、おりていって殺《ころ》さないか？」

「海賊《かいぞく》なんて見《み》えないけど」しばらくしてジョンがいった。

「見《み》えるさ」

「でもさ、もし目《め》を覚《さ》ましたら？」ジョンの声《こえ》はうわずっていた。

ピーターはムッとした。

「眠《ねむ》ってるすきに殺《ころ》すと思《おも》ってたのか？　まず起《お》こして、それから殺《ころ》す。それがぼくのやり方《かた》だ」

「何人《なんにん》も殺《ころ》してるの？」

「山《やま》ほどね」

ジョンは「すげえ」といったものの、先《さき》にお茶《ちゃ》を飲《の》むことにした。この島《しま》にはいまたくさん海賊《かいぞく》がいるのかとたずねると、こんなにたくさんいるのははじめてだとピーターが答《こた》えた。

「いまの船長《せんちょう》はだれ？」

「フック」ピーターは答《こた》えた。

憎《にく》き相手《あいて》の名前《なまえ》を口《くち》にしたせいで、しかめっ面《つら》になる。

「フックって、ジェームズ・フック？」

「そうだ」

それをきいて、マイケルが泣《な》きだした。ジョンでさえ、ごくりとつばを飲《の》みこんだ。なにしろふたりとも、フックの評判《ひょうばん》を知《し》っていたから。

「海賊船《かいぞくせん》〝黒《くろ》ひげ〟の甲板長《かんぱんちょう》をしてたんだよね」

ジョンはかすれた声《こえ》をしぼりだした。

「悪党《あくとう》のなかの悪党《あくとう》だよ。『宝島《たからじま》』に出《で》てくる大海賊《だいかいぞく》ジョン・シルバーがたったひとり、おそれた男《おとこ》だ」

「うん、そのフックだ」ピーターがいう。

「どんなやつなの？　大《おお》きい？」

「むかしほどじゃない」

「どういう意味《いみ》？」

「ぼくが少《すこ》し切《き》ってやったから」

「えっ、ピーターが？」

「そう、ぼくがだ」ピーターがぴしゃりという。

「疑《うたが》ったわけじゃないよ」

「ああ、そっか」

「少《すこ》しって、どれくらい切《き》ったの？」

「右手《みぎて》をスパッと」

「じゃあ、もう戦《たたか》えない？」

「まさか、ガンガン戦《たたか》ってるさ！」

「左《ひだり》きき？」

「なくなった右手《みぎて》のかわりに鉄《てつ》の鉤《かぎ》をつけていて、それで敵《てき》をズタズタに引《ひ》き裂《さ》く」

「引《ひ》き裂《さ》く？」

「なあ、ジョン」

「うん」

「『うん』じゃなくて『なんでしょう、キャプテン』だろ」

「なんでしょう、キャプテン」

「ひとついっとくよ」ピーターがつづけていった。

「ぼくの下《した》ではたらく子《こ》たちは、約束《やくそく》しなくちゃいけないことがある。もちろんきみも」

ジョンは青《あお》ざめた。

「つまりだな、もしぼくらがフックと戦《たたか》うことになったら、ぼくにぜんぶまかせなくちゃいけない」

「約束《やくそく》します」ジョンはおとなしく答《こた》えた。

このときにはそれほどこわくなくなっていた。ティンクがいっしょに飛《と》んで、その光《ひかり》でおたがいの姿《すがた》が見《み》えたから。でも、ティンクはゆっくり飛《と》べないから、みんなのまわりをぐるぐる回《まわ》るしかなくて、まるで光《ひかり》の輪《わ》のなかを進《すす》んでいるようだった。ウェンディは楽《たの》しんでいたけれど、ピーターが、これはまずいぞといいだした。

「ティンクがいってるんだ。海賊《かいぞく》が暗《くら》くなる前《まえ》にぼくらを見《み》つけてて、〝ロングトム〟をもちだした」ピーターがいう。

「ロングトムって、大砲《たいほう》？」

「うん。しかも、ティンクの光《ひかり》を見《み》つけるはずだ。ぼくらがティンクのそばにいると見当《けんとう》をつけたら、まちがいなく撃《う》ってくる」

「ウェンディ！」

「ジョン！」

「マイケル！」

「ピーター、ティンクに離《はな》れるようにいって！」

三人《さんにん》はぎゃあぎゃあ叫《さけ》んだけど、ピーターははねつけた。

「ティンクの考《かんが》えだと、ぼくたちは迷子《まいご》になってる」

ピーターはきっぱりいった。

「それに、ティンクだってこわがってる。ひとりになんかできないよ！」

一瞬《いっしゅん》、光《ひかり》の輪《わ》がくずれ、何《なに》かがピーターをふざけてつねった。

「じゃあ、光《ひかり》を消《け》してもらって」ウェンディはすがるようにいった。

「消《け》せない。妖精《ようせい》も、それだけはできないんだ。星《ほし》とおなじで、眠《ねむ》らなきゃ消《き》えない」

「じゃあ、すぐに眠《ねむ》ってもらって」ジョンが命令《めいれい》するようにいった。

「眠《ねむ》たくならなきゃ眠《ねむ》れない。妖精《ようせい》は、それもできないんだ」

「そのふたつができなきゃ、ただの役立《やくた》たずじゃん」

ジョンがぶつぶつ文句《もんく》をいう。

こんどはジョンがつねられたけど、ふざけてではなかった。

「服《ふく》にポケットがついてればティンクを入《い》れられるのに」ピーターがいった。

みんなあわてて出発《しゅっぱつ》したので、ポケットのついた服《ふく》なんて着《き》てない。

ピーターがいいことを思《おも》いついた。そうだ、ジョンの帽子《ぼうし》！

ティンクは、帽子《ぼうし》を手《て》でもってくれるなら、という条件《じょうけん》でなかに入《はい》った。ジョンがかぶらずに手《て》でもったけど、ティンクはピーターに運《はこ》んでもらいたかった。そのうち、帽子《ぼうし》がひざにあたるとジョンが文句《もんく》をいったので、ウェンディに交代《こうたい》した。これが災《わざわ》いのもとだった。ティンカーベルにしてみたら、ウェンディの助《たす》けを借《か》りるなんてまっぴらだから。

ティンクの光《ひかり》を黒《くろ》い帽子《ぼうし》のなかにすっぽりかくし、みんなはだまって飛《と》んだ。いままで経験《けいけん》したことがない静《しず》けさだ。一度《いちど》、遠《とお》くでピチャピチャという音《おと》がした。ピーターが、けものたちが浅瀬《あさせ》で水《みず》を飲《の》んでいる音《おと》だと教《おし》えてくれた。キイキイと木《き》の枝《えだ》がこすれあうような音《おと》は、ピカニニ族《ぞく》がナイフを研《と》いでいる音《おと》らしい。

そのうち、こういう音《おと》もしなくなった。マイケルにしてみたら、こわくてがまんできない。

「なんでもいいから音《おと》が鳴《な》ってほしいよ！」

マイケルは泣《な》きじゃくった。

するとマイケルのリクエストにこたえるみたいに、きいたこともない大《おお》きなドカーンという音《おと》がした。海賊《かいぞく》が大砲《たいほう》をぶっぱなした音《おと》だ。

すさまじい音《おと》が山々《やまやま》にこだました。まるで、「やつらはどこだ、やつらはどこだ、どこ行《い》った？」と目《め》の色《いろ》を変《か》えて探《さが》しているみたいに。

三人《さんにん》はこうして、恐怖《きょうふ》におののきながら、空想《くうそう》の島《しま》と現実《げんじつ》の島《しま》では大《おお》ちがいだと思《おも》い知《し》った。

ようやく空《そら》が落《お》ち着《つ》いてきたとき、ジョンとマイケルは気《き》づいたら暗《くら》やみのなかでふたりきりだった。ジョンはひたすら空中《くうちゅう》を進《すす》み、マイケルは浮《う》かび方《かた》を知《し》らないのに浮《う》かんでいた。

「撃《う》たれてない？」ジョンがふるえながらひそひそいう。

「どうかな」マイケルも声《こえ》をひそめた。

結局《けっきょく》、だれも撃《う》たれていなかった。とはいえ、ピーターは爆風《ばくふう》で遠《とお》くの海《うみ》まで運《はこ》ばれ、ウェンディは、空高《そらたか》く吹《ふ》き飛《と》ばされた。いっしょにいたのはティンカーベルだけ。

ウェンディにとっては、そのとき帽子《ぼうし》を落《お》としてたほうがラッキーだったけど。

ティンクは急《きゅう》に思《おも》いついたのか前《まえ》もって計画《けいかく》していたのかはわからないけど、帽子《ぼうし》からさっと飛《と》びだして、ウェンディを破滅《はめつ》の道《みち》へと導《みちび》きはじめた。

ティンクは、根《ね》っからのいじわるではない。いまは黒《くろ》い心《こころ》でいっぱいだけど、すごくいい子《こ》になるときもある。妖精《ようせい》は、どっちかひとつにしかなれない。小《ち》いさすぎて、一度《いちど》にひとつの感情《かんじょう》しか入《はい》らないからだ。だからちがう感情《かんじょう》をもつためには、正反対《せいはんたい》になるしかない。いまのティンクは、ウェンディに対《たい》するねたみでいっぱいだった。ティンクがかわいらしくチリリンという声《こえ》で何《なに》をいったか、ウェンディはもちろんわかってない。よくない言葉《ことば》だとしても、いかにもやさしそうにきこえた。ティンクは、前《まえ》にうしろに飛《と》んでいる。

「ついてきて。だいじょうぶだから」というふうに。

ウェンディにはどうすることもできなかった。ピーターとジョンとマイケルを呼《よ》んでみたけど、あざ笑《わら》うようにこだまがかえってくるだけだ。ティンクが大人《おとな》の女《おんな》の人《ひと》みたいにはげしい憎《にく》しみを抱《いだ》いていることに、まだ気《き》づいてない。そんなわけで、ウェンディはよくわからないままふらふら飛《と》んで、ティンクのあとについて、おそろしい運命《うんめい》に向《む》かっていった。

ほんとうのネバーランド

ピーターが帰《かえ》ってきたのに気《き》づいて、ネバーランドはふたたび目覚《めざ》めた。べつに島《しま》は眠《ねむ》ってたわけじゃないから、活気《かっき》づいてきたというほうが正確《せいかく》だけど、目覚《めざ》めたっていうほうがカッコいいからピーターはいつもそういう。

ピーターが留守《るす》だと、この島《しま》はのんびりムードになる。妖精《ようせい》は一時間寝坊《いちじかんねぼう》して、けものは自分《じぶん》の子《こ》の世話《せわ》をする。ピカニニ族《ぞく》は四六時中《しろくじちゅう》たらふくものを食《た》べ、海賊《かいぞく》と迷子《まいご》は出《で》くわしても身《み》ぶり手《て》ぶりで挑発《ちょうはつ》しあうだけ。そこへ、ダラダラがきらいなピーターが帰《かえ》ってくると、みんなが活動再開《かつどうさいかい》する。いま、地面《じめん》に耳《みみ》をくっつけてみたら、島《しま》じゅうが活気《かっき》にあふれているのが音《おと》でわかるはずだ。

この日《ひ》の夜《よる》の各《かく》グループの動《うご》きは、こんな感《かん》じだ。迷子《まいご》たちはピーターを、海賊《かいぞく》は迷子《まいご》たちを、ピカニニ族《ぞく》は海賊《かいぞく》を、けものはピカニニ族《ぞく》を探《さが》しまわっていた。それぞれ、島《しま》をぐるぐる回《まわ》っていたけれど、スピードがおなじなのでぶつからない。

迷子《まいご》の男《おとこ》の子《こ》たちをのぞいて、みんな血《ち》にうえていた。男《おとこ》の子《こ》たちもいつもなら血《ち》を見《み》るのが好《す》きだけど、今夜《こんや》の目的《もくてき》はキャプテンをむかえにいくことだ。もちろん、この島《しま》にいる男《おとこ》の子《こ》の数《かず》は、殺《ころ》されたりすることもあるので、そのときどきで変《か》わる。大人《おとな》になりそうな子《こ》がいると、ルール違反《いはん》だからとピーターが排除《はいじょ》する。このときは、ふたごもふくめて合計六人《ごうけいろくにん》いた。サトウキビ畑《ばたけ》からようすをうかがえば、男《おとこ》の子《こ》たちがおのおの短剣《たんけん》を手《て》に、一列《いちれつ》になって忍《しの》び足《あし》で通《とお》りすぎていくのが見《み》えるはずだ。

男《おとこ》の子《こ》たちはピーターから似《に》たかっこうをするのを禁止《きんし》されていたので、自分《じぶん》で仕留《しと》めたクマの毛皮《けがわ》を着《き》ていた。着《き》ぶくれて毛《け》むくじゃらで、転《ころ》んだらそのままころころいってしまう。だからみんな、一歩一歩《いっぽいっぽ》ふみしめて歩《ある》くようになった。

最初《さいしょ》にやってきたのは、トゥートルズ。勇《いさ》ましい男《おとこ》の子《こ》たちのなかでいちばんの弱虫《よわむし》ってわけではないけど、いちばん運《うん》が悪《わる》くて、冒険《ぼうけん》の回数《かいすう》がだれよりも少《すく》ない。事件《じけん》が起《お》きるのは決《き》まって、トゥートルズが外《そと》に出《で》て角《かど》を曲《ま》がった直後《ちょくご》だった。きょうは平和《へいわ》だなと思《おも》って、たきぎに使《つか》う木《き》の枝《えだ》を拾《ひろ》いに出《で》かける。で、帰《かえ》ってきたらみんなが血《ち》をぬぐっている、といったふうに。だからちょっと悲《かな》しそうな表情《ひょうじょう》をしてるけど、ふてくされるどころかやさしくて、いちばんおとなしい。このかわいそうなトゥートルズに、今晩《こんばん》、誘惑《ゆうわく》の手《て》がせまっていた。うまい話《はなし》にのったら、とりかえしのつかないことになる。妖精《ようせい》ティンクがいたずらをたくらんでいて、便利《べんり》な手先《てさき》を探《さが》している。いちばんだまされやすそうなトゥートルズは、くれぐれも気《き》をつけなきゃいけない。

でも、トゥートルズが気《き》をつけるはずもなく、げんこつをかじりながら通《とお》りすぎていった。

つぎにやってきたのはニブス。人《ひと》あたりがよくて元気《げんき》。

そのつぎがスライトリー。木《き》で笛《ふえ》をつくって吹《ふ》きながらうっとりとダンスなんかする夕イプだ。いちばんのうぬぼれ屋《や》で、迷子《まいご》になる前《まえ》の生活《せいかつ》ぶりを覚《おぼ》えているといばっている。うぬぼれすぎのせいか、鼻《はな》がツンとそりかえっている。

四人目《よにんめ》はカーリー。いたずらで、ピーターが「これをやった者《もの》は前《まえ》に出《で》ろ」と問《と》いつめると、だいたい出《で》てくる。いまじゃ、自分《じぶん》がやってなくても勝手《かって》に前《まえ》に出《で》るようになった。

最後《さいご》はふたご。このふたりは、どっちがどっちかわからないから説明不可能《せつめいふかのう》。ピーターなんか、ふたごがなんなのかもわかってない。そして男《おとこ》の子《こ》たちはピーターの知《し》らないことを知《し》るのを許《ゆる》されないから、このふたごも、いつまでたっても自分《じぶん》たちのことがわからないままだ。いつもすまなそうにふたりでくっついて、なんとかみんなに認《みと》めてもらおうとしている。

男《おとこ》の子《こ》たちは、暗《くら》がりのなかに消《き》えていった。しばらくして、とはいえ、この島《しま》ではものごとがぱっぱと進《すす》むので、そんなに長《なが》くはたたないうちに、こんどは海賊《かいぞく》がやってきた。いつも、姿《すがた》が見《み》えるより先《さき》に声《こえ》がきこえる。お決《き》まりのおそろしい歌《うた》だ。

おいこら止《と》まれ　そこの船《ふね》
海賊《かいぞく》さまのお出《で》ましだ
一発《いっぱつ》くらって　くたばったって
おれたちゃ地獄《じごく》で再会《さいかい》よ！

どんな処刑場《しょけいじょう》につるされた首《くび》だって、ここまで悪《わる》い顔《かお》ぶれはない。みんなより少《すこ》し前《まえ》を歩《ある》いているのが、ハンサムなイタリア人《じん》のチェッコ。古《ふる》いスペイン銀貨《ぎんか》を耳《みみ》にじゃらじゃらつけ、たくましい腕《うで》をむきだしにして、たまに耳《みみ》を地面《じめん》につけて音《おと》がしないか確《たし》かめながら歩《ある》いている。刑務所長《けいむしょちょう》の背中《せなか》に自分《じぶん》の名前《なまえ》を血文字《ちもじ》で書《か》いたこともある。

そのうしろから来《く》るばかでかい男《おとこ》は、本名《ほんみょう》を捨《す》てて名前《なまえ》をころころ変《か》えてるけど、いまでもこの男《おとこ》のむかしの名前《なまえ》を出《だ》して子《こ》どもたちをふるえあがらせている母親《ははおや》もいるという。

つぎは、全身《ぜんしん》いれずみだらけのビル・ジュークス。ウォルラス号《ごう》でフリント船長《せんちょう》に七十《ななじっ》回以上《かいいじょう》むちで打《う》たれてやっとポルトガル金貨《きんか》の入《はい》った袋《ふくろ》を手放《てばな》したといううわさだ。

そして、証拠《しょうこ》はないけど海賊《かいぞく》ブラック・マーフィーの弟《おとうと》といわれているクックソン。

五人目《ごにんめ》は、ジェントルマンで有名《ゆうめい》なスターキー。エリート校《こう》で教頭《きょうとう》をしていたからか、殺《ころ》し方《かた》にも品《ひん》がある。六人目《ろくにんめ》は、スカイライツ。海賊《かいぞく》モーガンの手下《てした》だ。七人目《しちにんめ》は、アイルランド人《じん》の甲板長《かんぱんちょう》スミー。やたら愛想《あいそ》がよく、怒《いか》りを買《か》わずに人《ひと》を刺《さ》し殺《ころ》せる。それから、手《て》がうしろ向《む》きについているヌードラー。そして、ロバート・マリンズやらアルフ・メイソンやら、カリブ海《かい》でむかしからおそれられてきた有名《ゆうめい》な男《おとこ》たちがつぎつぎやってきた。

この海賊《かいぞく》たちのまんなかに、黒《くろ》い台座《だいざ》にはめこまれた世界一黒《せかいいちくろ》くて大《おお》きい宝石《ほうせき》みたいに

堂々《どうどう》と寝《ね》そべっているのが、ジェームズ・フックだ。署名《しょめい》するときは、ジャス・フックと短《みじか》く名乗《なの》る。大海賊《だいかいぞく》ジョン・シルバーが、ただひとりおそれたという男《おとこ》だ。

フックは、手下《てした》たちが引《ひ》く粗末《そまつ》な二輪戦車《にりんせんしゃ》にゆったり横《よこ》になっていた。右手《みぎて》がわりの鉄《てつ》の鉤爪《かぎづめ》をときどき振《ふ》りかざして、もっと速《はや》く進《すす》めとせきたてる。見《み》るからにおそろしくて、手下《てした》を犬《いぬ》みたいにぞんざいに扱《あつか》い、手下《てした》は手下《てした》で犬《いぬ》のように従順《じゅうじゅん》だ。がい骨《こつ》みたいにガリガリで、肌《はだ》は浅黒《あさぐろ》く、長《なが》くのばした髪《かみ》にはカールがかかっている。少《すこ》し離《はな》れて見《み》ると黒《くろ》いロウソクみたいで、ハンサムな顔《かお》がやけにおっかなく見《み》えた。瞳《ひとみ》は忘《わす》れな草《ぐさ》の花《はな》のように青《あお》く、ひどく悲《かな》しそうだ。鉤爪《かぎづめ》を敵《てき》に突《つ》き刺《さ》すときだけ、目《め》が赤《あか》く燃《も》え、おそろしい光《ひかり》を放《はな》った。身《み》のこなしにいまも、貴族《きぞく》っぽいふんいきがただよっている。そのせいか、人《ひと》をずたずたに引《ひ》っかくときでも、気《き》どって上品《じょうひん》に見《み》えた。話《はなし》がうまいと有名《ゆうめい》で、残酷《ざんこく》であればあるほど礼儀正《れいぎただ》しい態度《たいど》をとるのは、育《そだ》ちのよさのあらわれだ。悪態《あくたい》をつくときでさえどこかしら優雅《ゆうが》で、ふるまいにもただならぬ気品《きひん》があり、手下《てした》とは明《あき》らかに身分《みぶん》がちがうのがわかる。

何《なに》があっても屈《くっ》しない勇敢《ゆうかん》なフックがただひとつ、避《さ》けていたのは、自分《じぶん》の血《ち》を見《み》ることだ。フックの血《ち》はどろっとして、異常《いじょう》な色《いろ》をしていた。服装《ふくそう》は、チャールズ二世《にせい》を意識《いしき》していた。海賊《かいぞく》になったばかりのころ、この不運《ふうん》なスチュアート家《け》の王《おう》さまに似《に》ているといわれたからだ。口《くち》には、一度《いちど》に二本《にほん》葉巻《はまき》を吸《す》える、手製《てせい》のパイプをくわえていた。そして何《なに》よりぶきみなのは、ほかでもない鉄《てつ》の鉤爪《かぎづめ》だ。

フックのやり口《くち》は、海賊《かいぞく》をひとり殺《ころ》すところを見《み》ればわかる。今回《こんかい》のターゲットはスカイライツ。海賊《かいぞく》が前進《ぜんしん》しているとき、スカイライツがふらふらよろけて、フックのレースの襟《えり》をしわくちゃにした。鉤爪《かぎづめ》がさっと飛《と》びだし、何《なに》かが引《ひ》き裂《さ》かれる音《おと》と悲鳴《ひめい》がひびく。たちまち、スカイライツの死体《したい》は蹴《け》られてわきに放《ほう》りだされ、海賊《かいぞく》たちはそのまま通《とお》りすぎていく。フックはパイプをくわえたまま。

こんなにおそろしい男《おとこ》と、ピーターは戦《たたか》おうとしている。勝利《しょうり》を手《て》にするのはいったいどちらだろうか？

海賊《かいぞく》のあとを追《お》うのが、ピカニニ族《ぞく》だ。素人目《しろうとめ》には見《み》えない戦《たたか》いの道《みち》を、音《おと》もなくやってくる。ひとり残《のこ》らず警戒《けいかい》して目《め》を光《ひか》らせ、斧《おの》やナイフを手《て》に、絵《え》の具《ぐ》や油《あぶら》をぬりたくった素肌《すはだ》が光《ひか》っている。からだから、ひもでくくった頭《あたま》の皮《かわ》がぶらさがっている。海賊《かいぞく》だけでなく、迷子《まいご》の子《こ》どもの頭皮《とうひ》もある。自分《じぶん》たちがピカニニ族《ぞく》だと知《し》らしめるためで、軟弱《なんじゃく》なデラウェア族《ぞく》やヒューロン族《ぞく》とごっちゃにされては困《こま》るというわけだ。先頭《せんとう》で手足《てあし》を地面《めん》につけてはっているのは、グレート・ビッグ・リトル・パンサー。勇敢《ゆうかん》な戦士《せんし》で、頭皮《とうひ》をたくさんぶらさげているけど、じゃまで進《すす》みにくそうだ。いちばん危険《きけん》な最後尾《さいこうび》を歩《ある》くのが、タイガー・リリー。しゃんと胸《むね》をはって歩《ある》く姿《すがた》は、生《う》まれながらの王女《おうじょ》にふさわしい。褐色《かっしょく》の肌《はだ》をもつ狩《か》りの女神《めがみ》のなかでいちばんうつくしく、男《おとこ》を誘惑《ゆうわく》したかと思《おも》えば冷《つめ》たくし、また情熱的《じょうねつてき》になってみせるという、ピカニニ族《ぞく》きっての美女《びじょ》だ。この気《き》まぐれな王女《おうじょ》を妻《つま》にしたがらない戦士《せんし》はひとりもいないけど、リリーは斧《おの》を振《ふ》りかざして追《お》いはらう。こうしてピカニニ族《ぞく》たちは、落《お》ちた小枝《こえだ》の上《うえ》を音《おと》もなく進《すす》んでいく。きこえるのは、少《すこ》しだけはげしい息《いき》づかいだけ。さっきたらふく食《た》べたせいで、からだがちょっと重《おも》たくなっているからだ。動《うご》いているうちにもとにもどるけど、いまはデブが危険《きけん》のもとになっている。

ピカニニ族《ぞく》たちは、来《き》たときとおなじで影《かげ》のように消《き》えた。少《すこ》しして、けものたちがやってきた。いろんな動物《どうぶつ》が長《なが》い列《れつ》をつくっている。ライオン、トラ、クマ、そういう猛獣《もうじゅう》には近《ちか》づかないはずの小《ちい》さい野生動物《やせいどうぶつ》もたくさん。この恵《めぐ》まれた環境《かんきょう》の島《しま》では、あらゆるけもの、とくに人食《ひとく》い動物《どうぶつ》が仲《なか》よく暮《く》らしているからだ。みんな舌《した》をたらしている。今夜《こんや》は腹《はら》ペコだ。

けものたちが通《とお》りすぎると、いよいよ最後《さいご》の大物《おおもの》がやってきた。巨大《きょだい》なワニ。このワニがだれを探《さが》しているのかは、そのうちわかる。

ワニが通《とお》りすぎると、また男《おとこ》の子《こ》たちがやってきた。こんなふうに、どれかひとつのグループが止《と》まるかペースを変《か》えないかぎり、この行進《こうしん》はえんえんとつづく。でも、ひとたびバランスがくずれれば、たちまち取《と》っ組《く》み合《あ》いになる。

みんな、前方《ぜんぽう》はしっかり注意《ちゅうい》していても、背後《はいご》から危険《きけん》が忍《しの》びよっているとは思《おも》っていない。現実《げんじつ》の世界《せかい》にも、こういうことはよくあるものだ。

この輪《わ》から最初《さいしょ》に外《はず》れたのは男《おとこ》の子《こ》たちで、地下《ちか》にある家《いえ》の近《ちか》くの草《くさ》むらにどさっと身《み》を投《な》げだした。

「ピーター、帰《かえ》ってこないかなあ」

みんな、不安《ふあん》そうにいう。背丈《せたけ》も横幅《よこはば》も、全員《ぜんいん》キャプテンより上《うえ》なのに。

「海賊《かいぞく》がこわくないのはぼくだけか」

スライトリーが、いかにもみんなの反感《はんかん》を買《か》いそうなことをいった。だけど、遠《とお》くからきこえてくる音《おと》で不安《ふあん》になったらしく、あわててつけくわえた。

「まあ、ピーターには帰《かえ》ってきてほしいけどさ。シンデレラの話《はなし》のつづきがきけるかもしれないし」

そこからシンデレラの話《はなし》になった。トゥートルズは、ぼくの母《かあ》さんはシンデレラそっくりだった、と自信《じしん》たっぷりにいった。

こうやって母親《ははおや》の話《はなし》ができるのは、ピーターがいないときだけだ。ピーターは、お母《かあ》さんの話《はなし》なんてばかばかしい、といやがるから。

「ぼくも覚《おぼ》えてることがある」ニブスが口《くち》をひらいた。

「父《とう》さんに、『もっと貯金《ちょきん》があればいいのに』ってしょっちゅういってた。貯金《ちょきん》って何《なに》か知《し》らないけど、母《かあ》さんにプレゼントしてあげたいな」

すると、遠《とお》くから音《おと》がきこえた。森《もり》の野生《やせい》の生《い》きものにしかきこえないはずなのに、男《おとこ》の子《こ》たちの耳《みみ》には届《とど》いた。あのぶきみな歌《うた》だ。

おいこら　おいこら　海賊《かいぞく》さまのお出《で》ましだ
どくろと骨《ほね》が　おれたちの旗《はた》
どんちゃんやって　首《くび》つるされて
監獄送《かんごくおく》りだ　あらどうも

男《おとこ》の子《こ》たちの姿《すがた》はすぐに見《み》えなくなった。ウサギだって、こんなにすばやくないはずだ。偵察《ていさつ》するために走《はし》っていったニブスをのぞいて、みんな、とっくに地下《ちか》の家《いえ》に入《はい》っていた。とても心地《ここち》いい家《いえ》だ。玄関《げんかん》らしきものはないし、大《おお》きな石《いし》をどかしたら洞窟《どうくつ》の入《い》り口《ぐち》があらわれるといったしかけも見《み》あたらない。目《め》をこらさなければ見《み》えないけど、大《おお》きな木《き》が七本生《ななほんは》えていて、幹《みき》のなかが空洞《くうどう》になっていて、ちょうど男《おとこ》の子《こ》がひとり通《とお》れるくらいの穴《あな》があいている。これが地下《ちか》の家《いえ》に入《はい》るための七《なな》つの入《い》り口《ぐち》だ。フックは、ずいぶん前《まえ》からこの入《い》り口《ぐち》を探《さが》しているのに見《み》つけられずにいた。

海賊《かいぞく》が近《ちか》づいてきて、めざといスターキーが偵察《ていさつ》のために森《もり》に入《はい》ったニブスを見《み》つけた。スターキーはすぐさまピストルを抜《ぬ》いたけど、鉄《てつ》の鉤爪《かぎづめ》に肩《かた》をつかまれた。

「船長《せんちょう》、放《はな》してくれ！」スターキーは身《み》をよじってわめいた。

ここではじめてフックが口《くち》をひらく。邪悪《じゃあく》な声《こえ》だ。

「まずそのピストルをしまえ」おどすようにいう。

「船長《せんちょう》のきらいなガキどものひとりですぜ。仕留《しと》めるチャンスだったのに！」

「そうだろうよ。だが、そんな音《おと》をたてたら、タイガー・リリーのピカニニ族《ぞく》たちが追《お》っかけてくるぞ。頭《あたま》の皮《かわ》をはがされたいのか？」

「おれが追《お》っかけましょうか、船長《せんちょう》？」スミーが身《み》をのりだす。

「それで、ジョニーの栓《せん》ぬきでくすぐっちまいましょうか？」

スミーは、ふざけたあだ名《な》をつけるのが得意《とくい》だ。短剣《たんけん》は、相手《あいて》を刺《さ》して栓《せん》ぬきみたいにぐりぐりひねりまわすから、〝ジョニーの栓《せん》ぬき〟。スミーは愛嬌《あいきょう》があって憎《にく》めない。人《ひと》を殺《ころ》したあと、剣《けん》ではなく自分《じぶん》のめがねをふくようなやつだ。

「うちのジョニーは、おとなしいですぜ」スミーはいいはった。

「いまはいい。ひとりじゃ意味《いみ》がない。七人《しちにん》まとめて片《かた》づけたいんだ。さあ、散《ち》って、やつらを探《さが》せ」フックは険《けわ》しい顔《かお》でいった。

海賊《かいぞく》たちがつぎつぎ森《もり》のなかに消《き》えていき、気《き》づくとフックとスミーのふたりだけだった。フックが大《おお》きなため息《いき》をつく。どうしてか、おだやかでうつくしい夕暮《ゆうぐ》れどきのせいか、ふいにこの忠実《ちゅうじつ》な甲板長《かんぱんちょう》に何《なに》もかも話《はな》したくなった。フックはひとしきり熱《あつ》く語《かた》ったけど、スミーは鈍《にぶ》いのでまったく理解《りかい》していない。

それでもそのうち、ピーターという言葉《ことば》をききとった。

「わたしが仕留《しと》めたいのは、やつらのキャプテン、ピーターパンだ。わたしの腕《うで》を切《き》り落《お》としたやつだ」

フックは荒々《あらあら》しくいうと、おどすように鉤爪《かぎづめ》を振《ふ》りかざした。

「この鉤爪《かぎづめ》でやつと握手《あくしゅ》するのを待《ま》ちわびてきた。そうだ、あいつを引《ひ》き裂《さ》いてやる!」

「そうおっしゃいますがねえ」スミーがいう。

「船長《せんちょう》はしょっちゅう、この鉤爪《かぎづめ》は手《て》なんかより何十倍《なんじゅうばい》も役《やく》に立《た》つっていってるじゃないすか。髪《かみ》をとかしたり、ちょっとした作業《さぎょう》したりすんのにちょうどいいって」

「ああ。わたしが母親《ははおや》なら、手《て》のかわりに鉤爪《かぎづめ》のついた子《こ》どもを願《ねが》うだろう」

フックは自分《じぶん》の鉤爪《かぎづめ》を誇《ほこ》らしげに見《み》て、左手《ひだりて》をさげすむように見《み》つめた。それから眉《まゆ》をひそめた。

「ピーターめ、たまたま通《とお》りかかったワニに、わたしの腕《うで》を放《ほう》り投《な》げやがった」

フックは顔《かお》をしかめていった。

「そういやあ、船長《せんちょう》は妙《みょう》にワニを避《さ》けますな」スミーがいう。

「ワニを避《さ》けているわけではない。あのワニを避《さ》けているのだ」そう声《こえ》をひそめる。

「あいつめ、わたしの腕《うで》をたいそう気《き》に入《い》ったらしい。あれからというもの、海《うみ》のなかだろうと陸《りく》の上《うえ》だろうと、追《お》いかけてくる。このからだを残《のこ》らず食《く》おうと、舌《した》なめずりしてな」

「それはまた、好《す》かれたもんですな」スミーがいった。

「そんな好意《こうい》などいるか」フックはおもしろくなさそうにどなった。

「わたしがほしいのはピーターパンだ。あのケダモノに、わたしの味《あじ》を覚《おぼ》えさせたガキだ」

フックは大《おお》きなキノコの上《うえ》に腰《こし》をおろした。声《こえ》がかすれている。

「あのワニのやつ、とっくにわたしを食《く》っていてもおかしくないんだ。ところが幸《さいわ》い、時《と》計《けい》をいっしょに飲《の》みこんでくれてな。やつの腹《はら》のなかでチクタク鳴《な》るおかげで、あのワニが忍《しの》びよってくるのがわかって、逃《に》げおおせるってわけだ」

そういって、うつろな笑《わら》い声《ごえ》をたてた。

「ってことは、その時計《とけい》が止《と》まっちまったら、ワニにつかまるってことになりますな」

フックは乾《かわ》いたくちびるをなめた。

「そうだ。それが心配《しんぱい》でたまらないのだ」

フックは腰《こし》をおろしたときから、キノコが妙《みょう》にあたたかいとは感《かん》じていた。

「スミー、このいす、熱《あつ》いぞ」そういって、飛《と》びあがった。

「おいっ、なんだ、燃《も》えておる！」

ふたりはキノコをまじまじと見《み》つめた。大《おお》きさといいかたさといい、いままで見《み》たことない。引《ひ》っぱってみたら、すぽっと抜《ぬ》けた。根《ね》っこがない。しかも、そこから煙《けむり》がもくもく上《あ》がってきた。ふたりは顔《かお》を見合《みあ》わせた。

「煙突《えんとつ》だ！」同時《どうじ》に叫《さけ》ぶ。

男《おとこ》の子《こ》たちの地下《ちか》の家《いえ》の煙突《えんとつ》だった。敵《てき》が近《ちか》くにいるときは、キノコでふたをしていた。

やがて、子《こ》どもの声《こえ》まできこえてきた。男《おとこ》の子《こ》たちが秘密《ひみつ》の家《いえ》で、安心《あんしん》しきってお気楽《きらく》におしゃべりしている。ふたりの海賊《かいぞく》は顔《かお》をしかめながら耳《みみ》をすまし、キノコをもとの場《ば》所《しょ》にもどした。あたりを見《み》まわすと、七本《ななほん》の木《き》に穴《あな》があるのに気《き》づいた。

「船長《せんちょう》、やつら、ピーターパンは留守《るす》とかいってましたな？」

スミーが、ジョニーの栓《せん》ぬきをいじくりながらひそひそいった。

フックはうなずいた。ずいぶん長《なが》いあいだ考《かんが》えこんでから、浅黒《あさぐろ》い顔《かお》にぶきみな笑《え》みを浮《う》かべる。スミーは待《ま》ってましたとばかりに叫《さけ》んだ。

「船長《せんちょう》、作戦《さくせん》は？」

「船《ふね》にもどるのだ」フックはゆっくりいった。「ぶあつくてばかでかい、こってりしたケーキをつくれ。緑色《みどりいろ》の砂糖《さとう》をたっぷりまぶしてな。煙突《えんとつ》がひとつということは、部屋《へや》もひとつしかないはずだ。マヌケなモグラどもめ、そんな必要《ひつよう》はないのにわざわざ、ひとりにひとつずつ入《い》り口《ぐち》をつくっていた。これで、母《はは》親《おや》がいないこともわかる。いいか、そのケーキを人魚《にんぎょ》の入《い》り江《え》の岸《きし》に置《お》け。あのガキども、しょっちゅうあのあたりで泳《およ》いで、人魚《にんぎょ》とじゃれあっている。ケーキを見《み》つけたら、がつつくだろうよ。母親《ははおや》がいないから、こってりしっとりしたケーキを食《く》うのが危《あぶ》ないとわからないのだ」

そういって、ひゃっひゃっひゃと笑《わら》いころげた。こんどは空笑《からわら》いじゃなく、心《こころ》からの笑《わら》いだ。

「これで、あいつらもおしまいだな」

スミーは作戦《さくせん》をきいて、すっかり感心《かんしん》してしまった。

「そんなにあくどくてしゃれっ気《け》のある作戦《さくせん》、きいたことない！」スミーははしゃいだ。

ふたりはうれしくてしかたがないみたいに、歌《うた》って踊《おど》った。

おい止《と》まれ　フックさまのお出《で》ましだ
びびって追《お》いぬいたって
握手《あくしゅ》したらおしまいさ
あとにゃ骨《ほね》しか残《のこ》らない

歌《うた》いはじめたものの、最後《さいご》までは歌《うた》えなかった。べつの音《おと》が割《わ》りこんできたからだ。はじめは、葉《は》っぱが一枚落《いちまいお》ちたらかき消《け》されそうなほどかすかだったけれど、近《ちか》づいてくるにつれ、はっきりきこえてきた。

チクタク、チクタク、チクタク！

フックは片足《かたあし》を浮《う》かせたまま、ふるえて立《た》ちつくした。

「あのワニだ！」

フックはあえぐようにいうと、あたふた逃《に》げだした。スミーもあとを追《お》う。

たしかにあのワニだった。ワニはほかの海賊《かいぞく》を追《お》いかけているピカニニ族《ぞく》を追《お》いぬいて、フックに忍《しの》びよっていた。

男《おとこ》の子《こ》たちが外《そと》に出《で》てきたとき、危険《きけん》はまだ去《さ》っていなかった。ニブスが息《いき》を切《き》らして飛《と》びこんできたかと思《おも》うと、そのうしろから、オオカミの群《む》れが追《お》いかけてきていた。舌《した》をだらりとたらし、おそろしいほえ声《ごえ》をあげている。

「助《たす》けて、助《たす》けて！」

ニブスは倒《たお》れこんで泣《な》き叫《さけ》んだ。

「ヤバいよ！　どうしよう？」

この絶体絶命《ぜったいぜつめい》というとき、男《おとこ》の子《こ》たちはピーターのことを思《おも》いだした。ピーターが知《し》ったら調子《ちょうし》にのるだろう。

「ピーターならどうするかな？」みんながいっせいにいう。

そして、ほとんど同時《どうじ》に叫《さけ》んだ。

「ピーターなら、脚《あし》のあいだから顔《かお》を出《だ》してオオカミをにらむはず」

「よし、ピーターのまねをしよう」

たしかに、オオカミと戦《たたか》うにはその方法《ほうほう》がいちばん効果的《こうかてき》だ。男《おとこ》の子《こ》たちはいっせいに前《まえ》かがみになって、脚《あし》のあいだからのぞきこんでオオカミをにらんだ。長《なが》い時間《じかん》がたった気《き》がしたけど、楽勝《らくしょう》だった。男《おとこ》の子《こ》たちの姿勢《しせい》におびえて、オオカミたちはしっぽを巻《ま》いて逃《に》げだした。

ようやくニブスが起《お》きあがった。まだ何《なに》かをじっと見《み》ている。

「スゲえもの見《み》ちゃった」

ニブスがはしゃぐ。みんな、興味《きょうみ》しんしんで集《あつ》まってきた。

「デカくて白《しろ》い鳥《とり》が、こっちに飛《と》んできてる」

「なんて鳥《とり》？」

「わかんない」ニブスは興奮《こうふん》でぼーっとしている。

「だけど、なんかくたびれてるみたいだった。飛《と》びながら『かわいそうなウェンディ』ってうめいてた」

「かわいそうなウェンディ？」

「そういえば、ウェンディっていう名前《なまえ》の鳥《とり》がいるよ」

スライトリーがすかさず知《し》ったかぶる。

「あっ、こっちに近《ちか》づいてくる！」

カーリーが指《ゆび》さす先《さき》には、空《そら》を飛《と》ぶウェンディがいた。

ウェンディは男《おとこ》の子《こ》たちの真上《まうえ》にいたので、みんなの耳《みみ》に悲《かな》しそうな泣《な》き声《ごえ》がきこえた。

でも、もっとはっきりきこえてきたのは、ティンカーベルのキンキン声《ごえ》だ。ジェラシーに燃《も》えたこの妖精《ようせい》は、親《した》しそうなフリをするのもやめて、ウェンディを好《す》きなようにいたぶっていた。四方八方《しほうはっぽう》から体《たい》あたりして、そのたびにチクチクつねる。

「やあ、ティンク」男《おとこ》の子《こ》たちはふしぎに思《おも》って呼《よ》びかけた。

返事《へんじ》がチリリンと鳴《な》りひびく。

「ピーターが、このウェンディって子《こ》を弓矢《ゆみや》で射《い》れっていってる」

ピーターの命令《めいれい》ときたら、即実行《そくじっこう》だ。

「ピーターがそういったんだな！　よし、弓《ゆみ》と矢《や》だ！」単純《たんじゅん》な男《おとこ》の子《こ》たちはいった。

トゥートルズをのぞく全員《ぜんいん》が、それぞれの穴《あな》にひょいと飛《と》びこんでおりていった。トゥートルズはもう弓《ゆみ》と矢《や》をもっていた。ティンクはめざとく見《み》つけて、じれったそうに小《ちい》さな手《て》をすり合《あ》わせた。

「やっちゃって、トゥートルズ、早《はや》く！　ピーターを喜《よろこ》ばせて」

ティンクは金切《かなき》り声《ごえ》をあげた。

トゥートルズは勢《いきお》いよく弓《ゆみ》に矢《や》をつがえた。

「よけろ、ティンク」そう叫《さけ》んで矢《や》を放《はな》つ。

ウェンディは胸《むね》に矢《や》をくらい、手足《てあし》をぱたぱたさせて地面《じめん》に落《お》ちてきた。

小《ち》さい家《いえ》

何《なに》もわかってないトゥートルズは、やったぞという顔《かお》で、地面《じめん》に落《お》ちたウェンディを見《み》おろしていた。そこへほかの男《おとこ》の子《こ》たちが、武器《ぶき》をもってそれぞれの木《き》から飛《と》びだしてきた。

「おそい、おそーい！」トゥートルズが胸《むね》をはる。

「ウェンディを射落《いお》としたよ。ピーターはさぞかしほめてくれるだろうなあ」

頭《あたま》の上《うえ》でティンカーベルが「バーカ」と叫《さけ》んで、シュッとかくれた。だれにもきこえてなかったけど。

男《おとこ》の子《こ》たちは、ウェンディのまわりに集《あつ》まってじっと見《み》つめていた。森《もり》はこわいくらいしんとしている。もしウェンディの心臓《しんぞう》がドキドキと音《おと》をたてていたら、みんなにきこえただろう。

スライトリーが最初《さいしょ》に口《くち》をひらいた。

「これ、鳥《とり》じゃないよ。きっと女《おんな》の人《ひと》だ」おびえた声《こえ》でいう。

「女《おんな》の人《ひと》？」トゥートルズがふるえだした。

「ぼくたちが殺《ころ》しちゃったんだね」ニブスがかすれた声《こえ》でいった。

みんな、いっせいに帽子《ぼうし》をぬいだ。

「あ、そうか。ピーターが連《つ》れてこようとしてたのか」

カーリーが、悲《かな》しそうに地面《じめん》につっぷした。

「やっと、ぼくたちのめんどうをみてくれる女《おんな》の人《ひと》が来《き》てくれたのに、おまえが殺《ころ》しちゃったんだ」ふたごの片方《かたほう》がいった。

みんな、トゥートルズにちょっと同情《どうじょう》した。でも、自分《じぶん》たちのほうがもっとかわいそうだ。だから、トゥートルズがこちらに一歩《いっぽ》近《ちか》づくと、そっぽを向《む》いた。

トゥートルズは真《ま》っ青《さお》だった。でも、いままで見《み》たことがないような重々《おもおも》しい態度《たいど》だ。

「ぼくがやった」

トゥートルズはしんみりといった。

「夢《ゆめ》で女《おんな》の人《ひと》が来《き》てくれると、『きれいなママ、きれいなママ』って呼《よ》んでたんだ。なのに、ホントに来《き》てくれたら、矢《や》で射《い》っちゃった」

そして、ゆっくり立《た》ち去《さ》ろうとした。

「待《ま》てよ」

みんなは、かわいそうになって呼《よ》びとめた。

「ムリだよ。ピーターがこわいんだ」トゥートルズはふるえながらいった。

この悲劇《ひげき》の真《ま》っ最中《さいちゅう》にきこえてきた声《こえ》に、みんなは心臓《しんぞう》が口《くち》から飛《と》びだしそうになった。

ニワトリの鳴《な》きまねだ。

「ピーターだ！」

みんなは叫《さけ》んだ。それは、ピーターが帰《かえ》ってきたことを知《し》らせるやり方《かた》だ。

「この人《ひと》をかくさなきゃ」

みんなは声《こえ》をひそめていいながら、急《いそ》いでウェンディのまわりに集《あつ》まった。トゥートルズだけ、離《はな》れて立《た》っている。

ニワトリの声《こえ》がもう一度《いちど》ひびいて、ピーターが子《こ》どもたちの前《まえ》にひらりとおりてきた。

「ただいま」

ピーターが大声《おおごえ》でいう。男《おとこ》の子《こ》たちはぎこちなくあいさつして、まただまりこんだ。

ピーターは顔《かお》をしかめた。

「ぼくが帰《かえ》ってきたんだぞ」ムキになっていう。

「ふつう、大喜《おおよろこ》びするとこじゃないのか？」

子《こ》どもたちはいちおう口《くち》をひらいたけど、わーいわーいという声《こえ》は出《で》てこない。ピーターは、まあよしとすることにした。それより、早《はや》くうれしい知《し》らせを伝《つた》えたい。

「さて、大《だい》ニュースだ！　ついに、みんなのお母《かあ》さんを連《つ》れてきた」

しーん。トゥートルズがひざからくずおれたどさっという音《おと》だけがきこえた。

「だれか見《み》なかった？」ピーターは心配《しんぱい》になってきた。

「こっちに飛《と》んできたはずだけど」

「ああ、どうしよう！」ひとりが声《こえ》をあげた。

「悲《かな》しすぎるよ」べつの子《こ》がなげいた。

トゥートルズが立《た》ちあがって、静《しず》かにいった。

「ピーター、その人《ひと》ならここにいる」

ほかの子《こ》たちは、まだウェンディをかくそうとしている。

「みんな、さがって。ほら、ふたごも。ピーターに見《み》せるんだ」

みんなはうしろにさがった。ピーターはしばらく見《み》てたけど、どうすればいいのかわからない。

「死《し》んでる。死《し》んじゃって、自分《じぶん》でもビビってるだろうな」

ピーターは、いっそのことふざけてこの場《ば》をのりきろうかとも思《おも》った。ピョコピョコ跳《と》びながらこの場《ば》をはなれて、二度《にど》ともどってこないとか？　ぼくがそうやってふざければ、みんなも喜《よろこ》んでまねするだろう。

そのとき、矢《や》が目《め》に入《はい》った。ピーターはウェンディの胸《むね》に刺《さ》さった矢《や》を抜《ぬ》いて、男《おとこ》の子《こ》たちのほうに向《む》きなおった。

「だれの矢《や》だ？」ピーターはきびしく問《と》いただした。

「ぼくのだよ、ピーター」トゥートルズが、その場《ば》にひざまずく。

「このクズめ！」ピーターは矢《や》を短剣《たんけん》のように振《ふ》りかざした。

トゥートルズは、ひるまなかった。胸《むね》をはって、きっぱりいった。

「刺《さ》せ、ピーター。思《おも》いっきり刺《さ》せよ」

ピーターは二回《にかい》、矢《や》を振《ふ》りあげたけど、二回《にかい》ともそのままおろした。

「刺《さ》せない。何《なに》かがぼくの手《て》を止《と》めてる」おそろしそうにいう。

みんながびっくりしてピーターを見《み》つめるなか、ニブスだけがちょうどいいタイミングでウェンディに目《め》をやった。

「この人《ひと》だよ！　このウェンディって人《ひと》！　ほら、手《て》が！」

びっくりだけど、ウェンディが片手《かたて》をあげていた。ニブスは、ウェンディにかがみこんで、おそるおそる耳《みみ》をすましました。

「ね、この人《ひと》、『かわいそうなトゥートルズ』っていってるっぽい」

「生《い》きてるのか」ピーターが声《こえ》をあげた。

すぐにスライトリーも叫《さけ》んだ。

「この人《ひと》、死《し》んでない！」

ピーターはウェンディの横《よこ》にひざをついた。すると、自分《じぶん》があげたドングリのボタンが目《め》に入《はい》った。あのときウェンディは、このボタンをチェーンに通《とお》して首《くび》にかけた。

「ほら、矢《や》はこれにあたったんだ。ぼくがあげたキスだ。キスが命《いのち》を救《すく》ったんだ」

「キスなら知《し》ってる」スライトリーが口《くち》をはさんだ。

「どれどれ、見《み》せて。うーん、たしかにキスだ」

ピーターはきいてなかった。必死《ひっし》でウェンディに、早《はや》く目《め》を覚《さ》ましてよとせがんでいる。よくなったら人魚《にんぎょ》を見《み》せてあげるからさ、と。もちろん、ウェンディはまだ気《き》を失《うしな》ったままなので、答《こた》えられない。すると上《うえ》のほうで、悲《かな》しそうな声《こえ》がした。

「ティンクだ」カーリーがいった。

「ウェンディが死《し》んでないから泣《な》いてる」

男《おとこ》の子《こ》たちはピーターに、ティンクの悪事《あくじ》をバラさなきゃいけなくなった。ピーターは、見《み》たことないほどこわい顔《かお》になった。

「おい、ティンカーベル。おまえなんかもう友《とも》だちじゃない。永遠《えいえん》にどっかに行《い》ってしまえ」

ティンカーベルが肩《かた》にとまってだだをこねるのを、ピーターは払《はら》いのけた。そのときウエンディがまた手《て》をあげたので、気持《きも》ちがやわらいだ。

「まあ、永遠《えいえん》じゃなくて、一週間《いっしゅうかん》だ」

ティンカーベルがウェンディに助《たす》けてくれたことで感謝《かんしゃ》しているかといったら、とんでもない。こんなにウェンディをつねってやりたくなったことはなかった。妖精《ようせい》ってのは、めちゃくちゃ変《か》わってる。妖精《ようせい》のことをだれよりもわかっているピーターは、たまにペシッとはたいていうことをきかせる。

ウェンディのほうはというと、まったく回復《かいふく》のようすが見《み》られない。

「家《いえ》に運《はこ》ぼう」カーリーが提案《ていあん》した。

「うん、それがいい。レディだもんね」スライトリーが賛成《さんせい》する。

「ダメだ、ダメだ」ピーターがいった。

「おまえらは指一本《ゆびいっぽん》ふれるな。レディに失礼《しつれい》だ」

「そうそう、ぼくもちょうどそう思《おも》ってた」スライトリーがいう。

「でも、ここで寝《ね》てたら死《し》んじゃうよ」トゥートルズがいう。

「うん、死《し》ぬね。でも、どうにもならないか」スライトリーがいった。

「いや、どうにかなる」ピーターが大声《おおごえ》をあげた。

「ウェンディのまわりを囲《かこ》って、小《ちい》さい家《いえ》をたてよう」

みんなの顔《かお》がぱっとかがやいた。

「さっそく開始《かいし》だ」

ピーターが命令《めいれい》した。

「みんな、自分《じぶん》がもってるいちばんいいものをもってこい。家《いえ》じゅう探《さが》せ。とっと動《うご》け」

すぐにみんな、結婚式前夜《けっこんしきぜんや》の仕立《した》て屋《や》みたいにせかせかしだした。寝具《しんぐ》をとりに下《した》へおり、たきぎをとりに上《うえ》へあがり、あちこちかけ回《まわ》る。そうこうしているうちに、なんとジョンとマイケルがやってきた。つかれた足《あし》を引《ひ》きずって歩《ある》き、そのまま眠《ねむ》って立《た》ちどまり、目《め》を覚《さ》まし、また一歩《いっぽ》進《すす》んでは眠《ねむ》ってをくりかえしている。

「ジョン、ジョンってば！　起《お》きてよ。ナナはどこ？　ママは？」マイケルが叫《さけ》ぶ。

ジョンが目《め》をこすりながらいう。

「ホントなんだ、ぼくたち飛《と》んだんだ」

そんな状態《じょうたい》だから、ふたりはピーターを見《み》つけて、めちゃくちゃほっとした。

「ピーター！」

「やあ」

ピーターは感《かん》じよくこたえたものの、いまひとつだれだかわかってない。家《いえ》の大《おお》きさを決《き》めるため、自分《じぶん》の足《あし》でウェンディの背丈《せたけ》を必死《ひっし》で測《はか》っているところだった。もちろん、いすと机《つくえ》のスペースも必要《ひつよう》だ。ジョンとマイケルは、ピーターをじっと見《み》つめている。

「ウェンディは寝《ね》てるの？」ふたりがきいた。

「うん」

「ジョン、ウェンディを起《お》こして、晩《ばん》ごはんをつくってもらおうよ」

マイケルが提案《ていあん》したとき、ほかの男《おとこ》の子《こ》たちが、家《いえ》の材料《ざいりょう》の枝《えだ》をもって走《はし》ってきた。

「あ、ジョン、ほら！」マイケルが叫《さけ》ぶ。

「カーリー」ピーターが、ひときわリーダーらしい声《こえ》でいった。「このふたりにも、家《いえ》をたてる手伝《てつだ》いをさせるんだ」

「アイ・アイ・サー」

「家《いえ》をたてるの？」ジョンがたずねる。

「ウェンディの家《いえ》だよ」カーリーはいった。

ジョンはびっくりした。

「うん。女《おんな》の子《こ》だから、ぼくたちは召《め》し使《つか》いなんだ」カーリーが説明《せつめい》した。

「みんな？　ウェンディの召《め》し使《つか》い？」

「そうさ」ピーターがいう。「きみたちもだ。さ、いっしょに行《い》くんだ」

きょうだいはあ然《ぜん》としたまま、木《き》を切《き》り倒《たお》して運《はこ》ぶ作業《さぎょう》に連《つ》れていかれた。

「まず、いすと、暖炉《だんろ》の囲《かこ》いからだ」ピーターが命令《めいれい》した。

「それから、そのまわりに家《いえ》をつくる」

「それそれ」スライトリーがいう。

「家《いえ》ってそうやってたてるんだよね。うん、すっかり思《おも》いだした」

ピーターはつぎつぎ思《おも》いついて命《めい》じた。

「スライトリー、医者《いしゃ》を呼《よ》んでこい」

「アイ・アイ・サー」

スライトリーはすぐに答《こた》えて、頭《あたま》をかきながらどこかに行《い》った。ピーターの命令《めいれい》にはぜったい服従《ふくじゅう》だから、すぐにジョンの帽子《ぼうし》をかぶって神妙《しんみょう》そうな顔《かお》でもどってきた。

「ご苦労《くろう》さまです」

ピーターはスライトリーに近《ちか》づいていった。

「お医者《いしゃ》さまですね」

こんなとき、ピーターはふつうの男《おとこ》の子《こ》とはちがってる。ふつうならただのフリだとわかるのに、ピーターにはフリと現実《げんじつ》の区別《くべつ》がつかない。そのおかげで困《こま》ることもあって、たとえば晩《ばん》ごはんを食《た》べてないのに食《た》べたフリをしなきゃいけなかったりする。うまくフリができないと、ピーターに手《て》をぴしっとされる。

「そうです、医者《いしゃ》です」

あかぎれだらけの手《て》をしたスライトリーが、おずおずと答《こた》えた。

「お願《ねが》いします、先生《せんせい》。レディが重《おも》い病気《びょうき》なんです」ピーターが説明《せつめい》した。

ウェンディは足《あし》もとに横《よこ》たわっていたけれど、スライトリーはちゃんと、見《み》ないフリをした。

「ほっ、ほっ、ほっ。どちらにおられるのでしょう」

「あちらの空《あ》き地《ち》です」

「お口《くち》で体温《たいおん》をはかりましょう」

スライトリーがいい、体温計《たいおんけい》を入《い》れるフリをした。そのあいだ、ピーターはじっと待《ま》っていた。不安《ふあん》になってきたころ、体温計《たいおんけい》が抜《ぬ》きとられた。

「どうです？」

「ほっ、ほっ、ほっ。これで治《なお》りましたぞ」

「よかった！」

「夜《よる》にまた来《き》ます。牛肉《ぎゅうにく》のスープを飲《の》ませておやりなさい」

スライトリーは帽子《ぼうし》をジョンに返《かえ》すと、ふーっと息《いき》をついた。ピンチをのりきったときの癖《くせ》だ。

そのあいだ、森《もり》のなかは斧《おの》の音《おと》がにぎやかにひびいていた。住《す》みごこちのいい家《いえ》に必要《ひつよう》なものはだいたい、ウェンディの足《あし》もとに並《なら》んでいた。

「どんな家《いえ》が好《す》きなんだろうなあ」ひとりがいった。

「ピーター」べつの子《こ》が声《こえ》をあげる。

「この人《ひと》、眠《ねむ》ったたまま動《うご》いてる！」

「口《くち》があいたよ」

三人目《さんにんめ》がいって、うやうやしく口《くち》のなかをのぞいた。

「わあ、きれい！」

「もしかしたら、歌《うた》を歌《うた》ってくれるかもしれない」とピーター。

「ウェンディ、住《す》みたいおうちを教《おし》えてくれないか」

すると、ウェンディが目《め》もあけずに歌《うた》いはじめた。

ステキなおうちに住《す》みたいな
世界《せかい》でいちばん小《ちい》さいおうち
おかしなかわいい赤《あか》い壁《かべ》で
屋根《やね》はコケみたいな緑色《みどりいろ》

みんな、大喜《おおよろこ》びだった。ラッキーなことに、もってきた枝《えだ》はべとべとの赤《あか》い樹液《じゅえき》がついていたし、地面《じめん》にはコケがびっしり生《は》えている。家《いえ》をたてながら、男《おとこ》の子《こ》たちもいつのまにか歌《うた》いだした。

壁《かべ》と屋根《やね》はできあがり
かわいいドアもついてるよ
ウェンディ母《かあ》さん、教《おし》えてよ
ほかにもほしいものはある？

ウェンディはちょっとよくばって答《こた》えた。

それならいわせてもらうけど
ぜんぶの壁《かべ》に明《あか》るい窓《まど》
外《そと》からバラがのぞきこみ

なかから赤《あか》ちゃんが顔《かお》を出《だ》す

男《おとこ》の子《こ》たちは、大《おお》はりきりで窓《まど》をつくった。大《おお》きな黄色《きいろ》い葉《は》っぱがブラインドだ。で、バラは……？

「バラだ」ピーターが容赦《ようしゃ》なくいう。

みんなは、壁《かべ》にものすごくきれいなバラのつたがはっていることにした。

で、赤《あか》ちゃんは……？

赤《あか》ちゃんだ、とピーターに命令《めいれい》されたらたまらない。男《おとこ》の子《こ》たちはあわててまた歌《うた》いだした。

バラが外《そと》からのぞいてる
赤《あか》ちゃんはドアのとこ
ぼくらは赤《あか》ちゃんにはなれないよ
赤《あか》ちゃんだったのはずっと前《まえ》

なかなかいい考《かんが》えだな、とピーターは思《おも》った。さっそく、自分《じぶん》の考《かんが》えだと思《おも》いこんだ。家《いえ》はとてもステキで、ウェンディは快適《かいてき》に決《き》まってる。姿《すがた》はもう外《そと》からじゃ見《み》えないけど。ピーターは行《い》ったり来《き》たりしながら、仕上《しあ》げの命令《めいれい》をした。ピーターのするどい目《め》は、何《なに》ひとつ見逃《みのが》さない。これで完成《かんせい》というときに、ピーターがいいだした。

「ドアをノックするノッカーがない」

みんな、自分《じぶん》が恥《は》ずかしくなった。トゥートルズが自分《じぶん》の靴底《くつぞこ》を提供《ていきょう》して、ちょうどいいノッカーになった。

よーし、これで完成《かんせい》。

と思《おも》ったとき、ピーターがいった。

「煙突《えんとつ》がない。煙突《えんとつ》をつくらなきゃ」

「たしかに、煙突《えんとつ》がいるね」ジョンがもったいぶっていう。

すると、ピーターがいいことを思《おも》いついた。ジョンから帽子《ぼうし》をとりあげ、てっぺんに穴《あな》をあけて、屋根《やね》の上《うえ》にのっけた。こんな超一流《ちょういちりゅう》の煙突《えんとつ》をもらえて超《ちょう》ラッキーというふうに、小《ちい》さい家《いえ》はすぐに帽子《ぼうし》から煙《けむり》を出《だ》した。

こんどこそ、ほんとうに完成《かんせい》。あとはドアをノックするだけだ。

「みんな、せいいっぱいカッコつけろ。第一印象《だいいちいんしょう》が重要《じゅうよう》なんだ」ピーターが釘《くぎ》をさす。

第一印象《だいいちいんしょう》って何《なに》、とだれもきかなかったので、ピーターはほっとした。みんな、カッコよくするのに必死《ひっし》だったから。

ピーターが、気《き》どってノックした。森《もり》も子《こ》どもたちも静《しず》かで、なんの音《おと》もしない。ティンカーベルの声《こえ》をのぞけば。ティンカーベルは木《き》の枝《えだ》にとまってせせら笑《わら》っている。

男《おとこ》の子《こ》たちは考《かんが》えていた。だれが出《で》てくるのかな。どんな感《かん》じの女《おんな》の人《ひと》かな。

ドアがあいて、女《おんな》の人《ひと》が出《で》てきた。ウェンディだ。男《おとこ》の子《こ》たちはいっせいに帽子《ぼうし》をぬいだ。

ウェンディはびっくりした顔《かお》をした。男《おとこ》の子《こ》たちの期待《きたい》どおりの反応《はんのう》だ。

「ここ、どこ？」ウェンディがきいた。

例《れい》によってスライトリーが最初《さいしょ》に口《くち》をひらいた。

「ウェンディ、レディのために、みんなでこの家《いえ》をつくりました」

「うれしいっていって！」ニブスがいう。

「かわいらしいステキなおうちね」

ウェンディがいった。男《おとこ》の子《こ》たちの期待《きたい》どおりの答《こた》えだ。

「ぼくたち、ウェンディの子《こ》どもだよ」ふたごが叫《さけ》ぶ。

男《おとこ》の子《こ》たちはみんなひざまずいて、手《て》をのばして声《こえ》をそろえた。

「ウェンディ、ぼくたちのママになって」

「あたしがママに？」ウェンディは目《め》をかがやかせた。

「すごく楽《たの》しそうだけど、あたし、まだ子《こ》どもだから。経験《けいけん》ゼロなの」

「そこは問題《もんだい》じゃないさ」

ピーターは、だれよりもお母《かあ》さんのことを知《し》らないくせに、自分《じぶん》だけ知《し》ってるみたいにいった。

「ぼくたちに必要《ひつよう》なのは、お母《かあ》さんらしいやさしい人《ひと》なんだ」

「まあ。それならあたしがぴったりかもしれない」

「うんうん、もちろん。ぼくたち、一発《いっぱつ》でわかったよ」みんなが声《こえ》をあげる。

「じゃあ、あたし、できるだけがんばる。さ、いたずらっ子《こ》たち、すぐおうちに入《はい》って。

足《あし》もちゃんとふくのよ。寝《ね》る前《まえ》にシンデレラのお話《はなし》を最後《さいご》までしてあげる」

男《おとこ》の子《こ》たちは、小《ちい》さい家《いえ》のなかに入《はい》った。どうして全員入《ぜんいんはい》れるのかは謎《なぞ》だ。むりやりつめればなんとかなるのがネバーランドだ。これが、男《おとこ》の子《こ》たちがウェンディと過《す》ごしたい く晩《ばん》もの楽《たの》しい夜《よる》の初日《しょにち》だった。あとで、ウェンディは男《おとこ》の子《こ》たちを地下《ちか》の家《いえ》の大《おお》きなベッドに寝《ね》かせ、自分《じぶん》は小《ちい》さい家《いえ》で寝《ね》た。ピーターは剣《けん》を抜《ぬ》いたまま、外《そと》を見張《みは》っていた。遠《とお》くで海賊《かいぞく》たちが酒盛《さかも》りをしているし、オオカミもうろついている。暗《くら》やみにつつまれた小《ちい》さい家《いえ》は、とても居心地《いごこち》よくて安全《あんぜん》に見《み》えた。ブラインドからは明《あか》るい光《ひかり》がもれ、煙《えん》突《とつ》からはのんびりと煙《けむり》が立《た》ちのぼっている。ピーターだって、ちゃんと見張《みは》っている。しばらくして、ピーターは寝《ね》てしまった。だから、さんざん遊《あそ》んでふらふらになって帰《かえ》ってきた妖精《ようせい》たちは、ピーターの上《うえ》をのりこえて寝床《ねどこ》に帰《かえ》った。通《とお》り道《みち》をふさいでいるのがほかの男《おとこ》の子《こ》だったら、いたずらするところだ。でもピーターだから、鼻《はな》をつねっただけだった。

地《ち》下《か》の家《いえ》

つぎの日《ひ》、ピーターが真《ま》っ先《さき》にしたのは、ウェンディとジョンとマイケルのサイズ測定《そくてい》だった。そのサイズをもとに、ちょうどいい大《おお》きさの木《き》を探《さが》す。前《まえ》にフックがこの木《き》の入《い》り口《ぐち》を見《み》たとき、ひとりにひとつずついらないじゃないかと小《こ》バカにしていたけど、ぜんぜんわかってない。空洞《くうどう》がからだのサイズにぴったり合《あ》ってなければ上下《じょうげ》に移動《いどう》できないし、おなじ体格《たいかく》の子《こ》なんてひとりもいない。サイズさえ合《あ》えば、てっぺんで息《いき》を大《おお》きく吸《す》いこむだけで、ちょうどいいスピードでおりられる。のぼるときは、息《いき》を吸《す》って吐《は》いてをくりかえしながら、からだをくねらせる。もちろん、いったん動《うご》きをマスターすれば、意《い》識《しき》しないでできる。そうなると、まったく動《うご》きにむだがない。

ただし、サイズが合《あ》わなければしょうがない。だからピーターは、スーツを仕立《した》てるときみたいに注意《ちゅうい》ぶかく、からだと木《き》の大《おお》きさをはかる。スーツの場合《ばあい》はからだに合《あ》うように仕立《した》てるけど、こっちは逆《ぎゃく》にからだを木《き》に合《あ》わせなきゃいけない。たいていの場合《ばあい》、服《ふく》を着《き》たりぬいだりするだけで、かんたんに合《あ》わせられる。ヘンなところが出《で》っぱってる子《こ》の場合《ばあい》や、ぶかっこうな木《き》しかない場合《ばあい》は、ピーターがその子《こ》に何《なに》やらちょちょいとすると、ぴったり合《あ》う。いったんはまると、その体型《たいけい》をキープするためにすごく気《き》をつかうので、健康《けんこう》も保《たも》てるというメリットもあって、ウェンディは喜《よろこ》んだ。

ウェンディとマイケルは一回目《いっかいめ》でぴったりはまったけれど、ジョンは少《すこ》しがんばって合《あ》わせてもらった。

何日《なんにち》か練習《れんしゅう》すると、三人《さんにん》は井戸水《いどみず》をくむバケツみたいにラクラク上下《じょうげ》に動《うご》けるようになった。そして、地下《ちか》の家《いえ》が大好《だいす》きになった。ウェンディなんか、好《す》きで好《す》きでたまらないらしい。部屋《へや》は、大《おお》きいのがひとつ。どこの家《いえ》もこうでなくちゃいけない。床《ゆか》を掘《ほ》れば、釣《つ》りだってできる。きれいな色《いろ》のかたいキノコが生《は》えていて、いすに使《つか》える。部屋《へや》のまんなかで、ネバーツリーという木《き》が上《うえ》にのびようとがんばってるけど、毎朝《まいあさ》、床《ゆか》の高《たか》さに合《あ》わせて幹《みき》をノコギリで切《き》られてしまう。お茶《ちゃ》の時間《じかん》にはちょうど六十《ろくじっ》センチくらいになるので、上《うえ》にドアをのせればテーブルのできあがりだ。お茶《ちゃ》が終《お》わると幹《みき》をまた切《き》って、遊《あそ》ぶスペースを広《ひろ》げる。巨大《きょだい》な暖炉《だんろ》があって、部屋《へや》のどこにいても好《す》きなときに火《ひ》を燃《も》やせる。ウェンディはこの暖炉《だんろ》の上《うえ》に植物《しょくぶつ》のすじでつくったひもをかけ、洗《せん》たくものを干《ほ》した。ベッドは、日中《にっちゅう》は壁《かべ》にたてかけておき、六時半《ろくじはん》におろすと、部屋《へや》の半分近《はんぶんちか》くが埋《う》まってしまう。マイケル以外《いがい》の男《おとこ》の子《こ》は全員《ぜんいん》、このベッドでかんづめのイワシみたいに並《なら》んで寝《ね》る。寝返《ねがえ》りには厳《きび》しいルールがあって、だれかが合図《あいず》をするまで禁止《きんし》。合図《あいず》があると、全員《ぜんいん》いっせいに寝返《ねがえ》りをうつ。ほんとうは、マイケルもベッドに寝《ね》るはずだったけど、ウェンディが赤《あか》ちゃんをほしがり、いちばん小《ちい》さいマイケルが赤《あか》ちゃん役《やく》になって、バスケットに入《い》れてつるされた。女《おんな》の子《こ》ってそういうところがある。

手《て》をかけずにあっさりつくった家《いえ》で、子《こ》グマの地下《ちか》の家《いえ》って感《かん》じだ。ひとつめずらしいのは、壁《かべ》にある鳥《とり》カゴくらいの大《おお》きさのへこみで、そこがティンカーベルの個室《こしつ》だ。小《ちい》さなカーテンで仕切《しき》ってあり、超神経質《ちょうしんけいしつ》のティンクは着《き》がえのたびに閉《し》めていた。こんなにオシャレなリビング兼《けん》ベッドルームをもってる人《ひと》はどこにもいない。ティンクがカウチと呼《よ》んでるベッドは、ほんものの妖精《ようせい》の女王《じょおう》の品《しな》で、脚《あし》が優雅《ゆうが》に曲《ま》がってる。ベッドカバーは、旬《しゅん》のくだものの花《はな》に合《あ》わせてとりかえている。鏡《かがみ》は『長靴《ながぐつ》をはいた猫《ねこ》』のかたちで、妖精界《ようせいかい》の商人《しょうにん》がいうには、このデザインでひび割《わ》れがないものはぜんぶで三《みっ》つしか残《のこ》っていないらしい。洗面台《せんめんだい》にはひだひだの縁《ふち》どりがある。チェストはほんもののチャーミング六《ろく》世時代《せいじだい》の品《しな》。カーペットとラグは本《ほん》に出《で》てくるマージョリーとロビンが使《つか》ってたのとおなじものだ。きらびやかなシャンデリアもついてるけど、ただの飾《かざ》りで、もちろん光《ひかり》は自分《じぶん》で出《だ》せる。ティンクは、自分《じぶん》の部屋《へや》以外《いがい》の場所《ばしょ》はぜんぜんカッコよくないとバカにしてたけど、まあムリもない。ただし、ティンクの部屋《へや》はうつくしいけど、かなり気《き》どっていて、ツンツンしているように見《み》えた。

ウェンディはたぶん、優雅《ゆうが》でいいなあとティンクをうらやましがってるはずだ。いたずらっ子《こ》たちのおかげで、てんてこ舞《ま》いだから。何週間《なんしゅうかん》もずっと、ほっとひと息《いき》つけるのは、靴下《くつした》を夜《よる》につくろうときくらい。料理《りょうり》のときなんて、ずっとお鍋《なべ》につきっきりだ。お鍋《なべ》に何《なに》も入《はい》ってなくても、それどころかお鍋《なべ》そのものがなくても、煮《に》えるのを見《み》てなくちゃいけないことには変《か》わりない。ほんとうに食事《しょくじ》をするのか、フリをするだけかは、ピーターの気分《きぶん》しだいで決《き》まる。ピーターは、ゲームの一部《いちぶ》としてなら食《た》べられるけど、おなかをいっぱいにしたいから食《た》べるってことができなかった。ふつうの子《こ》は、食《た》べるのが何《なに》より好《す》きで、そのつぎに好《す》きなのが食《た》べものの話《はなし》なのに。ピーターはフリをするだけで実際《じっさい》に食《た》べてるのとおなじ効果《こうか》があって、ちゃんと太《ふと》るのが見《み》ててわかるくらいだった。ほかの子《こ》どもたちにとって、フリだけはもちろんつらい。でも、ピーターの命令《めいれい》はぜったいだ。それに、やせて木《き》の穴《あな》のサイズに合《あ》わなくなってくると、たくさん食《た》べさせてもらえた。

男《おとこ》の子《こ》がみんなベッドに入《はい》ると、ウェンディが待《ま》ちに待《ま》ったお裁縫《さいほう》の時間《じかん》だ。ウェンディにいわせれば息抜《いきぬ》きタイムで、あたらしい服《ふく》をつくってあげたり、ひざあてを二重《にじゅう》にしてあげたりする。男《おとこ》の子《こ》たちのズボンのひざって、すぐにすり切《き》れちゃうからだ。

カゴのなかには、かかとに穴《あな》のあいた靴下《くつした》がいっぱい。ウェンディはその前《まえ》にすわって、もうお手上《てあ》げというふうにいう。

「あーもうっ！　子《こ》どもなんて手《て》ばっかりかかるんだから」

なんていいつつ、顔《かお》はにんまりしてる。

ウェンディが前《まえ》に自分《じぶん》のネバーランドでペットにしていたオオカミは、ウェンディが島《しま》に来《き》たのをすぐに察《さっ》した。ウェンディを見《み》つけたオオカミはかけよって、ぎゅっと抱《だ》きあった。それ以来《いらい》、オオカミはウェンディが行《い》くところならどこでもついてきた。

ウェンディが大好《だいす》きな両親《りょうしん》のことをどれだけ考《かんが》えたかは、むずかしい問題《もんだい》だ。ネバーランドでは、時間《じかん》の計算《けいさん》をする太陽《たいよう》と月《つき》がたくさんあるから、どれだけ時間《じかん》がたったかわからないから。ただ、ウェンディはそんなに心配《しんぱい》はしてなかった。お母《かあ》さんが窓《まど》をあけて待《ま》っててくれるだろうと信《しん》じきっていたので、安心《あんしん》だった。ときどき不安《ふあん》になるのは、ジョンが両親《りょうしん》をむかしの知《し》り合《あ》いくらいにしか思《おも》ってないことだった。マイケルなんか、ウェンディをほんもののお母《かあ》さんだと思《おも》いこんでいる。ウェンディはちょっとこわくなり、なんとかしなくちゃと決心《けっしん》して、ジョンとマイケルがむかしの生活《せいかつ》を忘《わす》れないように、学校《がっこう》でやった問題《もんだい》を思《おも》いだしてテストをつくった。ほかの子《こ》たちもやたらおもしろがって、自分《じぶん》にもやらせてほしいとせがんだ。それぞれ石盤《せきばん》をもって、テーブルを囲《かこ》んですわり、ウェンディが石盤《せきばん》に書《か》いてまわす問題《もんだい》をじっくり考《かんが》える。ごくごくふつうの問題《もんだい》ばかりだ。

【お母《かあ》さんの目《め》は何色《なにいろ》だったか？　お父《とう》さんとお母《かあ》さんのうち背《せ》が高《たか》いのはどちらだったか？　お母《かあ》さんの髪《かみ》は金色《きんいろ》だったか茶色《ちゃいろ》だったか？　できれば三問《さんもん》とも答《こた》えなさい】とか、

【この前《まえ》のお休《やす》みの過《す》ごし方《かた》、または、お父《とう》さんとお母《かあ》さんの性格《せいかく》のちがい、というタイトルで、四十語《よんじゅうご》以上《いじょう》の作文《さくぶん》を書《か》きなさい】とか、【(1) お母《かあ》さんの笑《わら》い方《かた》を説明《せつめい》しなさい。

（2）お父《とう》さんの笑《わら》い方《かた》を説明《せつめい》しなさい。（3）お母《かあ》さんのパーティドレスを説明《せつめい》しなさい。（4）犬小屋《いぬごや》とそこに住《す》む者《もの》について説明《せつめい》しなさい】とか。

こんな感《かん》じのふつうの生活《せいかつ》についての問題《もんだい》で、答《こた》えられないとバツをつけるようにいわれる。ジョンでさえ、こわいくらいたくさんバツがついた。全問答《ぜんもんこた》えたのはスライトリーだけで、とうぜん一位《いちい》かと思《おも》ったら、答《こた》えがぜんぶでたらめで、残念《ざんねん》ながらビリになった。ピーターはテストに参加《さんか》しなかった。なんといっても、ウェンディ以外《いがい》のお母《かあ》さんをけぎらいしてたから。それから、この島《しま》でひとりだけ読《よ》み書《か》きができなかったから。どんなかんたんな単語《たんご》も知《し》らなかった。そんなちっぽけなことは、ピーターにはどうでもよかった。問題《もんだい》はぜんぶ、過去形《かこけい》で書《か》かれていた。「お母《かあ》さんの目《め》は何色《なにいろ》だったか」というふうに。要《よう》するに、ウェンディも忘《わす》れかけてたってことだ。

もちろん、冒険《ぼうけん》は毎日《まいにち》のようにあった。でも、このころのピーターは、ウェンディの影響《えいきょう》であたらしいゲームを発明《はつめい》して、例《れい》によって突然興味《とつぜんきょうみ》をなくすまでのあいだは、ものすごくハマってた。冒険《ぼうけん》しないごっこというゲームで、ジョンとマイケルが家《いえ》でやっていたようなことをする。つまり、いすにすわってボールを天井《てんじょう》めがけて投《な》げたり、押《お》しあいっこをしたり、散歩《さんぽ》に出《で》かけてハイイログマの一頭《いっとう》もやっつけずに帰《かえ》ってきたり。ピーターがいすにすわって何《なに》もしないのは、見《み》てておもしろかった。ついつい、まじめくさった顔《かお》になるからだ。おとなしくすわってるなんて、ピーターにしてみたら意味不明《いみふめい》だ。健康《けんこう》のために散歩《さんぽ》に行《い》ったぞ、なんて得意《とくい》そうにいってみたりもした。太陽《たいよう》が何度《なんど》かのぼるあいだ、あたらしい冒険《ぼうけん》といったらそれくらいのものだった。ジョンとマイケルも、しょうがないから楽《たの》しそうなフリをした。ピーターに怒《おこ》られたくないからだ。

ピーターはよくひとりで出《で》かけるけど、冒険《ぼうけん》してきたのかどうか、ぜんぜんわからない。本人《ほんにん》も何《なに》をしてきたのかすっかり忘《わす》れててひとことも話《はな》さなかったのに、外《そと》に出《で》たら死体《したい》がころがっていたりする。逆《ぎゃく》に、いろいろ話《はな》したくせに、話《はなし》に出《で》てきた死体《したい》がなかったりする。ときどき、頭《あたま》に包帯《ほうたい》をして帰《かえ》ってくる。そうすると、ウェンディは傷口《きずぐち》をぬるま湯《ゆ》で洗《あら》ってあげる。そのあいだピーターは、ハラハラドキドキの冒険話《ぼうけんばなし》をする。信《しん》じていいのかどうかは、いまひとつわからない。でも、ほんとうだとわかる冒険《ぼうけん》もたくさんあった。ウェンディもいっしょにいたからだ。部分的《ぶぶんてき》にほんとうだとわかる冒険《ぼうけん》なら、もっとたくさんある。ほかの男《おとこ》の子《こ》たちも加《くわ》わってて、ぜんぶほんとうだといってるから。そういう冒険《ぼうけん》をぜんぶあげてたら、ラテン語《ご》の辞書《じしょ》くらいぶあつくなってしまう。

島《しま》ではたった一時間《いちじかん》のうちにすごくいろんな事件《じけん》が起《お》きる。たとえば、スライトリー峡《きょう》谷《こく》でピカニニ族《ぞく》と一戦《いっせん》を交《まじ》えたこともある。血《ち》なまぐさい戦《たたか》いで、ピーターがその最中《さいちゅう》にいきなり敵《てき》に寝返《ねがえ》るというおかしな癖《くせ》を発揮《はっき》した。まだ決着《けっちゃく》がつかなくて、こっちが優勢《ゆうせい》になったりあっちが優勢《ゆうせい》になったりしてるうちに、ピーターが叫《さけ》んだ。

「ぼくはきょう、ピカニニ族《ぞく》だ。トゥートルズは？」

「ピカニニ族《ぞく》だ！　ニブスは？」

「ぼくもピカニニ族《ぞく》だ！　ふたごは？」

こうして、全員《ぜんいん》がピカニニ族《ぞく》になってしまった。これで戦《たたか》いは終《お》わりのはずなのに、ピーターのやり方《かた》に感心《かんしん》したほんもののピカニニ族《ぞく》が、きょうだけは迷子《まいご》になるといいだして、さらにはげしい戦《たたか》いがはじまってしまった。

またべつのときには、地下《ちか》の家《いえ》にピカニニ族《ぞく》が夜襲《やしゅう》をかけて、数人《すうにん》が木《き》の穴《あな》にはさまって、コルク栓《せん》みたいに引《ひ》っこぬかなきゃいけなかった。

ピーターが人魚《にんぎょ》の入《い》り江《え》でタイガー・リリーの命《いのち》を救《すく》って、味方《みかた》につけたこともあった。

海賊《かいぞく》が毒入《どくい》りケーキをつくって男《おとこ》の子《こ》たちに食《た》べさせようとしたこともあった。せっかくあちこちにうまく置《お》いたのに、だれかが手《て》にするとすかさずウェンディがとりあげるので、そのうちケーキはひからびて石《いし》みたいにガチガチになった。飛《と》び道具《どうぐ》に使《つか》ったら、フックが暗《くら》やみでつまずいて転《ころ》んだこともあった。

ピーターが仲《なか》よくしてるネバーバードは、入《い》り江《え》の上《うえ》をおおう枝《えだ》に巣《す》をつくっていて、巣《す》が水《みず》に落《お》ちても卵《たまご》の上《うえ》にすわってあっためていた。ピーターは、ネバーバードのじゃまをするなと命令《めいれい》を出《だ》した。

ティンカーベルがまわりの妖精《ようせい》の力《ちから》を借《か》りて、寝《ね》ているウェンディを大《おお》きな葉《は》っぱにのせて水《みず》に浮《う》かべ、家《いえ》に送《おく》り返《かえ》そうとしたこともあった。幸《さいわ》い葉《は》っぱが沈《しず》んだので、ウェンディは目《め》を覚《さ》まし、おふろに入《はい》ってたんだっけと思《おも》って泳《およ》いでもどった。

ピーターがライオンに堂々《どうどう》と挑戦《ちょうせん》したこともある。地面《じめん》の自分《じぶん》のまわりをぐるっと囲《かこ》んで、この円《えん》のなかに入《はい》ってみろとけしかけた。男《おとこ》の子《こ》たちもウェンディも何時間《なんじかん》も木《き》の上《うえ》から息《いき》を殺《ころ》して見《み》つめてたけど、挑戦《ちょうせん》を受《う》けて立《た》つライオンは一頭《いっとう》もいなかった。

そして、入《い》り江《え》には人魚《にんぎょ》がいた。

人《にん》魚《ぎょ》の入《い》り江《え》

目《め》を閉《と》じると、暗《くら》やみのなかに淡《あわ》くうつくしい色《いろ》のもやもやが浮《う》かびあがることがある。さらに目《め》をぎゅっと閉《と》じると、もやもやがはっきりとした水《みず》たまりになり、色《いろ》もあざやかになってくる。さらにぎゅぎゅっと閉《と》じると、炎《ほのお》となって燃《も》えあがる。いまにもアチチとなりそうなとき、入《い》り江《え》が見《み》えてくる。この世界《せかい》にいながら人魚《にんぎょ》の入《い》り江《え》にいちばん近《ちか》づく瞬間《しゅんかん》だ。ほんの一瞬《いっしゅん》だけ味《あじ》わえる天国《てんごく》。あとほんの一瞬《いっしゅん》の時間《じかん》があれば、打《う》ちよせる波《なみ》音《おと》と人魚《にんぎょ》の歌声《うたごえ》がきこえるかもしれない。

子《こ》どもたちはよく、この入《い》り江《え》で長《なが》い夏《なつ》の日《ひ》を過《す》ごした。泳《およ》いだりぷかぷか浮《う》いたり、たまに水中《すいちゅう》で人魚《にんぎょ》ごっこをしたりする。だからといって、人魚《にんぎょ》が子《こ》どもたちと仲《なか》がいいと思《おも》ったら大《おお》まちがい。ウェンディなんか、人魚《にんぎょ》からていねいな言葉《ことば》をかけてもらったことが一度《いちど》もないのをずっと根《ね》にもってるくらいだ。ウェンディが入《い》り江《え》のほとりにそっと近《ちか》づくと、よく人魚《にんぎょ》が群《む》れている。とくに、〝置《お》き去《ざ》り岩《いわ》〟での日《ひ》なたぼっこがお気《き》に入《い》りで、イラッとするほどのんびり髪《かみ》をとかしている。そーっと泳《およ》いで一《いち》メートル手前《てまえ》まで近《ちか》づくと、気《き》づいた人魚《にんぎょ》たちは水《みず》に飛《と》びこみ、たいてい尾《お》びれで水《みず》をバシャッとかけていく。うっかりじゃなく、わざと。

人魚《にんぎょ》は男《おとこ》の子《こ》たちもおなじように扱《あつか》ったけど、もちろんピーターは例外《れいがい》だった。ピーターは置《お》き去《ざ》り岩《いわ》で人魚《にんぎょ》たちと何時間《なんじかん》もおしゃべりをし、生意気《なまいき》な態度《たいど》をとられると、尾《お》びれの上《うえ》にすわってやる。ピーターは、人魚《にんぎょ》のくしを一本《いっぽん》、ウェンディにプレゼントした。

人魚《にんぎょ》を見《み》ていちばん心《こころ》を動《うご》かされるのは、月《つき》が出《で》るときで、人魚《にんぎょ》たちは悲《かな》しそうなふしぎな泣《な》き声《ごえ》をあげる。でも、そんなときの入《い》り江《え》は人間《にんげん》には危険《きけん》だ。ウェンディは、ある事件《じけん》が起《お》きる日《ひ》まで一度《いちど》も、月明《つきあ》かりの下《した》で入《い》り江《え》を見《み》たことがなかった。こわいからじゃない。ピーターがついてくるから、こわくない。子《こ》どもたちをぜったい夜《よる》の七時《しちじ》までに寝《ね》かせると決《き》めていたからだ。入《い》り江《え》に行《い》くのは、雨降《あめふ》りのあとの晴《は》れた日《ひ》が多《おお》い。びっくりするほどたくさんの人魚《にんぎょ》が集《あつ》まって、泡《あわ》で遊《あそ》んでいる。虹《にじ》の水《みず》が色《いろ》とりどりの泡《あわ》になり、人魚《にんぎょ》たちはそれをボールにして、虹《にじ》の外《そと》に出《だ》さないように、尾《お》びれで楽《たの》しそうに打《う》ちあい、泡《あわ》がはじけるまでつづける。虹《にじ》の両《りょう》はしがゴールで、キーパーだけが手《て》を使《つか》える。一度《いちど》に十《じっ》チームくらいがこのゲームをやっているときなんか、たいした見《み》ものだ。

でも、仲間《なかま》に入《い》れてもらおうとしたとたん、人魚《にんぎょ》はさーっといなくなってしまう。だから子《こ》どもたちは、自分《じぶん》たちだけで遊《あそ》んだ。そのくせ、人魚《にんぎょ》たちは子《こ》どもたちをこっそりながめて、アイデアを盗《ぬす》んでいたらしい。ジョンが手《て》ではなく頭《あたま》で泡《あわ》を打《う》つ方法《ほうほう》を考《かんが》えついたら、さっそくまねしていた。これこそ、ジョンがたしかにネバーランドに残《のこ》した実績《じっせき》だ。

昼食《ちゅうしょく》のあと三十分間《さんじっぷんかん》、子《こ》どもたちがこの岩《いわ》の上《うえ》で休《やす》みをとる光景《こうけい》は、なかなかおもしろかった。いいだしたのはウェンディで、食《た》べてるフリだけのときも、休《やす》みはちゃんととった。男《おとこ》の子《こ》たちが日《ひ》なたに寝《ね》ころがっている横《よこ》で、ウェンディはいばった顔《かお》をしてすわっていた。

そしてある日《ひ》、とうとう事件《じけん》が起《お》きた。子《こ》どもたちはみんな、岩《いわ》の上《うえ》にいた。地下《ちか》の家《いえ》のベッドくらいの大《おお》きさだったけど、ぎゅうぎゅうづめで寝《ね》るのは慣《な》れっこだ。男《おとこ》の子《こ》たちは、うとうとしたり、目《め》だけつぶったり、ウェンディが見《み》てないすきにとなりの子《こ》をつねったりしていた。ウェンディは、お裁縫《さいほう》に夢中《むちゅう》だった。

そのうち、入《い》り江《え》のようすが変《か》わってきた。空気《くうき》がぷるぷるふるえ、太陽《たいよう》がかげり、水面《みなも》に影《かげ》が忍《しの》びより、ひんやりしてきた。針《はり》に糸《いと》を通《とお》そうとしていたウェンディが顔《かお》をあげると、明《あか》るく楽《たの》しかった入《い》り江《え》に、恐怖《きょうふ》と敵意《てきい》が満《み》ちていた。

ウェンディにはわかった。これは夜《よる》が来《き》たんじゃない。夜《よる》みたいに暗《くら》いものがやってきたんだ。ううん、もっと悪《わる》いものだ。まだ着《つ》いていないのに、水面《みなも》をふるわせて予告《よこく》してきた。何《なに》が来《く》るんだろう？

置《お》き去《ざ》り岩《いわ》についてのうわさなら、いろいろきいたことがある。悪《わる》い船長《せんちょう》たちが船乗《ふなの》りをしばりつけて置《お》き去《ざ》りにしてきたから、その名《な》がついた。満《み》ち潮《しお》になると岩《いわ》は水中《すいちゅう》に沈《しず》むので、船乗《ふなの》りはおぼれ死《し》ぬ。

ほんとうなら、すぐに子《こ》どもたちを起《お》こさなきゃいけないに決《き》まってる。正体不明《しょうたいふめい》のものが近《ちか》づいてきてるうえに、すっかり冷《つめ》たくなった岩《いわ》の上《うえ》でこれ以上寝《いじょうね》ているのはよくない。でも、ウェンディはまだ小《ちい》さいお母《かあ》さんだったので、わかっていなかった。昼食《ちゅうしょく》のあと三十分《さんじっぷん》は昼寝《ひるね》と決《き》めたからには、守《まも》らなきゃと思《おも》った。だから、ほんとはこわかったし、みんなの声《こえ》をききたくてたまらなかったのに、起《お》こすのはやめた。オールの音《おと》がかすかにきこえて、口《くち》から心臓《しんぞう》が飛《と》びだしそうになっても、起《お》こさなかった。男《おとこ》の子《こ》たちを守《まも》るように立《た》って、寝《ね》かせておいた。なんて勇敢《ゆうかん》なウェンディ！

ラッキーだったのは、ひとりだけ、眠《ねむ》ってても危険《きけん》を察知《さっち》できる子《こ》がいたことだ。ピーターは、ぱっと飛《と》び起《お》きて、犬《いぬ》みたいにギンギンに目《め》を覚《さ》まして、大声《おおごえ》でみんなを起《お》こした。

ピーターはじっと立《た》ったまま、片手《かたて》を耳《みみ》にあてた。

「海賊《かいぞく》だ！」ピーターが叫《さけ》ぶ。

みんな、ピーターのそばに集《あつ》まってきた。ピーターの顔《かお》には、あやしい笑《え》みが浮《う》かんでいた。ウェンディは、ぶるっとふるえた。ピーターがこの表情《ひょうじょう》をしているときは、だれも話《はな》しかけられない。いつでもこたえられるように命令《めいれい》を待《ま》つだけだ。するどく、はっきりした声《こえ》で命令《めいれい》が下《くだ》された。

「飛《と》びこめ！」

みんなが水《みず》に入《はい》る脚《あし》が一瞬《いっしゅん》きらめき、たちまち入《い》り江《え》に人《ひと》けがなくなった。置《お》き去《ざ》り岩《いわ》だけが、自分《じぶん》が置《お》き去《ざ》りにされたみたいに、ぶきみな入《い》り江《え》のなかにぽつんと残《のこ》ってた。

ボートが近《ちか》づいてきた。海賊《かいぞく》だ。乗《の》ってたのは三人《さんにん》で、スミーとスターキー、もうひとりは捕虜《ほりょ》。とらわれたのは、タイガー・リリーだった。両手両足《りょうてりょうあし》をしばられ、自分《じぶん》の運命《うんめい》をさとったような顔《かお》をしている。この岩《いわ》に置《お》き去《ざ》りにされるのは、タイガー・リリーの部族《ぶぞく》にとって、火《ひ》あぶりや拷問《ごうもん》よりひどい死《し》に方《かた》だ。水《みず》のなかには〝幸《しあわ》せな狩《か》り場《ば》〟、つまり天国《てんごく》に行《い》く道《みち》はないと、部族《ぶぞく》の書物《しょもつ》に書《か》いてある。それでも、タイガー・リリーは落《お》ち着《つ》いていた。首長《しゅちょう》の娘《むすめ》だから、首長《しゅちょう》の娘《むすめ》らしく死《し》ななくちゃいけない。

海賊《かいぞく》たちは、タイガー・リリーが口《くち》にナイフをくわえて乗《の》りこんできたところをとらえた。海賊船《かいぞくせん》に見張《みは》りはいない。フックは、自分《じぶん》の名前《なまえ》がとどろいてだれも船《ふね》に近《ちか》づいてこない、と豪語《ごうご》していた。これからタイガー・リリーがたどる運命《うんめい》も、船《ふね》を守《まも》るのに役立《やくだ》つだろう。またひとり犠牲者《ぎせいしゃ》が出《で》たとなれば、その夜《よる》のうちにうわさが風《かぜ》に乗《の》って広《ひろ》まるから。

自分《じぶん》たちのせいで暗《くら》くなったのに、ふたりの海賊《かいぞく》は岩《いわ》を見《み》つけられないままボートで岩《いわ》にぶつかってしまった。

「風上《かざかみ》に向《む》けろ、へたくそ」アイルランドなまりでスミーが叫《さけ》ぶ。

「これが例《れい》の岩《いわ》だ。あとはこのピカニニ族《ぞく》の娘《むすめ》をしばりつけて、置《お》き去《ざ》りにすりゃあいい」

おそろしいほどあっというまに、うつくしい首長《しゅちょう》の娘《むすめ》は岩《いわ》の上《うえ》におろされた。誇《ほこ》り高《たか》いタイガー・リリーは、むだな抵抗《ていこう》をいっさいしなかった。

岩《いわ》のすぐ近《ちか》く、海賊《かいぞく》からは死角《しかく》の水面《すいめん》に、ふたつの頭《あたま》が見《み》えかくれしていた。ピーターとウェンディだ。ウェンディは、はじめて残酷《ざんこく》なシーンを目《ま》のあたりにしてショックを受《う》け、泣《な》いていた。ピーターはこの手《て》の悲劇《ひげき》は何度《なんど》も見《み》てきたのに、けろっと忘《わす》れていた。

ピーターはウェンディほど、タイガー・リリーをかわいそうだと思《おも》っていなかった。でも、二対一《にたいいち》なんてひきょうだとムカついて、助《たす》けることにした。海賊《かいぞく》がいなくなってからのほうが、楽勝《らくしょう》で助《たす》けられるのに、ラクな方法《ほうほう》を選《えら》ばないのがピーターだ。

ピーターにできないことなんて、ほとんどない。まず、フックの声《こえ》まねをした。

「おい、そこののろまども」ピーターは呼《よ》びかけた。

フックにそっくりだ。

「船長《せんちょう》だ」

ふたりの海賊《かいぞく》は、びっくりして顔《かお》を見合《みあ》わせた。

「泳《およ》いでこっちに向《む》かってんのかな」姿《すがた》が見《み》あたらないので、スターキーはいった。

「いま、ピカニニ族《ぞく》の娘《むすめ》を岩《いわ》にしばりつけるとこですぜ」スミーが声《こえ》をはりあげた。

「逃《に》がせ」おどろきの答《こた》えが返《かえ》ってきた。

「逃《に》がす？」

「そうだ。なわをといて、逃《に》がしてやれ」

「けど、船長《せんちょう》……」

「すぐにやれ。きこえないのか。ぐずぐずしてると、鉤《かぎ》を突《つ》き刺《さ》すぞ」

「ヘンだぞ！」スミーが声《こえ》をあげる。

「船長《せんちょう》のいうとおりにしたほうがいい」スターキーが不安《ふあん》そうにいった。

「了解《りょうかい》！」

スミーは、なわを切《き》った。タイガー・リリーはすぐにウナギみたいにするっとスターキーの脚《あし》のあいだをくぐって、水《みず》のなかに消《き》えた。

ウェンディは、ピーターってなんて頭《あたま》がいいんだろうと誇《ほこ》らしかった。でも、ピーターが得意《とくい》になって例《れい》のニワトリの鳴《な》きまねをしたらバレちゃうので、手《て》をのばしてピーターの口《くち》をふさごうとした。そのとき、「おい、そこのボート！」というフックの声《こえ》が入《い》り江《え》じゅうにとどろいた。こんどはピーターのものまねじゃない。

ピーターはニワトリの鳴《な》きまねをしかけていたけど、びっくりしてひゅうっと口笛《くちぶえ》を吹《ふ》くようにくちびるをすぼめた。

「おい、そこのボート！」声《こえ》がまたひびく。

ウェンディにもやっとわかった。ほんもののフックも水《みず》のなかにいる。フックが泳《およ》いでボートに向《む》かってくる。スミーたちがランタンを照《て》らして誘導《ゆうどう》しているので、もうすぐ着《つ》く。明《あ》かりのなかに、ボートのへりに引《ひ》っかけたフックの鉤《かぎ》が見《み》えた。ずぶぬれのフックが水《みず》からあがるとき、浅黒《あさぐろ》く悪《わる》そうな顔《かお》が目《め》に入《はい》った。ウェンディはこわくてふるえた。泳《およ》いで逃《に》げたいけど、ピーターが動《うご》こうとしない。気持《きも》ちがたかぶり、力《ちから》がみなぎり、最高《さいこう》にうぬぼれている。

「ぼくってすごいよな。うん、天才《てんさい》だ！」

ピーターはウェンディにささやいた。ウェンディは、たしかにそうかもしれないけど、ピーターの名誉《めいよ》のためにも人《ひと》にきかれなくてよかったかも、と思《おも》った。

ピーターが、耳《みみ》をすませと合図《あいず》する。

ふたりの海賊《かいぞく》は、なぜ船長《せんちょう》がここまで来《き》たのかふしぎだった。フックは鉤《かぎ》に頭《あたま》をのせて、もの思《おも》いにふけってる。

「船長《せんちょう》、だいじょうぶですか」

ふたりはおそるおそるきいたけど、フックはうつろな声《こえ》でうめいただけだった。

「船長《せんちょう》のため息《いき》だ」スミーがいう。

「また、ため息《いき》だ」スターキーがいう。

「またまた、ため息《いき》だ」スミーがいう。

「船長《せんちょう》、どうしたんです？」

フックがやっと口《くち》をひらいて、ぶちまけるようにいった。

「遊《あそ》びは終《お》わりだ。あいつら、母親《ははおや》を見《み》つけやがった」

こわがっていたウェンディは、誇《ほこ》らしくて胸《むね》がいっぱいになった。

「なんてこった」スターキーが叫《さけ》んだ。

「あの……母親《ははおや》ってなんです？」スミーがきいた。

ウェンディはびっくりして思《おも》わず声《こえ》をあげた。

「えっ、知《し》らないの？」

この瞬間《しゅんかん》ウェンディは、海賊《かいぞく》を自分《じぶん》の子《こ》どもにすることがあったらスミーで決《き》まり、と思《おも》った。

ピーターが、ウェンディを水中《すいちゅう》に引《ひ》きずりこんだ。フックの声《こえ》がしたからだ。

「いまのはなんだ？」

「なんもきこえませんでしたよ」

スターキーはいって、水面《みなも》にランタンをかざした。目《め》をこらすと、不思議《ふしぎ》なものが見《み》えてきた。例《れい》の、入《い》り江《え》に浮《う》かぶ鳥《とり》の巣《す》だ。なかにいるのは、ネバーバードだ。

「あれだ」フックは、さっきのスミーの質問《しつもん》に答《こた》えた。

「あれが母親《ははおや》だ。手本《てほん》のようだな！　巣《す》が水《みず》に落《お》ちたらしいが、母親《ははおや》は卵《たまご》を決《けっ》して見捨《みす》てなかった」

フックはふいに声《こえ》をつまらせた。無邪気《むじゃき》だった日々《ひび》がよみがえってきたみたいに。けれどもフックは、自分《じぶん》の弱《よわ》さを払《はら》いのけるように鉤《かぎ》をさっと振《ふ》った。

スミーはすっかり感動《かんどう》して、流《なが》れていく巣《す》を見《み》つめた。もう少《すこ》し疑《うたぐ》り深《ぶか》いスターキーは、いった。

「ピーターを助《たす》けるためにうろついてんのかもしれませんぜ。あの鳥《とり》が母親《ははおや》なら、それぐらいのことはするんじゃないですか」

フックはギクッとした。

「ああ、わたしもそこが気《き》になるんだ」

この暗《くら》いふんいきを、スミーが元気《げんき》に吹《ふ》きとばした。

「船長《せんちょう》、ガキどもの母親《ははおや》をさらって、おれたちの母親《ははおや》になってもらいましょう」

「なかなかいい思《おも》いつきだ」

フックは、頭《あたま》をすばやく回転《かいてん》させ、すぐに具体的《ぐたいてき》な計略《けいりゃく》を立《た》てた。

「ガキどもをさらって、船《ふね》に連《つ》れこもう。目《め》かくしして板《いた》の上《うえ》を歩《ある》かせて海《うみ》に落《お》とす。それで、ウェンディがわたしたちの母親《ははおや》になる」

ウェンディは、カッとなった。

「なるわけないでしょっ！」そう叫《さけ》んで、すぐにもぐる。

「いまのはなんだ？」

でも、何《なに》も見《み》えない。木《こ》の葉《は》が風《かぜ》で揺《ゆ》れたんだろう。

「どうだ、賛成《さんせい》してくれるか？」フックがきいた。

「もちろんです」ふたりとも、誓《ちか》いのために手《て》を出《だ》した。

「よし、誓《ちか》え」フックが鉤《かぎ》を差《さ》しだす。

三人《さんにん》は、声《こえ》を合《あ》わせて誓《ちか》った。ふいに、フックはタイガー・リリーのことを思《おも》いだした。

「捕《つか》えたピカニニ族《ぞく》の娘《むすめ》はどこだ？」いきなり問《と》いただす。

フックはたまに冗談《じょうだん》をいう。ふたりの海賊《かいぞく》は、またいつものやつだと思《おも》った。

「船長《せんちょう》、異常《いじょう》なしです」スミーが得意《とくい》げにいう。

「おれたちでちゃんと逃《に》がしてやりました」

「逃《に》がしただと？」フックが叫《さけ》んだ。

「船長《せんちょう》じきじきのご命令《めいれい》だったんで」

「あっちのほうから、逃《に》がせって命令《めいれい》してきたじゃないですか」スターキーもいう。

「ふざけるな。バカめが」フックはがなりたてた。

怒《いか》りで顔《かお》が黒《くろ》ずんでいたけど、ふたりが本気《ほんき》だと気《き》づいてはっとした。おそるおそるフックはいった。

「わたしはそんな命令《めいれい》は出《だ》していない」

「ヘンですね」スミーがいった。

三人《さんにん》とも気味《きみ》が悪《わる》くて、そわそわしてきた。フックは声《こえ》をはりあげたけど、その声《こえ》はひび割《わ》れていた。

「この暗《くら》い入《い》り江《え》に今夜《こんや》あらわれた幽霊《ゆうれい》よ。わたしの声《こえ》がきこえるか」

だまっていればいいものを、ピーターは、すぐにフックの声《こえ》まねでこたえた。

「おうっ、きこえているぞ」

これで決定的《けっていてき》だ。フックは顔色《かおいろ》ひとつ変《か》えなかったけど、スミーとスターキーはこわくて抱《だ》きあった。

「おい、おまえは何者《なにもの》だ？　答《こた》えろ」フックが命《めい》じる。

「ジェームズ・フック。ジョリー・ロジャー号《ごう》の船長《せんちょう》だ」

「そんなわけがあるか」フックはしゃがれ声《ごえ》をあげた。

「無礼者《ぶれいもの》め。もう一度《いちど》いってみろ、錨《いかり》で切《き》りつけてやるぞ」声《こえ》がいいかえした。

フックは少《すこ》しだけ下手《したて》に出《で》る作戦《さくせん》をとった。

「あなたがフックなら、わたしはだれか、教《おし》えていただけますか」

「タラだ。魚《さかな》のタラだ！」

「タラ」フックはぽかんとした。

とうとう、誇《ほこ》り高《たか》い心《こころ》が砕《くだ》けた。手下《てした》のふたりがあとずさりしていく。

「おれたちはいままで、タラを船長《せんちょう》にしていたのか？　プライドがズタズタだ」

飼《か》い犬《いぬ》に手《て》をかまれたようなものだけど、フックはあまり気《き》にしていなかった。フックに必要《ひつよう》なのは、手下《てした》からの信頼《しんらい》ではなく、自信《じしん》だった。自信《じしん》たっぷりだった自分《じぶん》が消《き》えていきそうだ。

「見捨《みす》てないでくれ」フックはかすれた声《こえ》で自分《じぶん》にいいきかせた。

大海賊《だいかいぞく》にはつきものの女性的《じょせいてき》な直感《ちょっかん》が、フックの暗《くら》い性格《せいかく》のなかにもあった。ふいに、フックは謎《なぞ》かけゲームをはじめた。

「フックさん」フックは呼《よ》びかけた。

「あなたは、ほかにも声《こえ》をもっていますか？」

ピーターはゲームにはつい夢《む》中《ちゅう》になってしまうので、とっさに自《じ》分《ぶん》の声《こえ》で答《こた》えた。

「もってるよ」

「べつの名《な》前《まえ》は？」

「あるさ」

「あなたは、野《や》菜《さい》ですか？」フックはきいた。

「ちがう」

「鉱《こう》物《ぶつ》ですか？」

「ちがう」

「動《どう》物《ぶつ》ですか？」

「ちがう」

「大人《おとな》ですか？」

「ちがうよ！」バカにしたような声《こえ》がひびく。

「男《おとこ》の子《こ》ですか？」

「そうだ」

「ふつうの男《おとこ》の子《こ》ですか？」

「ちがう」

「すばらしい男《おとこ》の子《こ》ですか？」

「そうだ」

この答《こた》えをきいて、ウェンディはうんざりした。

「イギリスに住《す》んでいるのか？」

「ちがう」

「ここに住《す》んでいるのか？」

「そうだ」

フックはこんがらがってきた。

「おまえらも、質問《しつもん》してみろ」

汗《あせ》びっしょりのおでこをふきながら、フックは命令《めいれい》した。

スミーはさんざん考《かんが》えたあげく、くやしそうにいった。

「なんも考《かんが》えつきません」

ピーターが挑発《ちょうはつ》した。

「わかんないんだね？　降参《こうさん》する？」

いい気《き》になったせいで、ピーターはすっかり素《す》にもどっていた。海賊《かいぞく》たちのチャンスだ。

「降参《こうさん》！」

「そっか、じゃ、教《おし》えてやるよ。ぼくは、ピーターパンだ」

ピーターパンか！

たちまちフックはいつもの自分《じぶん》をとりもどし、スミーとスターキーは忠実《ちゅうじつ》な手下《てした》にもどった。

「これでもう、つかまえたようなものだ」フックは声《こえ》をはりあげた。

「スミー、飛《と》びこめ。スターキー、ボートを見《み》ておけ。引《ひ》っとらえろ。生死《せいし》は問《と》わない」

フックは飛《と》びこんだ。すると、ピーターの能天気《のうてんき》な声《こえ》がひびいた。

「みんな、用意《ようい》はいいか？」

「いいよ！」入《い》り江《え》のあちこちから声《こえ》がした。

「よーし、海賊《かいぞく》どもをやっつけろ！」

戦《たたか》いは短《みじか》く、はげしかった。真《ま》っ先《さき》に手《て》がらをあげたのはジョンで、勇《いさ》ましくボートによじのぼり、スターキーに飛《と》びかかった。はげしい取《と》っ組《く》み合《あ》いの末《すえ》、短剣《たんけん》をうばいとった。スターキーが海《うみ》に飛《と》びこむと、ジョンもあとを追《お》った。ボートは岸《きし》から離《はな》れ、海《うみ》をただよっていった。

水面《みなも》のあちこちに、顔《かお》が浮《う》かびあがった。剣《けん》がきらめき、叫《さけ》び声《ごえ》や歓声《かんせい》があがった。混《こん》乱《らん》のなかで味方《みかた》を攻撃《こうげき》する者《もの》もいた。スミーの栓《せん》ぬき、つまり短剣《たんけん》がトゥートルズの肋骨《あばらぼね》にねじこまれ、スミーはカーリーに刺《さ》された。岩《いわ》からはなれたところでは、スターキーがスライトリーとふたごを追《お》いつめていた。

そんななか、ピーターは、もっと大《おお》きい獲物《えもの》を求《もと》めていた。男《おとこ》の子《こ》たちはみんな勇敢《ゆうかん》だったけど、さすがに海賊《かいぞく》の船長《せんちょう》を前《まえ》にしたらしりごみしてしまう。フックは鉄《てつ》の鉤爪《かぎづめ》を振《ふ》りまわして死《し》の海《うみ》をまわりにつくっていたから、子《こ》どもたちはおびえた魚《さかな》のように逃《に》げだした。

だけど、ひとりだけおそれない子《こ》がいた。そして、死《し》の海《うみ》のなかに入《はい》ろうとしていた。

どういうわけか、ふたりが顔《かお》を合《あ》わせたのは岩《いわ》の上《うえ》だった。フックがひと息《いき》つこうと岩《いわ》にあがったのと同時《どうじ》に、ピーターも反対側《はんたいがわ》からよじのぼってきた。岩《いわ》がつるつるすべるので、はいあがるしかなかった。どちらも、相手《あいて》に気《き》づいてない。つかむ場所《ばしょ》を手《て》さぐりしているうちに、相手《あいて》の腕《うで》をつかんだ。びっくりして顔《かお》をあげる。顔《かお》と顔《かお》がくっつきそうだ。こうして、ふたりは対面《たいめん》した。

偉大《いだい》な英雄《えいゆう》でも、戦《たたか》いの前《まえ》におじけづいてもふしぎはない。いまのピーターの相手《あいて》は、大海賊《だいかいぞく》ジョン・シルバーがただひとりおそれた男《おとこ》だ。それなのに、ピーターに不安《ふあん》はなかった。あったのは、喜《よろこ》びだけだった。喜《よろこ》びのあまり、かわいらしい歯《は》をギシギシ鳴《な》らしたほどだ。あっというまにフックのベルトから短剣《たんけん》をうばい、突《つ》き刺《さ》そうとしたとき、自分《じぶん》が敵《てき》より高《たか》いところにいると気《き》づいた。こんなの、フェアじゃない。ピーターは敵《てき》に手《て》を差《さ》しのべて、引《ひ》っぱりあげようとした。

そのとき、フックが鉤《かぎ》で切《き》りつけてきた。

ピーターがクラッとしたのは、痛《いた》みのせいじゃない。なんてズルいんだと思《おも》ったからだ。

頭《あたま》がぼうっとして、にらみつけるしかない。子《こ》どもは大人《おとな》からはじめて不公平《ふこうへい》な仕打《しう》ちを受《う》けると、こんなふうになる。大人《おとな》と仲《なか》よくしようとするとき、もちろん公平《こうへい》に扱《あつか》ってもらえると思《おも》ってる。不公平《ふこうへい》な扱《あつか》いをされてもまだ、子《こ》どもは大人《おとな》をきらいにはならないけど、前《まえ》とおなじ子《こ》ではなくなっている。はじめて大人《おとな》のズルさを知《し》ると、永遠《えいえん》に心《こころ》に残《のこ》る。だけど、ピーターはちがった。なんども不公平《ふこうへい》な仕打《しう》ちを受《う》けてるのに、そのたびに忘《わす》れていた。それこそ、ピーターがほかの子《こ》と決定的《けっていてき》にちがうところだ。

だからこのズルい仕打《しう》ちは、ピーターにとってははじめてとおなじだった。だから、何《なに》もできなくなってぼうっと見《み》つめるしかできなかった。鉄《てつ》の鉤《かぎ》が、ピーターを二度《にど》引《ひ》っかいた。

少《すこ》しして、ほかの子《こ》たちは、フックが海賊船《かいぞくせん》に向《む》かってがむしゃらに泳《およ》いでいくのを見《み》た。邪悪《じゃあく》な顔《かお》から得意《とくい》そうな表情《ひょうじょう》が消《き》え、恐怖《きょうふ》で真《ま》っ青《さお》だ。例《れい》のワニが、追《お》いついてきたからだ。ふつうなら男《おとこ》の子《こ》たちは、ワニといっしょに泳《およ》いで応援《おうえん》するところだ。でもこのときは、心配《しんぱい》でそれどころじゃなかった。ピーターもウェンディも見《み》あたらない。名前《なまえ》を呼《よ》びながら入《い》り江《え》をくまなく探《さが》しているところだ。男《おとこ》の子《こ》たちは、スミーたちが乗《の》ってたボートを見《み》つけて乗《の》りこみ、「ピーター！　ウェンディ！」と必死《ひっし》で呼《よ》びかけた。返事《へんじ》はなく、人魚《にんぎょ》たちのバカにしたような笑《わら》いがひびくだけだった。きっと、泳《およ》いでもどったか、飛《と》んで帰《かえ》ってくるんだろう、みんなは意見《いけん》が一致《いっち》して、家《いえ》に帰《かえ》った。そんなに心配《しんぱい》していなかった。ピーターならだいじょうぶ。寝《ね》る時間《じかん》をとっくにすぎてるのがおかしくて、くすくす笑《わら》ったりもした。ぜんぶ、ウェンディ母《かあ》さんのせいだからね！

男《おとこ》の子《こ》たちがいなくなると、入《い》り江《え》は冷《つめ》たい静《しず》けさにつつまれた。すると、弱々《よわよわ》しい叫《さけ》び声《ごえ》がした。

「助《たす》けて、助《たす》けて」

小《ちい》さな影《かげ》がふたつ、岩《いわ》に打《う》ちつけられていた。女《おんな》の子《こ》はぐったりして、男《おとこ》の子《こ》の腕《うで》に抱《だ》きかかえられている。ピーターは最後《さいご》の力《ちから》を振《ふ》りしぼって、ウェンディを岩《いわ》の上《うえ》に引《ひ》っぱりあげ、自分《じぶん》も横《よこ》になった。うすれる意識《いしき》のなか、水位《すいい》が上《あ》がってくるのがわかった。このままじゃ、おぼれる。でも、どうすることもできない。

ふたりが横《よこ》になっていると、人魚《にんぎょ》がウェンディの足《あし》をつかんで、水《みず》に引《ひ》きずりこもうとした。ウェンディが離《はな》れていくのに気《き》づいたピーターははっとして、ギリギリセーフで引《ひ》きもどした。もう、ほんとうのことをいうしかない。

「ウェンディ、ここは岩《いわ》の上《うえ》だ。どんどんせまくなっている。この岩《いわ》は海《うみ》に沈《しず》む」

ウェンディは、いまひとつピンときてない。

「じゃ、出発《しゅっぱつ》しなきゃ」明《あか》るい声《こえ》でいう。

「うん」ピーターは力《ちから》なく答《こた》えた。

「で、泳《およ》いでいく？　それとも飛《と》んでいく？」

やっぱりいわなきゃ。

「ウェンディ、ぼくが手伝《てつだ》わないでも、陸《りく》まで泳《およ》いだり飛《と》んだりしていける？」

ウェンディは、つかれきってててダメ、といった。

ピーターがうめき声《ごえ》をあげる。

「どうしたの」ウェンディはきいた。

ふいに心配《しんぱい》になってくる。

「手伝《てつだ》ってあげられないんだよ、ウェンディ。フックに切《き》られた。飛《と》べないし泳《およ》げない」

「えっ、おぼれちゃうってこと？」

「水面《すいめん》を見《み》て。上《あ》がってきているだろう」

ふたりは両目《りょうめ》を手《て》でふさいで、これ以上《いじょう》見《み》ないようにした。もうすぐ死《し》ぬんだ。そのとき、何《なに》かがピーターのほっぺたをキスみたいにふわっとなでた。まるで、「お役《やく》に立《た》てるかも」と、おずおずと申《もう》し出《で》るみたいに。

マイケルが何日《なんにち》か前《まえ》につくった凧《たこ》のしっぽだった。マイケルの手《て》を離《はな》れて、飛《と》んでいってしまった凧《たこ》だ。

「マイケルの凧《たこ》か」

ピーターは興味《きょうみ》なさそうにいったけど、ふいにしっぽをつかんで凧《たこ》をたぐり寄《よ》せた。

「この凧《たこ》でマイケルは浮《う》かんだ。ウェンディだって運《はこ》んでくれるよ」

「ふたりとも！」

「ふたりはムリだ。マイケルとカーリーがやってダメだった」

「くじ引《び》きで決《き》めましょう」ウェンディは勇敢《ゆうかん》に申《もう》し出《で》た。

「レディにそんなことはできない」

ピーターはもう凧《たこ》のしっぽをウェンディのからだに結《むす》びつけていた。ウェンディがピーターにしがみつく。いっしょじゃなきゃ行《い》かない！　でも、ピーターはウェンディを押《お》しだした。

「バイバイ、ウェンディ」

そのうち、ウェンディは見《み》えなくなった。ピーターは入《い》り江《え》にひとり、とり残《のこ》された。岩《いわ》はすっかり小《ちい》さくなっていた。もうすぐ海《うみ》に沈《しず》む。青白《あおじろ》い光《ひかり》が水面《みなも》をそーっと走《はし》る。もうすぐ、この世《よ》でもっともうつくしくて悲《かな》しい声《こえ》がきこえてくるはずだ。人魚《にんぎょ》が月《つき》に呼《よ》びかける声《こえ》だ。

ピーターは、ふつうの男《おとこ》の子《こ》とはちがうけど、さすがにこわくなってきた。海面《かいめん》に伝《つた》わる波《なみ》のように、からだにふるえが走《はし》った。波《なみ》はつぎからつぎへと生《う》まれ、やがて数百《すうひゃく》にもなるけど、ピーターがふるえたのは一回《いっかい》だけだった。つぎの瞬間《しゅんかん》、ピーターは岩《いわ》の上《うえ》にしっかりと立《た》った。例《れい》の笑《え》みを浮《う》かべ、胸《むね》は高鳴《たかな》っている。

「死《し》ぬのって、めちゃくちゃ大《おお》きな冒険《ぼうけん》だ」

ネバーバード

ピーターがひとりっきりになる直前《ちょくぜん》にきいたのは、人魚《にんぎょ》が海底《かいてい》にある寝室《しんしつ》にひとりずつ帰《かえ》っていく音《おと》だった。離《はな》れすぎていて、ドアが閉《し》まる音《おと》まではきこえない。人魚《にんぎょ》が住《す》むサンゴの洞窟《どうくつ》のドアには小《ち》さなベルがついていて、開閉《かいへい》のたびにチリンチリンと鳴《な》る。よくあるお屋敷《やしき》みたいなものだ。きこえたのは、そのベルの音《おと》だった。

水《みず》かさはひたひた増《ま》してきて、もう足《あし》がつかってた。水《みず》に飲《の》みこまれるまでの時間《じかん》をつぶそうと、ピーターは入《い》り江《え》のなかでたったひとつ動《うご》いているものをながめた。紙《かみ》みたいだけど、凧《たこ》の切《き》れっぱしかな。岸《きし》に流《なが》れつくまでどのくらいかかるんだろう。

ん？　でもヘンだぞ。あの紙切《かみき》れには、はっきりとした目的《もくてき》があるように見《み》える。潮《しお》の流《なが》れに逆《さか》らって進《すす》んでるし、ときには潮《しお》をのりこえたりもしている。弱者《じゃくしゃ》の味方《みかた》、ピーターは、思《おも》わず拍手《はくしゅ》した。なんて勇敢《ゆうかん》な紙切《かみき》れだろう！

それは、じつは紙切《かみき》れじゃなくて、ネバーバードだった。巣《す》に乗《の》って必死《ひっし》でピーターのところへ行《い》こうとしている。巣《す》が水《みず》に落《お》ちてからというもの、羽《はね》を動《うご》かして巣《す》をコントロールして船《ふね》がわりにできるようになった。とはいえ、ピーターの目《め》にとまったときには、もうヘトヘトだった。なかに卵《たまご》が入《はい》ってるのに、巣《す》をピーターにあげて助《たす》けるつもりだった。おかしな鳥《とり》だ。だってピーターは、ネバーバードに基本的《きほんてき》には親切《しんせつ》にしてたけど、たまにイジワルもしてたから。きっとネバーバードも、ウェンディのお母《かあ》さんとおなじで、乳歯《にゅうし》がずらっとならんだピーターの笑顔《えがお》にきゅんきゅんしてしまったんだろう。

ネバーバードは自分《じぶん》が来《き》た目的《もくてき》をピーターに知《し》らせたくて、ピーターはネバーバードが何《なに》をするつもりかききたくて、それぞれ呼《よ》びかけた。でも、どっちも相手《あいて》の言葉《ことば》がわからない。人間《にんげん》が鳥《とり》と自由《じゆう》に話《はな》せるおとぎ話《ばなし》もあるけど、今回《こんかい》はそううまくはいかなかった。ピーターとネバーバードは、言葉《ことば》が通《つう》じないだけではなく、マナーもそっちのけだった。

「巣《す》に……いれて……あげる」

ネバーバードはできるだけゆっくり、はっきり話《はな》しかけた。

「そしたら……岸《きし》まで……流《なが》れて……いける。でも……つかれて……これ以上《いじょう》……近《ちか》づけ……ない。こっちに……泳《およ》いで……きて」

「なにピーチクいってるんだ？」ピーターは返事《へんじ》をした。

「なんで流《なが》れに逆《さか》らってるのさ」

「巣《す》に……いれて……あげる」ネバーバードはまたおなじことをいった。

ピーターはゆっくり、はっきりいった。

「なに……ピーチク……いって……るんだ？」

これがしばらくつづいた。

じつは短気《たんき》なネバーバードは、イライラしてきて、声《こえ》をはりあげた。

「トンマなチビのカケス！　なんでいったとおりにしないの」

悪口《わるくち》だってことはわかる。ピーターもぴしゃりといいかえした。

「おまえこそ！」

そして、おもしろいことにふたりは同時《どうじ》におなじことをいった。

「うるさーい！」

「うるさーい！」

それでも、ネバーバードはなんとかピーターを助《たす》けようと心《こころ》に決《き》めていた。最後《さいご》の力《ちから》を振《ふ》りしぼって、巣《す》を岩《いわ》まで運《はこ》んだ。そして、飛《と》びたった。自分《じぶん》の意図《いと》が伝《つた》わるように、卵《たまご》を置《お》きっぱなしにして。

ようやくピーターも理解《りかい》した。ピーターは巣《す》をつかんで、上空《じょうくう》のネバーバードに、ありがとうと手《て》を振《ふ》った。ネバーバードがその場《ば》で羽《は》ばたいていたのは、ピーターにお礼《れい》をいってもらいたいからじゃない。巣《す》に乗《の》りこむのを見《み》とどけるためでもない。ピーターが卵《たまご》をどうするのか知《し》りたかったから。

大《おお》きな白《しろ》い卵《たまご》がふたつ。ピーターは手《て》にとって考《かんが》えている。ネバーバードは、卵《たまご》の行《ゆ》く末《すえ》を知《し》りたくないみたいに、羽《はね》で顔《かお》をおおった。そうしながら、ついつい羽《はね》のあいだからのぞいてた。

この置《お》き去《ざ》り岩《いわ》には、杭《くい》が立《た》っていた。大昔《おおむかし》の海賊《かいぞく》が埋《う》めた宝《たから》の目印《めじるし》として打《う》ちこんだものだ。きらびやかな宝《たから》を発見《はっけん》した子《こ》どもたちは、いたずらしたい気分《きぶん》になると、ポルトガルの金貨《きんか》やらスペインの金貨《きんか》やらダイヤモンドやら真珠《しんじゅ》やらを、カモメにばんばん投《な》げつけた。カモメたちは食《た》べものだと思《おも》って飛《と》びつき、いたずらだとわかると怒《おこ》って飛《と》び去《さ》った。杭《くい》はまだ立《た》っていて、スターキーの帽子《ぼうし》が引《ひ》っかけてあった。深《ふか》さのあるつば広《ひろ》の防水帽《ぼうすいぼう》だ。ピーターが卵《たまご》をこの帽子《ぼうし》に入《い》れて水面《すいめん》におろすと、みごとに浮《う》かんだ。

ネバーバードはピーターのやろうとしたことがわかると、すごーい！　というふうに歓《かん》声《せい》をあげた。残念《ざんねん》ながら、ピーターも例《れい》によって得意《とくい》になって、ふんぞり返《かえ》った。そして巣《す》に乗《の》りこみ、マストがわりに棒《ぼう》を立《た》て、自《じ》分《ぶん》のシャツをかけて帆《ほ》にした。ネバーバードのほうは帽子《ぼうし》に乗《の》りこみ、ふたたび卵《たまご》の上《うえ》にちょこんとすわった。ネバーバードとピーターは大《おお》はしゃぎで、それぞれの方向《ほうこう》に流《なが》れていった。

上陸《じょうりく》したピーターはもちろん、ネバーバードが見《み》つけやすいような場《ば》所《しょ》に巣《す》を置《お》いておいた。でも、ネバーバードは帽子《ぼうし》をすっかり気《き》に入《い》ってしまい、もとの巣《す》はポイしてしまった。巣《す》は海《うみ》をただよってるうちにバラバラになった。

スターキーはよく入《い》り江《え》に来《き》ては、自分《じぶん》の帽子《ぼうし》に鳥《とり》が乗《の》っているのを苦々《にがにが》しくながめた。いまではすべてのネバーバードが帽子型《ぼうしがた》の

巣《す》をつくるようになった。広《ひろ》いつばの上《うえ》で、よくヒナが日《ひ》なたぼっこをしている。

ピーターが地下《ちか》の家《いえ》に着《つ》いたころ、凧《たこ》であちこち流《なが》されたウェンディもちょうど帰《かえ》ってきて、みんな大喜《おおよろこ》びだった。男《おとこ》の子《こ》たちはそれぞれ、話《はな》したい冒険《ぼうけん》があった。でも、いちばんの冒険《ぼうけん》は、寝《ね》る時間《じかん》を大幅《おおはば》にオーバーするようになったことだ。これにはみんな大興奮《だいこうふん》で、少《すこ》しでも長《なが》く起《お》きている作戦《さくせん》として、たとえば包帯《ほうたい》をしてよとたのんだりした。ウェンディは、みんなが無事《ぶじ》でうれしかったけど、夜《よ》ふかし癖《ぐせ》にはあきれて、有無《うむ》をいわせず「ほら、もう寝《ね》なさい」と命令《めいれい》した。でも翌日《よくじつ》にはすっかりやさしくなって、みんなに包帯《ほうたい》を配《くば》ってあげた。男《おとこ》の子《こ》たちは寝《ね》る時間《じかん》まで、片足《かたあし》だけで歩《ある》いたり、腕《うで》を包帯《ほうたい》でつったりして遊《あそ》んだ。

幸《しあわ》せなわが家《や》

人魚《にんぎょ》の入《い》り江《え》での戦《たたか》いのおかげで、大《おお》きく変《か》わったことがある。ピカニニ族《ぞく》が味方《みかた》になってくれたことだ。ピーターがタイガー・リリーを救《すく》ったので、ピカニニ族《ぞく》の戦士《せんし》たちはピーターのためならなんでもするつもりだった。ひと晩《ばん》じゅう、いつ起《お》きるかもわからない海賊《かいぞく》の襲撃《しゅうげき》にそなえて地下《ちか》の家《いえ》の上《うえ》で見張《みは》りをしてくれた。昼間《ひるま》でも、パイプを吸《す》いながら、おいしいものはないかなみたいな顔《かお》で、見回《みまわ》りをしてくれた。

ピカニニ族《ぞく》はピーターを「偉大《いだい》な父《ちち》」と呼《よ》んで、足《あし》もとにひれふした。うぬぼれ屋《や》のピーターには悪影響《あくえいきょう》だけど、本人《ほんにん》は大満足《だいまんぞく》だ。

ピーターはいばりくさっていった。

「ピカニニ族《ぞく》の戦士《せんし》がわが家《や》を海賊《かいぞく》から守《まも》ってくれて、ありがたいと思《おも》っておるぞ」

「ピーターパンは恩人《おんじん》です」タイガー・リリーがいう。

「そして、いいお友《とも》だち。わたしは、ピーターを海賊《かいぞく》から守《まも》ります」

うつくしいタイガー・リリーにこんなありがたいことをいわれても、ピーターはとうぜんみたいに恩着《おんき》せがましくいう。

「よろしい。ピーターパンのおおせだ」

「ピーターパンのおおせだ」というのは、これで話《はなし》は終《お》わり、という意味《いみ》だ。ピカニニ族《ぞく》たちは従順《じゅうじゅん》にしたがった。でも、ほかの子《こ》たちのことはただの戦士《せんし》としか思《おも》っていないので、まったく敬《うやま》わずに、ふつうに「よお」なんてあいさつをする。男《おとこ》の子《こ》たちは、ピーターがそれを当《あ》たり前《まえ》と思《おも》ってるのが気《き》に入《い》らなかった。

ウェンディも内心男《ないしんおとこ》の子《こ》に同情《どうじょう》してたけど、お母《かあ》さん役《やく》になりきっていたので、お父《とう》さん役《やく》のピーターへの文句《もんく》は受《う》けつけられない。本音《ほんね》はさておき、「お父《とう》さんはなんでもお見通《みとお》しなのよ」といった。個人的《こじんてき》には、ピカニニ族《ぞく》に「かあちゃん」って呼《よ》ばれるのにムッとしてたけど。

やがて、のちに〝夜《よる》のなかの夜《よる》〟として知《し》られるあの夜《よる》がやってきた。

数々《かずかず》の冒険《ぼうけん》があり、重大《じゅうだい》な結末《けつまつ》をむかえた夜《よる》だ。夕方《ゆうがた》までは、夜《よる》に向《む》けて力《ちから》をためているみたいに平和《へいわ》そのものだった。地上《ちじょう》ではピカニニ族《ぞく》が毛布《もうふ》にくるまって横《よこ》になり、地下《ちか》ではピーター以外《いがい》の子《こ》たちが夕食《ゆうしょく》をとっていた。ピーターは、時間《じかん》を確認《かくにん》するために外《そと》に出《で》かけていた。この島《しま》で時間《じかん》を知《し》ろうと思《おも》ったら、例《れい》のワニを見《み》つけて、時計《とけい》が一時間《いちじかん》に一回鳴《いっかいな》るのを待《ま》たなきゃいけない。

この日《ひ》はフリをするだけの夕食《ゆうしょく》で、子《こ》どもたちはテーブルを囲《かこ》んでがつがつ食《た》べるフリをしていた。おしゃべりやらケンカやらでにぎやかで、ウェンディにいわせれば鼓膜《こまく》が破《やぶ》れそうなくらいだった。うるさいだけなら、まあいい。でも、ほかの子《こ》からものをひったくっておいて、トゥートルズがひじを押《お》したからだなんていいわけするのが許《ゆる》せなかった。ルールでは食事中《しょくじちゅう》の仕返《しかえ》しは厳禁《げんきん》で、行儀《ぎょうぎ》よく右手《みぎて》をあげて「納得《なっとく》いかないことがあります」と訴《うった》え、ウェンディの判断《はんだん》をあおがなきゃいけない。たいてい子《こ》どもたちは、やり忘《わす》れるか、やりすぎるかのどっちかだった。

「しーっ」

いっぺんにしゃべらないで、とウェンディが注意《ちゅうい》したのは、これが二十回目《にじっかいめ》だった。

「スライトリー、カップはもう空《から》なの？」

「まだだよ、ママ」

スライトリーは、想像上《そうぞうじょう》のカップをのぞきこんでいった。

「っていうか、まだミルクを飲《の》みはじめてもいないよ」ニブスが口《くち》をはさむ。

告《つ》げ口《ぐち》だ。スライトリーはチャンスを逃《のが》さなかった。

「ニブスに納得《なっとく》がいきません」さっそく声《こえ》をあげる。

でも、ジョンがそれより前《まえ》に手《て》をあげていた。

「何《なに》、ジョン」

「ピーターのいすにすわってもいい？　いま、いないんだから」

「ダメよ、ジョン、パパのいすにすわるなんて、いけないに決《き》まってるでしょ」

ウェンディはあきれた。

「でも、ほんとうのパパじゃないよ。ぼくが教《おし》えてあげるまで、パパってどういうことをするのかも知《し》らなかったんだから」

これはグチだ、とふたごは思《おも》った。

「ジョンに納得《なっとく》がいきません」

トゥートルズが手《て》をあげた。みんなのなかでいちばん、というか、ただひとり控《ひか》えめなトゥートルズに、ウェンディはとくべつやさしくしていた。

「あのさ、ぼく、パパになれないかなあ？」トゥートルズは遠慮《えんりょ》がちにいった。

「なれないわね、トゥートルズ」

トゥートルズはめったに自分《じぶん》から話《はな》しはじめないけど、いったん話《はな》しだすと止《と》まらないというおかしなところがあった。

「パパになれないなら、マイケル、ぼくがかわりに赤《あか》ん坊《ぼう》になれないかな？」

トゥートルズはもそもそといった。

「やだよ」

マイケルは、とっくにバスケットにおさまっていた。

「赤《あか》ん坊《ぼう》もダメなら、ふたごにならなれると思《おも》う？」

トゥートルズはますますもそもそといった。

「ムリムリ。ふたごでいるのって、すごくたいへんなんだよ」ふたごが答《こた》える。

「たいしたものになれないなら、ぼくの手品《てじな》を見《み》てくれない？」

「やだ」みんながいっせいに答《こた》える。

やっとトゥートルズはあきらめた。

「どうせダメだと思《おも》ってたんだ」

いやな告《つ》げ口《ぐち》がまたはじまった。

「スライトリーが、テーブルで口《くち》をかくさないで咳《せき》してた」

「ふたごが、おかずの前《まえ》にチーズケーキを食《た》べた」

「カーリーが、バターとハチミツをいっしょに食《た》べた」

「ニブスが、食《た》べものをほおばったまましゃべった」

「ふたごに納得《なっとく》がいかない」

「カーリーに納得《なっとく》がいかない」

「ニブスに納得《なっとく》がいかない」

「ああ、もう！」ウェンディは叫《さけ》んだ。

「ほんとうに、子《こ》どもなんかめんどうなだけだって、たまに思《おも》っちゃうわ」

ウェンディは子《こ》どもたちに片《かた》づけをいいつけてから、裁縫用《さいほうよう》のカゴの前《まえ》にすわった。靴《くつ》下《した》がどっさり入《はい》ってて、例《れい》によってぜんぶかかとに穴《あな》があいている。

「ウェンディ」マイケルが不満《ふまん》そうにいう。

「ぼく、もう大《おお》きくなったから、ゆりかごじゃきついよ」

「だれかがゆりかごに入《はい》ってなきゃいけないの」

ウェンディは、キツいくらいの口調《くちょう》でいった。

「あなたがいちばん小《ちい》さいんだから。ゆりかごが家《いえ》にあると、アットホームでステキな感《かん》じがするの」

ウェンディが裁縫《さいほう》をしてるあいだ、子《こ》どもたちはまわりで遊《あそ》んでいた。表情《ひょうじょう》も踊《おど》る手足《てあし》も楽《たの》しそうで、暖炉《だんろ》の火《ひ》があたたかく燃《も》えている。地下《ちか》の家《いえ》ではごくありふれた光景《こうけい》だ。でも、みんながこんなふうに過《す》ごすのは、これが最後《さいご》となる。

地上《ちじょう》で足音《あしおと》がした。真《ま》っ先《さき》にききつけたのは、もちろんウェンディだ。

「みんな、パパが帰《かえ》ってきたわ。玄関《げんかん》までむかえにいってあげて」

地上《ちじょう》では、ピーターのまわりにピカニニ族《ぞく》たちがひざまずいていた。

「しっかり見張《みは》っておくように。以上《いじょう》」

そして、いつものように、子《こ》どもたちがはしゃぎながらピーターを木《き》から引《ひ》きおろした。

いままで何度《なんど》もしてきたことだけど、これも最後《さいご》だ。

ピーターは、男《おとこ》の子《こ》たちには木《き》の実《み》、ウェンディには正《ただ》しい時間《じかん》というおみやげをもってきた。

「ピーター、子《こ》どもたちを甘《あま》やかしすぎだわ」ウェンディが笑《わら》う。

「そうだな、奥《おく》さん」

銃《じゅう》を壁《かべ》にかけながら、ピーターがいった。

「ママはパパに奥《おく》さんって呼《よ》ばれるんだって、ぼくが教《おし》えたんだよ」

マイケルがカーリーにささやいた。

「マイケルに納得《なっとく》がいきません」すかさずカーリーがいう。

ふたごの兄《あに》がピーターに近《ちか》づいて、いった。

「パパ、ダンスしたい」

「ダンスか。やればいい」

ピーターは上《じょう》きげんだ。

「パパも踊《おど》って」

ほんとはいちばんダンスがうまいのに、ピーターはムッとしたフリをした。

「ムリムリ。もう年《とし》だからな、骨《ほね》がギシギシいう」

「ママも踊《おど》って」

「まあ、こんなに仕事《しごと》がたくさん残《のこ》ってるのに？」ウェンディがいう。

「でも、土曜《どよう》の夜《よる》だしさ」

スライトリーが遠回《とおまわ》しにアピールした。

ほんとうは土曜《どよう》の夜《よる》じゃない。そうなのかもしれないけど、日《ひ》にちの感覚《かんかく》なんてとっくにない。でも、何《なに》かとくべつなことをしたいときはいつも、土曜《どよう》の夜《よる》だということにしていた。

「そうね、きょうは土曜《どよう》の夜《よる》だったわね、ピーター」ウェンディはやさしくいった。

「この年《とし》で踊《おど》るのか、ウェンディ」

「でも、ほかの人《ひと》がいるわけじゃないし」

「まあ、そうだな」

そんなわけで、パジャマに着《き》がえてからならダンスしていいわよ、とウェンディはいった。

「なあ、奥《おく》さん」

暖炉《だんろ》であったまりながら、ピーターがいった。ウェンディはとなりで、靴下《くつした》を裏《うら》がえしている。

「一日《いちにち》の仕事《しごと》が終《お》わって、子《こ》どもたちのそばで、ふたりで暖炉《だんろ》の前《まえ》でくつろぐ。こんなに幸《しあわ》せな夜《よる》はないな」

「ほんとにステキね、ピーター」ウェンディも満足《まんぞく》しきっていた。

「ピーター、カーリーの鼻《はな》ってあなたにそっくりね」

「マイケルはきみに似《に》たんだな」

ウェンディはピーターの肩《かた》に手《て》をかけた。

「ねえ、ピーター。あたしはたくさん子《こ》どもがいて、もう年《とし》だけど、このままでいいのよね？」

「もちろんだよ、ウェンディ」

本心《ほんしん》でそう答《こた》えたものの、ピーターは胸《むね》がざわざわしてきて、ウェンディを見《み》つめた。自分《じぶん》が起《お》きてるのか寝《ね》てるのかわからないみたいに、まばたきしながら。

「ピーター、どうしたの」

「ちょっと考《かんが》えてたんだけど」ピーターは少《すこ》しおびえたようにいった。

「あのさ、これってただのごっこ遊《あそ》びだよね？　ぼくがお父《とう》さんだとか」

「ええ、そうよ」ウェンディはすましていった。

ピーターはすまなそうにいった。

「あのさ、ほんとうのお父《とう》さんなら、もっと年《とし》をとってるはずだよね」

「でも、みんなあたしたちの子《こ》どもよ、ピーターとあたしの」

「でも、ウェンディ、ほんとじゃないよね？」ピーターが心配《しんぱい》そうにきいた。

「ほんとにしたくないならね」

ウェンディが答《こた》えると、ピーターはほっとしたのがミエミエのため息《いき》をついた。

ウェンディは、きっぱりした声《こえ》できいた。

「ピーター、あたしのこと、ほんとうはどう思《おも》ってるの？」

「大切《たいせつ》なお母《かあ》さんだと思《おも》ってるよ、ウェンディ」

「ふーん、だと思《おも》った」

ウェンディはそういって、ひとりで部屋《へや》のすみっこに行《い》ってしまった。

「きみって、ほんとにヘンだな。タイガー・リリーもそうなんだ。ぼくのお母《かあ》さんになりたいのかと思《おも》ってたら、そうじゃないって」ピーターは明《あき》らかに困《こま》っていた。

「当《あ》たり前《まえ》でしょ」

ウェンディは、こわいほどはっきりといった。これこそが、ウェンディがピカニニ族《ぞく》を好《す》きになれない理由《りゆう》だから。

「じゃあ、何《なに》になりたいのかな」

「女《おんな》の子《こ》の口《くち》からいうことじゃないわ」

「そっか」ピーターはちょっとイライラしてきた。

「ティンカーベルなら教《おし》えてくれるかな」

「そうね、ティンカーベルなら教《おし》えてくれるかもね。空気《くうき》を読《よ》まないタイプだもの」

ウェンディは、バカみたいというふうにいった。

すると、自分《じぶん》の部屋《へや》できき耳《みみ》をたてていたティンカーベルが、生意気《なまいき》そうな声《こえ》でキーキーいった。

「空気《くうき》なんか読《よ》むわけないでしょ、だって」ピーターが通訳《つうやく》する。

ふと、ピーターは思《おも》いついた。

「そうだ、ティンカーベルはぼくのお母《かあ》さんになりたいのか」

「バーカ」ティンカーベルはイラッとして叫《さけ》んだ。

これは何度《なんど》もきいたことがあるので、ウェンディにも通訳《つうやく》なしでわかった。

「あたしも同感《どうかん》よ、バーカ」

ウェンディがぴしゃりといった。ウェンディの口《くち》からバーカなんて言葉《ことば》が出《で》るとはびっくりだけど、がまんの限界《げんかい》だった。もし夜中《よなか》に何《なに》が起《お》きるか知《し》ってたら、こんなひどいことはいわなかっただろうけど。

だれも知《し》らなかった。知《し》らなくてよかった。おかげでもう一時間《いちじかん》、楽《たの》しく過《す》ごせた。島《しま》での最後《さいご》の時間《じかん》だから、幸《しあわ》せな一分《いっぷん》が六十個《ろくじっこ》もあってよかった。みんなはパジャマのまま、歌《うた》って踊《おど》った。おもしろいけどこわい歌《うた》で、みんなは歌詞《かし》のとおりに自分《じぶん》の影《かげ》におびえるフリをした。皮肉《ひにく》なことに、もうすぐほんとうの影《かげ》がさして、心底《しんそこ》から恐怖《きょうふ》におびえることになる。ダンスは陽気《ようき》でへんてこだった。ベッドにのったりおりたりしながら、子《こ》どもたちはぶつかりあい、ほとんどまくら投《な》げ状態《じょうたい》だった。勝負《しょうぶ》がつくと、まくらがもう一度《いちど》遊《あそ》んでとせがんできたほどだ。まるで、二度《にど》と会《あ》えない大切《たいせつ》な仲間《なかま》みたいに。寝《ね》る前《まえ》にはウェンディがお話《はなし》をしてくれるけど、その前《まえ》に、みんな思《おも》い思《おも》いの話《はなし》をした。スライトリーさえ自分《じぶん》の話《はなし》をしようとしたけど、出《で》だしからおそろしいくらいたいくつで、みんなはもちろん、本人《ほんにん》までたいくつになった。スライトリーは、へこんでいった。

「たしかに最初《さいしょ》からたいくつだね。じゃあ、これで終《お》わったことにしよう！」

そして最後《さいご》に、みんなベッドに入《はい》ってウェンディのお話《はなし》をきいた。みんながいちばん好《す》きなお話《はなし》で、ピーターがきらいな話《はなし》だ。このお話《はなし》がはじまると、だいたいピーターは部屋《へや》を出《で》るか、両手《りょうて》で耳《みみ》をふさいだ。今回《こんかい》もそのどちらかだったら、全員《ぜんいん》まだ島《しま》にいたかもしれない。でもこの夜《よる》、ピーターはいすにじっとすわってた。そして、いよいよそのときが来《き》た。

ウェンディの寝《ね》る前《まえ》のお話《はなし》

「いい、はじめるわよ」ウェンディは話《はなし》をはじめた。

マイケルは足《あし》もとに、七人《しちにん》の男《おとこ》の子《こ》はベッドのなかにいる。

「昔々《むかしむかし》、あるところに、男《おとこ》の人《ひと》がいました」

「女《おんな》の人《ひと》がいい」カーリーがいう。

「白《しろ》ネズミにしようよ」ニブスがいう。

「しーっ」ウェンディがたしなめる。

「女《おんな》の人《ひと》もいました。そして……」

ふたごの兄《あに》が声《こえ》をあげる。

「ママ、女《おんな》の人《ひと》もいます、じゃないの？　〝いました〟じゃあ、死《し》んでるみたいだよ」

「死《し》んでないわ」

「ああ、よかった。うれしいだろ、ジョン？」トゥートルズがいう。

「もちろん」

「ニブスも？」

「まあね」

「ふたごも？」

「うれしいよ」

「ねえ、もういい？」ウェンディはため息《いき》をついた。

「みんな、もうちょっと静《しず》かにしろ」ピーターがきっぱりといった。

ききたくない内容《ないよう》でも、ウェンディにちゃんとお話《はなし》を進《すす》めさせてあげよう、と心《こころ》に決《き》めていたからだ。

「男《おとこ》の人《ひと》はミスター・ダーリング、女《おんな》の人《ひと》はミセス・ダーリングといいました」

「ぼく、その人《ひと》たち、知《し》ってたよ」ジョンがいうと、ほかの子《こ》たちはムッとした。

「ぼくも知《し》ってたかも」マイケルが自信《じしん》なさそうにいう。

「ふたりは、夫婦《ふうふ》でした。ふたりの家《いえ》にはほかにだれがいたでしょう」

「白《しろ》ネズミ」ニブスが思《おも》いついて叫《さけ》ぶ。

「ちがうわ」

「うーん、さっぱりわかんない」

この話《はなし》をぜんぶ暗記《あんき》してるくせに、トゥートルズがいった。

「トゥートルズ、しーっ。いたのは、三人《さんにん》の子孫《しそん》でした」

「子孫《しそん》って？」

「ふたごも子孫《しそん》よ」

「ジョン、きいた？　ぼくも子孫《しそん》だって」

「子孫《しそん》ってのは、要《よう》するに子《こ》どもだよ」ジョンがいった。

「ねえ、ちょっと、もういい？」ウェンディはため息《いき》をついた。

「三人《さんにん》の子《こ》どもには、ナナという忠実《ちゅうじつ》な乳母《うば》がいました。でも、ミスター・ダーリングはナナを怒《おこ》って、庭《にわ》につないでしまったのです。そして、子《こ》どもたちはみんな飛《と》んでいってしまいました」

「すっごくいいお話《はなし》だなあ」ニブスがいう。

ウェンディはつづけた。

「飛《と》んでいった先《さき》はネバーランドでした。そこには、迷子《まいご》たちがいました」

「だと思《おも》った」カーリーが興奮《こうふん》して割《わ》りこんだ。

「なんでかわかんないけど、わかったんだ」

「ねえ、ウェンディ」トゥートルズがいう。

「迷子《まいご》のなかに、トゥートルズって名前《なまえ》の子《こ》がいない？」

「いたわよ」

「ぼくがお話《はなし》に出《で》てくる。やったー！　ぼく、お話《はなし》に出《で》てくるよ、ニブス」

「しーっ。さて、子《こ》どもがみんな飛《と》んでいってしまって、不幸《ふしあわ》せなお父《とう》さんとお母《かあ》さんは、どんな気持《きも》ちでしょう。みんな、考《かんが》えてみて」

「ううっ」みんなはうめいた。

ほんとうは、不幸《ふしあわ》せな両親《りょうしん》の気持《きも》ちなんてこれっぽっちも考《かんが》えてなかったけど。

「からっぽのベッドを想像《そうぞう》してみて」

「うえーん」

「すごく悲《かな》しいよ」ふたごの兄《あに》が楽《たの》しそうにいった。

「この話《はなし》、どうやったらハッピーエンドになるの？　ニブス、わかる？」弟《おとうと》がいう。

「めっちゃ心配《しんぱい》だよ」

「ママの愛《あい》がどれだけすごいかわかれば、心配《しんぱい》はいらないわ」

ウェンディは得意顔《とくいがお》でいった。

お話《はなし》が、ピーターのきらいなところにさしかかった。

ニブスをまくらでたたきながら、トゥートルズがいった。

「ぼく、ママの愛《あい》が大好《だいす》き！　ニブスも好《す》き？」

「もちろん」まくらでたたきかえしながらニブスがいった。

「どう？」ウェンディは満足《まんぞく》そうにいった。

「子《こ》どもたちのうちひとり、ヒロインには、わかっていました。お母《かあ》さんがいつでも窓《まど》をあけて、子《こ》どもたちが飛《と》んでもどってくるのを待《ま》ってることが。だから子《こ》どもたちは、何《なん》年《ねん》も家《いえ》から離《はな》れて楽《たの》しく過《す》ごしました」

「その子《こ》たち、もどったの？」

ウェンディは、お話《はなし》の盛《も》りあがりにそなえて力《ちから》をこめた。

「では、ちょっと未来《みらい》をのぞいてみましょう」

みんな、未来《みらい》をのぞきこみやすいように、からだをひねった。

「何年《なんねん》かたちました。ロンドンの駅《えき》に、年齢《ねんれい》のはっきりしないエレガントなレディがおりたちました。さて、だれでしょう？」

「ねえ、ウェンディ、だれなの？」

ニブスは、知《し》らないお話《はなし》をきくみたいに興奮《こうふん》していた。

「その人《ひと》は、もしかして……そう！　ん、ちがう？　ううん、やっぱりそう！　うつくしいウェンディ！」

「わあ！」

「そして、ウェンディといっしょにいる、上品《じょうひん》で堂々《どうどう》としたふたりの紳士《しんし》はだれ？　すっかり大人《おとな》になったジョンとマイケル？　そうです！」

「うわあっ！」

「『ほら、弟《おとうと》たち、見《み》て』ウェンディが上《うえ》のほうを指《ゆび》さしていいます。『窓《まど》があいたまんまよ。ママの愛《あい》を信《しん》じてよかったでしょう？』そして三人《さんにん》は、ママとパパのところまで飛《と》んで帰《かえ》りました。どんなに幸《しあわ》せかなんて、とても説明《せつめい》できないので、そっとヴェールをかけることにします」

お話《はなし》はここまでだった。子《こ》どもたちも、うつくしい語《かた》り手本人《てほんにん》も、大満足《だいまんぞく》だ。ぜんぶ、そうあってほしいという理想《りそう》のお話《はなし》だったから。子《こ》どもというのは世界一残酷《せかいいちざんこく》で、そこがかわいいのだけど、勝手《かって》に家《いえ》を飛《と》びだしておいて、かまってほしくなったら、すまして帰《かえ》ってくる。それでも怒《おこ》られるんじゃなくて抱《だ》きしめられるはず、と自信満々《じしんまんまん》だ。

ウェンディたち三人《さんにん》も、ママの愛《あい》を信《しん》じきっていたので、あとちょっとくらい自分勝手《じぶんかって》にしてても平気《へいき》かな、と思《おも》っていた。

でも、ひとりだけ、世《よ》の中《なか》をよくわかっている子《こ》がいた。その子《こ》はウェンディがお話《はなし》を終《お》えると、苦《くる》しそうなうめき声《ごえ》をあげた。

「どうしたの、ピーター」

ウェンディがかけよった。病気《びょうき》かもしれないと心配《しんぱい》して、ピーターの胸《むね》の下《した》をさする。

「どこが痛《いた》いの？」

「そういう痛《いた》みじゃない」ピーターは暗《くら》く答《こた》えた。

「じゃ、どういう痛《いた》み？」

「ウェンディ、きみは母親《ははおや》のことを誤解《ごかい》してる」

子《こ》どもたちは、こわごわピーターのまわりに集《あつ》まった。ピーターがこんなに動揺《どうよう》するなんて、どうしたんだろう？　そしてピーターは正直《しょうじき》に、これまでかくしてきた話《はなし》をした。

「むかしはね、ぼくも思《おも》ってたんだ。お母《かあ》さんがぼくのためにずっと窓《まど》をあけておいてくれるって。だからぼくは、月《つき》が何回《なんかい》も出《で》てはかくれても家《いえ》を離《はな》れたままでいて、それから飛《と》んで帰《かえ》った。でも、窓《まど》にはかんぬきがかかってた。お母《かあ》さんはぼくのことをすっかり忘《わす》れていた。ぼくのベッドには、べつの男《おとこ》の子《こ》が寝《ね》ていた」

この話《はなし》が事実《じじつ》かどうかは不明《ふめい》だけど、ピーターは信《しん》じきっているので、子《こ》どもたちはこわくなった。

「お母《かあ》さんって、ほんとうにそんななの？」

「そうだ」

そうなんだ、お母《かあ》さんって、そんななんだ。ひどい！

それでも、やっぱり確《たし》かめなくちゃ。さっそく行動《こうどう》に出《で》た子《こ》がいた。

「ウェンディ、帰《かえ》ろう！」ジョンとマイケルが同時《どうじ》に叫《さけ》ぶ。

「うん」

ウェンディはふたりを抱《だ》きしめた。

「今夜《こんや》じゃないよね？」とまどった迷子《まいご》たちがたずねた。

この子《こ》たちは、自分《じぶん》たちが心《こころ》と呼《よ》んでる部分《ぶぶん》で、ちゃんとわかってた。母親《ははおや》なしでもけっこううまくやっていけるもんだって。やっていけないと思《おも》ってるのは、母親《ははおや》だけだって。

「すぐよ」

ウェンディはきっぱりいった。おそろしい考《かんが》えが浮《う》かんだからだ。

「いまごろママは、あたしたちがもう死《し》んだと思《おも》ってるかもしれない」

あんまりこわくて、ウェンディはピーターの気持《きも》ちを考《かんが》えられなかった。そして、そっけなくいった。

「ピーター、準備《じゅんび》してくれる？」

「わかったよ」

木《き》の実《み》をとってとたのまれたみたいに、ピーターがあっさり答《こた》えた。

別《わか》れがさみしいようなやりとりは、まったくなしだ。ウェンディが別《わか》れても平気《へいき》なら、自分《じぶん》も気《き》にしてないところを見《み》せないといけない。

でも、ほんとうは平気《へいき》じゃなかった。いつもぜんぶを台無《だいな》しにする大人《おとな》に対《たい》する怒《いか》りでいっぱいだった。ピーターは外《そと》に出《で》るために自分《じぶん》の木《き》のなかに入《はい》ると、一秒間《いちびょうかん》に五回《ごかい》くらい、猛《もう》スピードで呼吸《こきゅう》をした。ネバーランドには、呼吸《こきゅう》をするたびに大人《おとな》がひとり死《し》ぬ、という言《い》い伝《つた》えがあるからだ。復讐心《ふくしゅうしん》に燃《も》えたピーターは、できるだけすばやく、たくさんの大人《おとな》を殺《ころ》そうとした。

ピカニニ族《ぞく》に必要《ひつよう》な指示《しじ》を出《だ》して、ピーターは家《いえ》にもどってきた。すると、ちょっとした騒動《そうどう》が起《お》きていた。ウェンディがいなくなると思《おも》ってパニックになった子《こ》たちが、ウェンディにせまっている。

「ウェンディが来《く》る前《まえ》よりひどくなっちゃうよ」迷子《まいご》たちは叫《さけ》んだ。

「行《い》かせるもんか」

「つかまえちゃおう」

「そうだ、しばりつけるんだ」

大《だい》ピンチのウェンディは、どの子《こ》に助《たす》けを求《もと》めるべきかを本能《ほんのう》で知《し》っていた。

「トゥートルズ、助《たす》けて」

トゥートルズ？　いちばん鈍《にぶ》いのに、ヘンだ。

でも、トゥートルズはりっぱに応《おう》じた。いつものマヌケな感《かん》じがなくなり、声《こえ》に威厳《いげん》がある。

「ぼくは、ただのトゥートルズだ。だれもぼくのことなんか気《き》にしない。でも、ウェンディをレディとして扱《あつか》わないやつは、ぼくが血《ち》まみれにしてやる」

トゥートルズは短剣《たんけん》を抜《ぬ》いた。その瞬間《しゅんかん》のトゥートルズは、真昼《まひる》の太陽《たいよう》のようにギラギラ燃《も》えていた。ほかの子《こ》たちは、こわくなってあとずさりした。そこにピーターが帰《かえ》ってきた。みんなすぐに、ピーターを味方《みかた》につけるのはムリだとさとった。ピーターは、いやがる女《おんな》の子《こ》をネバーランドに引《ひ》きとめるようなことはしない。

「ウェンディ」

ピーターは大《おお》またで行《い》ったり来《き》たりしながらいった。

「森《もり》を抜《ぬ》けるまでの道案内《みちあんない》を、ピカニニ族《ぞく》にたのんでおいたよ。空《そら》を飛《と》ぶと、つかれちゃうからね」

「ありがとう、ピーター」

「それから」

ピーターはつづけた。命令《めいれい》しなれてる、ぴしっとした声《こえ》だ。

「ティンカーベルが海《うみ》の上《うえ》を案内《あんない》する。ニブス、ティンクを起《お》こせ」

ニブスは二回《にかい》ノックしてやっと、返事《へんじ》をもらえた。ティンクはほんとうは、ベッドの上《うえ》で起《お》きあがってしばらく会話《かいわ》をきいていたのに。

「だれ？　なんなの？　こっちに来《こ》ないで」ティンクは叫《さけ》んだ。

「起《お》きてよ、ティンク。ウェンディを案内《あんない》するんだ」ニブスは呼《よ》びかけた。

ティンクはもちろん、ウェンディがいなくなるのはうれしい。でも、なんであたしが道《みち》案内役《あんないやく》なんかしなくちゃいけないの？　もっとキツい言葉《ことば》でそう伝《つた》えると、眠《ねむ》ったフリにもどった。

「行《い》かないってさ」

こんなにはっきり断《ことわ》られると思《おも》っていなかったニブスは大声《おおごえ》でいった。ピーターは、ティンクの部屋《へや》にすたすた向《む》かっていった。

「ティンク」ピーターは大声《おおごえ》でいった。

「すぐに起《お》きて着《き》がえないと、カーテンを開《あ》けてやる。そしたら、ネグリジェ姿《すがた》をみんなに見《み》られるぞ」

ティンクはベッドから飛《と》びおりた。

「起《お》きないなんてだれもいってないでしょ！」

そのあいだ、男《おとこ》の子《こ》たちはウェンディをさみしそうに見《み》つめていた。ウェンディはジョンとマイケルといっしょに帰《かえ》りじたくを終《お》えていた。迷子《まいご》たちはがっくりとうなだれている。お別《わか》れだからってだけじゃなく、自分《じぶん》たちがお呼《よ》びでないステキなところへ行《い》くんだろうなと想像《そうぞう》したからだ。あたらしいものは、なんでも魅力的《みりょくてき》だ。

みんながそんな単純《たんじゅん》なことを考《かんが》えてるとは思《おも》わないウェンディは、ついやさしい気持《きも》ちになった。

「ねえ、もしいっしょに来《く》るなら、ママとパパに、うちの子《こ》にしてくれるようにお願《ねが》いしてあげる」

とくに来《き》てほしいのはピーターだったけど、迷子《まいご》たちはみんな自分《じぶん》にいわれたと思《おも》って、飛《と》びあがってはしゃいだ。

「でも、みんなで行《い》ったらじゃまじゃないかな？」

ぴょんぴょんはねながらニブスがきいた。

「えっと、だいじょうぶ」ウェンディはすばやく考《かんが》えた。

「客間《きゃくま》にいくつかベッドを入《い》れるだけでいいわ。第一木曜日《だいいちもくようび》はお客《きゃく》さんがよく来《く》るけど、ついたてでかくせばいいし」

「ピーター、行《い》っていい？」

子《こ》どもたちはすがるようにいった。自分《じぶん》たちが行《い》けばピーターもついてきてくれるとたかをくくって、あまり深《ふか》く考《かんが》えていなかった。子《こ》どもって、目《め》あたらしいものを見《み》つけると、大切《たいせつ》な人《ひと》でもほっぽらかしてしまう。

「わかった」ピーターは苦々《にがにが》しい笑《え》みを浮《う》かべた。

子《こ》どもたちはすぐに荷物《にもつ》をとりにかけていった。

「じゃあ、ピーター」

うまくいったわと思《おも》って、ウェンディはいった。

「行《い》く前《まえ》にお薬《くすり》をあげる」

ウェンディはみんなに薬《くすり》を飲《の》ませるのが好《す》きで、どう見《み》ても飲《の》ませすぎていた。もちろん薬《くすり》びんの中身《なかみ》はただの水《みず》だったけど、ウェンディはいつもそのびんを振《ふ》って一滴《いってき》、二滴《にてき》とかぞえるので、いかにも薬《くすり》みたいな感《かん》じがした。でも、このときは薬《くすり》の準備《じゅんび》をしたところでやめてしまった。ピーターの表情《ひょうじょう》を見《み》て、ふいに不安《ふあん》におそわれたから。

「ピーター、荷物《にもつ》をとってきて」

ウェンディは、ぞくっとした。

「いいよ」ピーターは興味《きょうみ》のないフリをした。

「ぼくはいっしょに行《い》かないよ、ウェンディ」

「来《く》るのよ、ピーター」

「行《い》かない」

ウェンディがいなくなってもへっちゃらだというふうに、ピーターは部屋《へや》のなかをスキップしてかけまわり、陽気《ようき》に笛《ふえ》を吹《ふ》こうとした。でも、悲《かな》しそうな音色《ねいろ》だった。ウェンディは恥《は》ずかしさも捨《す》ててピーターを追《お》いかけた。

「あなたのお母《かあ》さんを見《み》つけましょう」ウェンディは説得《せっとく》した。

ピーターにお母《かあ》さんがいたことがあっても、もう会《あ》いたいとは思《おも》ってない。お母《かあ》さんなんか、いらない。いろんなお母《かあ》さんのことを考《かんが》えても、イヤなところしか思《おも》いつかない。

「断《ことわ》る」ピーターはきっぱりといった。

「お母《かあ》さんはきっとぼくに、もう大《おお》きいからだいじょうぶっていうよ。ぼくはいつまでも子《こ》どものままでいたい。楽《たの》しいことだけしていたいんだ」

「でも、ピーター……」

「行《い》かない」

ウェンディは、ほかの子《こ》たちにも伝《つた》えるしかなかった。

「ピーターは来《こ》ないって」

ピーターが来《こ》ない？　みんなはぽかんとピーターを見《み》た。どの子《こ》も、荷物《にもつ》をくりつけた棒《ぼう》を肩《かた》にかついでいる。みんながとっさに心配《しんぱい》になったのは、ピーターが行《い》かなきゃ自《じ》分《ぶん》も行《い》かせてもらえないんじゃないか、ってことだった。

でも、そんなことはピーターのプライドが許《ゆる》さない。ピーターは不吉《ふきつ》な声《こえ》でいった。

「お母《かあ》さんが見《み》つかったとして、その人《ひと》を好《す》きになれるといいね」

感《かん》じの悪《わる》い皮肉《ひにく》のせいで、男《おとこ》の子《こ》たちはそわそわしてきて、自信《じしん》なさそうになった。顔《かお》に、行《い》くなんてバカかな、と書《か》いてある。

「じゃあな」ピーターはきっぱりいった。

「泣《な》いたり文句《もんく》いったりするなよ。バイバイ、ウェンディ」

そういって、元気《げんき》よく手《て》を差《さ》しだした。大切《たいせつ》な用事《ようじ》があるから、さっさと行《い》ってくれないかな、というふうに。

ウェンディはピーターと握手《あくしゅ》するしかなかった。指《ゆび》ぬきのキスをしてくれそうな感《かん》じじゃない。

「下着《したぎ》をちゃんとかえてね、ピーター」

ウェンディはまだぐずぐずしてた。下着《したぎ》には並々《なみなみ》ならぬこだわりがある。

「うん」

「薬《くすり》もちゃんと飲《の》んでね」

「うん」

いうことがなくなった。気《き》まずい沈黙《ちんもく》がつづく。ピーターは、人《ひと》にへこんでるのを見《み》せたりはしない。

「ティンカーベル、準備《じゅんび》はいいか？」

「はいはーい」

「じゃ、案内《あんない》してやれ」

ティンクはいちばん近《ちか》い木《き》に飛《と》びこんで、さっと外《そと》に出《で》ていった。でも、だれもあとにつづかなかった。ちょうどこの瞬間《しゅんかん》、静《しず》かだった地上《ちじょう》から、悲鳴《ひめい》と剣《けん》のぶつかりあう音《おと》がひびいてきたからだ。海賊《かいぞく》がピカニニ族《ぞく》におそろしい攻撃《こうげき》をしかけてきた。地下《ちか》の家《いえ》はしんと静《しず》まりかえった。みんな、口《くち》をぽかんとあけていた。ウェンディはひざをついて、ピーターのほうに手《て》をのばした。全員《ぜんいん》がピーターに、見捨《みす》てないでほしいと訴《うった》えていた。ピーターはといえば、剣《けん》をにぎりしめていた。本人《ほんにん》はこれで大海賊《だいかいぞく》ジョン・シルバーを殺《ころ》したと思《おも》いこんでる剣《けん》だ。目《め》は、早《はや》く戦《たたか》いたくて、らんらんと光《ひか》っていた。

海《かい》賊《ぞく》にさらわれた子《こ》どもたち

海賊《かいぞく》の攻撃《こうげき》は、まったくの不意打《ふいう》ちだった。あくどいフックがひきょうな手《て》を使《つか》ったというたしかな証拠《しょうこ》だ。ピカニニ族《ぞく》の裏《うら》をかいてやろうなんて、ふつうだったらとても思《おも》いつかない。

そもそもピカニニ族《ぞく》の戦《たたか》いでは、攻撃《こうげき》をしかけるのはいつも自分《じぶん》のほうからと決《き》まっている。抜《ぬ》け目《め》ないピカニニ族《ぞく》は、夜明《よあ》けの少《すこ》し前《まえ》に攻撃《こうげき》を開始《かいし》する。相手《あいて》の勇気《ゆうき》がいちばんしぼんでいる時間《じかん》だからだ。敵《てき》のほうは、なだらかな起伏《きふく》のある丘《おか》のてっぺんにかんたんな囲《かこ》いをつくる。ふもとには川《かわ》が流《なが》れている。水《みず》から離《はな》れすぎると破滅《はめつ》につながるからだ。そして、その囲《かこ》いのなかでピカニニ族《ぞく》の攻撃《こうげき》を待《ま》ちうける。戦《たたか》いに慣《な》れてない者《もの》は、拳銃《けんじゅう》を手《て》に小枝《こえだ》を踏《ふ》みながら歩《ある》いているけど、古株《ふるかぶ》は、夜明《よあ》けの直前《ちょくぜん》までぐっすり眠《ねむ》っている。長《なが》くて暗《くら》い夜《よる》のあいだ、偵察《ていさつ》に出《で》たピカニニ族《ぞく》は葉《は》っぱ一枚《いちまい》揺《ゆ》らさずに、草《くさ》むらをヘビのように進《すす》む。通《とお》りすぎたあとは、モグラがもぐったあとの砂《すな》みたいに、茂《しげ》みが音《おと》もなくふさがる。あたりは物音《ものおと》ひとつしない。きこえるのは、ピカニニ族《ぞく》がコヨーテそっくりに悲《かな》しそうに鳴《な》く声《こえ》だ。その鳴《な》きまねにこたえるように、ほかの戦士《せんし》も声《こえ》をあげる。じつはコヨーテは鳴《な》くのが下手《へた》だから、ほんものよりうまく鳴《な》くピカニニ族《ぞく》もいる。こんなふうに、寒々《さむざむ》とした時間《じかん》はすぎていく。長《なが》い緊張状態《きんちょうじょうたい》がつづき、はじめて戦《たたか》いを経験《けいけん》する者《もの》にとってはおそろしい試練《しれん》だ。でも、慣《な》れた者《もの》にしてみたら、ぞっとする鳴《な》き声《ごえ》も、それよりもっとぞっとする沈黙《ちんもく》も、夜《よる》がふけていく知《し》らせでしかない。

この戦《たたか》いの流《なが》れは、フックもわかっている。だから、知《し》らなかったではすまされない。ピカニニ族《ぞく》のほうは、とうぜんフックが名誉《めいよ》をかけて決《き》まりを守《まも》ると信《しん》じてたので、その夜《よる》もいつもとおなじ行動《こうどう》をとり、評判《ひょうばん》どおり、何《なに》ひとつぬかりなく準備《じゅんび》を調《とと》えていた。文明人《ぶんめいじん》をおどろかせて絶望《ぜつぼう》させる独特《どくとく》のするどい感覚《かんかく》で、ピカニニ族《ぞく》は海賊《かいぞく》のひとりが枯《か》れ枝《えだ》を踏《ふ》んだ瞬間《しゅんかん》、海賊《かいぞく》が上陸《じょうりく》したのに気《き》づいた。その直後《ちょくご》、コヨーテが鳴《な》きはじめた。フックが手下《てした》を連《つ》れて上陸《じょうりく》した場所《ばしょ》から地下《ちか》の家《いえ》まで、戦士《せんし》がすみずみまで調《しら》べた。ふもとに川《かわ》のある丘《おか》はひとつきり。フックはこの丘《おか》を基地《きち》に選《えら》ぶしかない。この丘《おか》に陣《じん》どって、夜明《よあ》け前《まえ》まで待機《たいき》するはずだ。悪魔《あくま》のように抜《ぬ》け目《め》なく計画《けいかく》を立《た》てると、ピカニニ族《ぞく》の本部隊《ほんぶたい》は毛布《もうふ》でからだをくるんだ。男《おとこ》らしく冷静《れいせい》に、子《こ》どもたちの家《いえ》の上《うえ》にあぐらをかいた。そして、対決《たいけつ》の冷《つめ》たいときを待《ま》った。

人《ひと》を信《しん》じやすいピカニニ族《ぞく》たちは、目《め》はしっかりあけたままだけど、夢《ゆめ》を見《み》ていた。夜《よ》が明《あ》けたらフックをさんざん苦《くる》しめてやる夢《ゆめ》だ。そこを、ひきょう者《もの》のフックにおそわれた。あとになって、みな殺《ごろ》しをまぬがれた偵察隊《ていさったい》が報告《ほうこく》したところによると、フックは薄明《うすあ》かりのなかで丘《おか》が見《み》えても立《た》ちどまろうとさえしなかったそうだ。攻撃《こうげき》を待《ま》つなんて、フックのずるがしこい頭《あたま》には一度《いちど》も浮《う》かばなかったらしい。夜明《よあ》け直前《ちょくぜん》まで待《ま》とうともしなかった。急襲作戦《きゅうしゅうさくせん》だけを考《かんが》えて、進《すす》みつづけた。偵察隊《ていさったい》はあわてふためくだけで、何《なに》もできなかった。ピカニニ族《ぞく》はどんな戦術《せんじゅつ》にも通《つう》じてたけど、不意打《ふいう》ちなんてはじめてだ。手出《てだ》しできないまま、フックのあとを追《お》うしかない。みすみす敵《てき》の目《め》に姿《すがた》をさらして、コヨーテの悲《かな》しそうな鳴《な》き声《ごえ》をあげていた。

勇敢《ゆうかん》なタイガー・リリーのまわりは、よりすぐりの十人《じゅうにん》ほどの強《つよ》い戦士《せんし》がかためていた。そこに突然《とつぜん》、ひきょうにも海賊《かいぞく》がおそいかかってきた。勝利《しょうり》の夢《ゆめ》しか見《み》たことがないピカニニ族《ぞく》の目《め》から、ぽろりと膜《まく》がはがれた。もう敵《てき》を火《ひ》あぶりにすることもない。こっちが幸《しあわ》せな天国《てんごく》の狩《か》り場《ば》に行《い》く番《ばん》だ。それでも、先祖《せんぞ》の名《な》に恥《は》じないように堂々《どうどう》とふるまった。すぐに集結《しゅうけつ》していれば、そうかんたんには攻《せ》め落《お》とされなかったはずだ。でも、それは部《ぶ》族《ぞく》の伝統《でんとう》で禁《きん》じられていた。誇《ほこ》り高《たか》いピカニニ族《ぞく》は敵《てき》の前《まえ》でおどろいた顔《かお》を見《み》せないものだ。海賊《かいぞく》に急襲《きゅうしゅう》をかけられておそろしかったはずなのに、しばらくじっとしていた。筋肉《きんにく》ひとつ、動《うご》かさない。まるで自分《じぶん》が敵《てき》を招待《しょうたい》したみたいに。こうして、ピカニニ族《ぞく》は伝統《でんとう》をりっぱに守《まも》ってから、武器《ぶき》をつかみ、鬨《とき》の声《こえ》をあげて空気《くうき》を切《き》り裂《さ》いた。けれど、もうおそかった。

戦《たたか》いというより虐殺《ぎゃくさつ》だった。とてもくわしくは語《かた》れないが、とにかくピカニニ族《ぞく》の多《おお》くが勇敢《ゆうかん》に散《ち》っていった。全員《ぜんいん》がむだ死《じ》にしたわけじゃない。リーン・ウルフがアルフ・メイソンを倒《たお》したおかげで、もうカリブ海《かい》が荒《あ》らされることはなくなった。ほかにも、ジョージ・スカリー、チャールズ・ターリー、アルザスのフォガッティーといった海賊《かいぞく》が殺《ころ》された。ターリーは、凶暴《きょうぼう》なパンサーの斧《おの》にたおされた。パンサーは結局《けっきょく》、タイガー・リリーとわずかな生《い》き残《のこ》りとともに海賊《かいぞく》の陣地《じんち》を突破《とっぱ》して逃《に》げた。

フックがこのときの戦法《せんぽう》でどれくらい責《せ》められるべきかは、わからない。フックが戦《たたか》いにふさわしいときまで丘《おか》の上《うえ》で待《ま》っていたら、手下《てした》もども殺《ころ》されていたはずだ。裁《さば》くならこの点《てん》を考《かんが》える必要《ひつよう》がある。あたらしい戦術《せんじゅつ》をとることを前《まえ》もって敵《てき》にいっておくべきだったかもしれないけど、そんなことをしたら作戦《さくせん》は台無《だいな》しだ。少《すく》なくとも、大胆《だいたん》な計画《けいかく》を思《おも》いついた頭《あたま》と、実行《じっこう》にうつした行動力《こうどうりょく》には感心《かんしん》できる。

勝利《しょうり》の瞬間《しゅんかん》、フックが自分《じぶん》のことをどう思《おも》っていたか。手下《てした》はそれが知《し》りたくて、荒々《あらあら》しい息《いき》で短剣《たんけん》の血《ち》をぬぐいながら、遠巻《とおま》きにじっとながめていた。フックは心《こころ》のなかでは得意《とくい》だったとしても、顔《かお》には出《だ》さなかった。暗《くら》く孤独《こどく》な謎《なぞ》の男《おとこ》は、手下《てした》から心《こころ》もからだも離《はな》れて立《た》っていた。

この夜《よる》の仕事《しごと》は、まだこれからだ。フックが殺《ころ》したいのはピカニニ族《ぞく》ではない。ピカニニ族《ぞく》は、ハチミツを手《て》に入《い》れるために煙《けむり》でいぶりだしたミツバチみたいなものだ。狙《ねら》うは、ピーターパンだ。ピーターパンとウェンディとその仲間《なかま》だけど、なんといってもピーターパンだ。

まだ子《こ》どものピーターを、なんでフックはそんなに憎《にく》むのか。フックの腕《うで》をワニにやってしまったのはピーターだし、そのワニにしつこく追《お》いまわされて常《つね》に命《いのち》が危険《きけん》にさらされている。だけど、ここまでしつこく悪意《あくい》に満《み》ちた復讐心《ふくしゅうしん》の理由《りゆう》は、ほかにあった。ピーターには、この海賊《かいぞく》の船長《せんちょう》の神経《しんけい》を逆《さか》なでするものがあった。それは、勇気《ゆうき》でもなく、愛《あい》嬌《きょう》たっぷりの見《み》た目《め》でもない。はっきりいってしまうと、生意気《なまいき》なところだ。

これがフックの地雷《じらい》を踏《ふ》んだ。考《かんが》えるだけで鉄《てつ》の鉤《かぎ》がピクピクひきつり、夜《よる》には飛《と》びまわる虫《むし》のようにイライラさせられた。ピーターが生《い》きているかぎり、この苦《くる》しみは終《お》わらない。まるで、檻《おり》のなかにいるライオンが、飛《と》びこんできたスズメをつかまえられずにいるみたいな気分《きぶん》だ。

いまの問題《もんだい》は、どうやって地下《ちか》の家《いえ》に入《はい》るか、または手下《てした》をおろすかだ。フックは手下《てした》をじろじろ観察《かんさつ》して、いちばんやせている者《もの》を探《さが》した。手下《てした》たちは不安《ふあん》そうにもじもじしている。船長《せんちょう》なら平気《へいき》で棒《ぼう》でぐいぐい穴《あな》に押《お》しこむだろう、と知《し》っているからだ。

地下《ちか》にいる男《おとこ》の子《こ》たちのほうは、武器《ぶき》がかちあう音《おと》をきいていた。みんな口《くち》をあんぐりあけて、訴《うった》えるようにピーターに向《む》かって手《て》をのばしたまま、石《いし》みたいにかたまっていた。

やがて、口《くち》を閉《と》じ、腕《うで》をおろした。地上《ちじょう》の騒動《そうどう》は、はじまったときとおなじく急《きゅう》におさまった。突風《とっぷう》が吹《ふ》いたみたいに。その一瞬《いっしゅん》で、自分《じぶん》たちの運命《うんめい》が決《き》まったことがわかった。

どっちが勝《か》ったんだろう？

海賊《かいぞく》は木《き》の入《い》り口《ぐち》で熱心《ねっしん》に耳《みみ》をすましていたので、男《おとこ》の子《こ》たちが口々《くちぐち》におなじ質問《しつもん》をするのがきこえた。そして、ピーターの答《こた》える声《こえ》もきいてしまった。

「ピカニニ族《ぞく》が勝《か》ったら太鼓《たいこ》をたたくはずだ。それが勝利《しょうり》の合図《あいず》だ」

スミーは、さっき見《み》つけた太鼓《たいこ》の上《うえ》にちょうどすわっていた。

「おまえたちが太鼓《たいこ》の音《おと》をきくことはもう二度《にど》とないけどな」

フックにきこえないように小声《こごえ》でいった。だまっていろと命《めい》じられていたからだ。ところが、フックはスミーに太鼓《たいこ》をたたけと合図《あいず》してくる。そのおそろしい悪《わる》だくみの意味《いみ》が、スミーにもじわじわわかってきた。単純《たんじゅん》なスミーが、これほどフックを尊敬《そんけい》したことはない。

ボンボン。

スミーは太鼓《たいこ》をたたいた。そして、得意《とくい》になって耳《みみ》をすました。

「太鼓《たいこ》だ。ピカニニ族《ぞく》が勝《か》ったんだ！」

ピーターが声《こえ》をあげるのを、海賊《かいぞく》はきいた。

運《うん》のツキとも知《し》らずに、子《こ》どもたちは歓声《かんせい》をあげた。地上《ちじょう》の腹黒《はらぐろ》い男《おとこ》たちの耳《みみ》には、音《おん》楽《がく》のようにひびいた。そのあとすぐ、子《こ》どもたちはピーターにもう一度《いちど》さようならをいった。海賊《かいぞく》は意味《いみ》がわからなかったけれど、子《こ》どもたちが木《き》のなかをのぼってくるのが楽《たの》しみで、ほかのことはどうでもよかった。顔《かお》を見合《みあ》わせてニヤつきながら、そわそわと待《ま》っている。すばやく、静《しず》かにフックが命令《めいれい》した。それぞれの木《き》にひとりずつつけ。残《のこ》った者《もの》は、二《に》メートルずつ離《はな》れて一列《いちれつ》に並《なら》べ。

妖《よう》精《せい》を信《しん》じる？

最初《さいしょ》に木《き》から顔《かお》を出《だ》したのは、カーリーだ。木《き》から抜《ぬ》けたとたん、チェッコにつかまった。そのままスミーへ放《ほう》られ、スターキーへ、ビル・ジュークスへ、ヌードラーへとつぎつぎ投《な》げられていき、最後《さいご》にいちばん凶悪《きょうあく》な海賊《かいぞく》の足《あし》もとに投《な》げだされた。ほかの子《こ》どもたちも、どんどん木《き》から引《ひ》っこぬかれた。なかには、荷物《にもつ》をいっぺんに投《な》げるみたいに、まとめて放《ほう》られる子《こ》もいた。

最後《さいご》に出《で》てきたウェンディは、ちがうもてなしを受《う》けた。フックはバカていねいに帽子《ぼうし》をとってウェンディに腕《うで》を差《さ》しだすと、さるぐつわをかまされたほかの子《こ》たちのところへエスコートしていった。その態度《たいど》が気《き》どっていて上品《じょうひん》そのものだったので、ウェンディはつい、うっとりしてしまった。

このわずかなあいだのうっとりが、たいへんな結果《けっか》につながった。ウェンディがふんっとつっぱねていたら、ほかの子《こ》とおなじで放《ほう》り投《な》げられただろうし、そのあとフックは子《こ》どもたちがしばられるところにいあわせなかっただろう。そして、その場《ば》にいなかったら、スライトリーの秘密《ひみつ》を見《み》つけなかっただろう。そして、その秘密《ひみつ》を見《み》つけなかったら、フックはピーターをズルい手口《てぐち》で暗殺《あんさつ》しようとたくらまなかっただろう。

子《こ》どもたちは飛《と》んでいかないよう、耳《みみ》がひざにくっつくくらいからだを曲《ま》げられてしばられた。ロープを九等分《きゅうとうぶん》にして、ひとりずつきっちりしばりあげていき、スライトリーの番《ばん》になった。すると、荷物《にもつ》をしばるときにたまにあるように、ロープをぐるっとかけたら長《なが》さが足《た》りなくなって結《むす》べなくなった。海賊《かいぞく》たちは怒《いか》りにまかせてスライトリーを蹴《け》った。悪《わる》いのはロープなのに、小包《こづつみ》にあたりちらすみたいに。意外《いがい》なことに、やめろといったのはフックだった。フックは勝《か》ちほこり、意地悪《いじわる》そうな笑《わら》いを浮《う》かべていた。手下《てした》たちは、スライトリーのからだをしばるのに必死《ひっし》だ。からだのどこかをおさえると、べつの場所《ばしょ》がふくれあがってくるからだ。フックは船長《せんちょう》として、スライトリーの体格《たいかく》から推理《すいり》して、結果《けっか》ではなく原因《げんいん》をつきとめようとしていた。大喜《おおよろこ》びしているところからして、原因《げんいん》がわかったらしい。

スライトリーは真《ま》っ青《さお》だ。どうしよう、フックに秘密《ひみつ》がバレちゃった。秘密《ひみつ》というのは、こんなに太《ふと》っちょの子《こ》どもが通《とお》れるならふつうの大人《おとな》だって通《とお》れる、ということだ。かわいそうなスライトリーは、だれよりもみじめな思《おも》いで反省《はんせい》していた。ああ、ピーターはだいじょうぶかな？　ぼくのせいだ。暑《あつ》くて水《みず》をがぶ飲《の》みしたから、おなかがぽよぽよになっちゃった。なのに、木《き》に合《あ》わせてダイエットするどころか、みんなにはナイショで、木《き》のほうをからだに合《あ》わせて削《けず》っちゃった。

ピーターの命《いのち》はこっちのもんだ、とフックは思《おも》った。でも頭《あたま》の奥《おく》に渦《うず》まく悪《わる》だくみを、ひとことも口《くち》に出《だ》さなかった。手下《てした》に向《む》かって、捕虜《ほりょ》を船《ふね》へ運《はこ》んでわたしをひとりにしろ、と合図《あいず》だけした。

問題《もんだい》は、どうやって子《こ》どもたちを運《はこ》ぶかだ。ロープでぐるぐる巻《ま》きにしてあるから、樽《たる》のように丘《おか》をころがしてやろうか。いや、途中《とちゅう》はほとんど沼《ぬま》だ。すると、またまたフックがみごとに難題《なんだい》を解決《かいけつ》した。あの小《ちい》さい家《いえ》を使《つか》って運《はこ》べ。子《こ》どもたちが小《ちい》さい家《いえ》に投《な》げこまれると、四人《よにん》の力《ちから》もちが家《いえ》を肩《かた》にかつぎ、残《のこ》りはうしろに並《なら》んだ。海賊《かいぞく》たちはいつものうす気味悪《きみわる》い歌《うた》を合唱《がっしょう》しながら、おかしな行列《ぎょうれつ》をつくって木立《こだち》のなかを進《すす》みはじめた。泣《な》いてる子《こ》がいたとしても、その声《こえ》は歌声《うたごえ》でかき消《け》されただろう。ただ、小《ちい》さい家《いえ》が森《もり》のなかに消《き》えるとき、煙突《えんとつ》から細《ほそ》い煙《けむり》が勇《いさ》ましく立《た》ちのぼっていた。フックにはむかっているみたいに。

フックも、ピーターにとってはありがたくないけど、煙《けむり》を見《み》てしまった。これで、フックのもともと怒《いか》りに満《み》ちた心《こころ》に、ピーターへの同情《どうじょう》がひとしずく残《のこ》っていたとしても、ひからびてしまった。

夜《よる》がどんどん深《ふか》まるなか、ひとりになったフックはスライトリーの木《き》に忍《しの》び足《あし》で近《ちか》づき、その穴《あな》を自分《じぶん》が通《とお》れるかどうか確《たし》かめた。それから長《なが》いあいだ、じっと考《かんが》えこんだ。見《み》るからにおそろしい帽子《ぼうし》を草《くさ》の上《うえ》に置《お》くと、さっきから吹《ふ》いているそよ風《かぜ》に気持《きも》ちよく髪《かみ》をなでられた。フックはおなかのなかは真《ま》っ黒《くろ》だけど、青《あお》い目《め》はニチニチソウのようにやさしい。地下《ちか》の音《おと》にじっと耳《みみ》をすましたけど、地上《ちじょう》とおなじようにしんとしている。宇宙《うちゅう》のなかにあるただのがらんどうみたいだ。あいつは眠《ねむ》っているのか。それとも、この木《き》の下《した》で短剣《たんけん》を手《て》に待《ま》ちかまえているのか。

下《した》へおりてみないことにはわからない。フックはマントをそっと地面《じめん》に置《お》いた。それから、くちびるをかんで、邪悪《じゃあく》な血《ち》がにじみでるほどぎゅっとかみしめながら、木《き》の穴《あな》に足《あし》をすべりこませた。勇敢《ゆうかん》なフックでも、一瞬《いっしゅん》、動《うご》きを止《と》めて額《ひたい》の汗《あせ》をぬぐった。ロウソクみたいにぽたぽたと汗《あせ》がたれる。そのあと、静《しず》かに見知《みし》らぬ場所《ばしょ》に入《はい》っていった。

フックは無事《ぶじ》に穴《あな》の底《そこ》に着《つ》いた。息《いき》を切《き》らして、そのままじっと立《た》っている。暗《くら》がりに目《め》が慣《な》れてくると、いろんなものが見《み》えてきた。けれど、お目《め》あてはたったひとつだ。長《なが》いあいだ探《さが》し求《もと》めていたものを、ついに見《み》つけた。あの大《おお》きなベッドだ。あのベッドの上《うえ》で、ピーターパンがぐっすり眠《ねむ》っている。

地上《ちじょう》で起《お》きている悲劇《ひげき》に気《き》づきもしないで、ピーターはみんなが出《で》ていったあとしばらく、いかにも楽《たの》しそうに笛《ふえ》を吹《ふ》いていた。さみしい心《こころ》に、平気《へいき》だよっていいきかせるためだ。それから、ウェンディを悲《かな》しませてやろうと思《おも》って、薬《くすり》を飲《の》まないことにした。それからもっと困《こま》らせてやろうと、かけぶとんの上《うえ》に寝《ね》た。眠《ねむ》ってるうちにからだが冷《ひ》えるといけないといって、いつもウェンディがみんなをかけぶとんの下《した》にくるんでくれていたからだ。そのうち、ピーターは泣《な》きそうになった。でも、ここで泣《な》かずに笑《わら》ったらウェンデイが怒《おこ》るだろうなと思《おも》いついた。そこで、えらそうにわははと笑《わら》ってみた。そして、笑《わら》っているうちに眠《ねむ》ってしまった。

ほんのたまにだけど、ピーターは夢《ゆめ》を見《み》る。ほかの男《おとこ》の子《こ》たちよりつらい夢《ゆめ》だ。夢《ゆめ》のなかで、悲《かな》しくて泣《な》きじゃくるけど、何時間《なんじかん》も目《め》が覚《さ》めない。たぶんピーターの誕生《たんじょう》の秘密《ひみつ》と関係《かんけい》があるんだろう。そんなとき、ウェンディはピーターをベッドから連《つ》れだし、ひざの上《うえ》で、自分《じぶん》なりにやさしくなだめた。だんだんピーターが落《お》ち着《つ》いてくると、眠《ねむ》けが飛《と》んじゃう前《まえ》にベッドにもどしてあげた。そうすれば、ピーターが赤《あか》ん坊《ぼう》みたいだと恥《は》ずかしい思《おも》いをしなくてすむ。だけどこのとき、ピーターは夢《ゆめ》も見《み》ない眠《ねむ》りに落《お》ちていた。片《かた》腕《うで》がベッドのはしからだらんと落《お》ちて、片《かた》ひざを立《た》てている。口《くち》もとにはまだ笑《え》みが浮《う》かんでて、ぽかんとあいた口《くち》から小《ちい》さい真珠《しんじゅ》みたいな乳歯《にゅうし》がのぞいていた。

ピーターがこんな無防備《むぼうび》な状態《じょうたい》のとき、フックが来《き》た。穴《あな》の下《した》に立《た》ったまま、部屋《へや》の向《む》こうにいる宿敵《しゅくてき》をながめている。その暗《くら》い胸《むね》には、なんのあわれみもわきあがらないのだろうか。フックだって、完全《かんぜん》な極悪人《ごくあくにん》じゃない。どうやら、花《はな》を愛《あい》してるらしい。うつくしい音楽《おんがく》も大好《だいす》きらしくて、ハープシコードを弾《ひ》かせたらかなりの腕前《うでまえ》だ。はっきりいってフックは、この癒《い》やされる光景《こうけい》に心《こころ》を揺《ゆ》さぶられていた。このまま良心《りょうしん》がうわまわって木《き》をのぼってもどっていく可能性《かのうせい》もあった。だけどひとつだけ、気《き》になることがあった。

フックが思《おも》いとどまったのは、ピーターの生意気《なまいき》な寝相《ねぞう》のせいだ。あいた口《くち》、だらんとたれた腕《うで》、立《た》てたひざ。どれも、生意気《なまいき》を絵《え》に描《か》いたみたいだ。礼儀正《れいぎただ》しさを重《おも》んじる人《ひと》の目《め》にはぜったいに見《み》せたくないかっこうだ。これを見《み》て、フックの心《こころ》ははがねのようにかたくなった。この怒《いか》りのせいでからだが砕《くだ》けたとしても、どのかけらもいちもくさんに、眠《ねむ》っているピーターに飛《と》びかかっただろう。

ランプがひとつ、ベッドをぼんやり照《て》らしてたけど、フックが立《た》っているところは暗《くら》かった。そっと一歩前《いっぽまえ》に出《で》ると、それ以上進《いじょうすす》めなくさせるじゃまものがあった。スライトリーの木《き》のドアがこわれかかって完全《かんぜん》にひらいていない。フックはカッとなった。怒《いか》りでもうろうとした頭《あたま》で、ピーターの顔《かお》と寝相《ねぞう》を見《み》ていると、ますますイライラしてくる。フックはドアをきしらせ、体《たい》あたりした。どちらが勝《か》つのだろうか。

んん、あれは何《なん》だ？　フックの燃《も》える目《め》が、すぐ手《て》が届《とど》く位置《いち》にある棚《たな》の上《うえ》に、ピーターの薬《くすり》をとらえた。フックはすぐにピンときた。これでピーターの命《いのち》はわたしがもらったぞ。

フックは生《い》けどりにされないよう、毒薬《どくやく》を肌身離《はだみはな》さずもっていた。これまで手《て》に入《い》れた毒入《どくい》りの指輪《ゆびわ》の毒《どく》を、自分《じぶん》で調合《ちょうごう》して、煮《に》つめてできあがった黄色《きいろ》い液体《えきたい》は、科学的《かがくてき》には解明《かいめい》できないけど、たぶん世界《せかい》でいちばんの猛毒《もうどく》だ。

フックはその毒《どく》を五滴《ごてき》、ピーターのコップにたらした。手《て》がふるえているのは、恥《は》じているからじゃなく、喜《よろこ》んでいるからだ。ピーターのほうを見《み》なかったのは、かわいそうに思《おも》っておじけづいたからじゃなく、たんに毒《どく》をこぼさないためだ。いい気味《きみ》だとばかりにしばらくピーターのほうをながめたあと、フックは回《まわ》れ右《みぎ》をして、木《き》の穴《あな》をなんとか虫《むし》のようにはってのぼっていった。地上《ちじょう》に顔《かお》を出《だ》したフックは、悪魔《あくま》が穴《あな》から出《で》てきたように見《み》えた。帽子《ぼうし》をカッコよくななめにかぶり、マントをまとって、へりを前《まえ》でおさえる。暗《くら》やみのなかでもフックがいちばん真《ま》っ黒《くろ》なのに、まるで夜《よる》からかくれようとしているみたいに。それから、ぶつぶつつぶやきながら、木立《こだち》のあいだをそっと去《さ》っていった。

ピーターは眠《ねむ》りつづけている。ロウソクがとけて火《ひ》は消《き》え、部屋《へや》は真《ま》っ暗《くら》になった。それでもまだ、眠《ねむ》っている。ワニの時計《とけい》が十時《じゅうじ》をまわったころだろう。ふいにピーターは何《なに》かわからない音《おと》で目《め》を覚《さ》まし、ベッドの上《うえ》に起《お》きあがった。それは、木《き》のドアをそーっとたたく音《おと》だった。

そーっとだったけど、部屋《へや》がしんとしているから、ぶきみにひびいた。ピーターは手《て》さぐりで短剣《たんけん》をさがすと、しっかりにぎった。それから口《くち》をひらいた。

「だれだ？」

長《なが》いあいだ、返事《へんじ》がない。また、ノックの音《おと》がした。

「だれだ？　返事《へんじ》をしろ」

答《こた》えはない。

ピーターはぞくぞくした。ぞくぞくするのは大好《だいす》きだ。のしのしと二歩《にほ》で、ドアの前《まえ》に行《い》く。

「返事《へんじ》をするまであけないぞ」ピーターは叫《さけ》んだ。

やっと、相手《あいて》がしゃべった。かわいいベルのような声《こえ》だ。

「入《い》れてよ、ピーター」

ティンクだ。ピーターはすぐにかんぬきをはずした。ティンクはあわてて飛《と》びこんできた。顔《かお》は真《ま》っ赤《か》で、服《ふく》は泥《どろ》まみれだ。

「どうしたんだ？」

「あててみて！」

ティンクは三回《さんかい》チャンスをあげる、といった。

「さっさと話《はな》せ！」

ピーターがどなると、やっと話《はな》しはじめた。言葉《ことば》はまちがいだらけだし、手品師《てじなし》が口《くち》からはじきだすリボンみたいに長《なが》ったらしい。それでもどうにか、ウェンディと男《おとこ》の子《こ》たちがさらわれたことはわかった。

ピーターは胸《むね》がざわざわした。ウェンディがしばられて、海賊船《かいぞくせん》にいる。あのなんでもきちんとしているのが好《す》きなウェンディが！

「助《たす》けなくちゃ！」

ピーターは叫《さけ》ぶと、武器《ぶき》をぱっとつかんだ。そうだ、ウェンディを喜《よろこ》ばせてあげよう。

薬《くすり》を飲《の》もう。

ピーターが、おそろしい毒薬《どくやく》に手《て》をのばした。

「ダメ！」

ティンクがキィキィ声《ごえ》をあげる。さっき、フックが森《もり》を早足《はやあし》で歩《ある》いてるのを見《み》かけた。フックは、自分《じぶん》がやったことをぶつぶついっていた。

「なんで？」

「毒《どく》が入《はい》ってる」

「毒《どく》だって！　だれが入《い》れたっていうんだ？」

「フック」

「バカいうな。どうやってここまでおりてこられるんだ」

残念《ざんねん》ながら、ティンクには答《こた》えられない。ティンクも、スライトリーの木《き》の秘密《ひみつ》は知《し》らなかった。でも、たしかにきいた。コップには毒《どく》が入《はい》ってる。

「それに、ぼく、ずっと起《お》きてたし」ピーターが自信《じしん》たっぷりにいう。

ピーターはコップをもちあげた。もう、何《なに》をいってもむだ。行動《こうどう》するしかない。ティン

クはいつもの光《ひかり》のような速《はや》さでピーターの口《くち》と薬《くすり》のあいだに割《わ》りこみ、一滴残《いってきのこ》さず飲《の》みほした。

「おい、ティンク。なんでぼくの薬《くすり》を飲《の》んじゃうんだよ」

ティンクは答《こた》えない。空中《くうちゅう》でよろめいている。

「どうした？」ピーターは急《きゅう》に心配《しんぱい》になった。

「毒《どく》が入《はい》ってた」ティンクは弱々《よわよわ》しくいった。

「ピーター、あたし、もうすぐ死《し》ぬ」

「ティンク、まさかぼくを助《たす》けるために、自分《じぶん》で飲《の》んだのか？」

「そう」

「なんでだよ、ティンク？」

もう、自分《じぶん》の翼《つばさ》でからだを支《ささ》えられない。ティンクは返事《へんじ》のかわりにピーターの肩《かた》にとまって、あごをやさしくかんだ。それから、耳元《みみもと》で「バーカ」とささやくと、ふらふらと自分《じぶん》の部屋《へや》に飛《と》んでいき、ベッドに倒《たお》れこんだ。

ピーターが悲《かな》しんで部屋《へや》の前《まえ》でひざをつくと、顔《かお》がティンクの小《ちい》さい部屋《へや》の入《い》り口《ぐち》をほとんどふさいだ。ティンクの光《ひかり》はみるみる弱《よわ》まっていく。この光《ひかり》が消《き》えたら、死《し》んでしまう。ティンクはピーターの涙《なみだ》を見《み》てうれしくなって、きれいな指《ゆび》をのばして、涙《なみだ》を受《う》けとめた。

声《こえ》が小《ちい》さくてすぐにはわからなかったけど、ティンクが何《なに》かいっている。ああ、そうか。子《こ》どもたちが妖精《ようせい》を信《しん》じてくれたらまた元気《げんき》になる、っていってるんだ。

ピーターは、両手《りょうて》をすっと差《さ》しだした。ここには、子《こ》どもはいない。しかも夜《よる》だ。それでもピーターは、ネバーランドの夢《ゆめ》を見《み》てるすべての子《こ》どもに呼《よ》びかけた。ネバーランドの夢《ゆめ》を見《み》ている子《こ》どもたちは、意外《いがい》と近《ちか》くにいた。パジャマを着《き》た男《おとこ》の子《こ》と女《おんな》の子《こ》、木《き》につるされたバスケットに入《はい》ったはだかのピカニニ族《ぞく》の赤《あか》ちゃん。

「妖精《ようせい》を信《しん》じる？」

ピーターは大声《おおごえ》で呼《よ》びかけた。

ティンクはもう元気《げんき》をとりもどしたみたいに、ベッドの上《うえ》に起《お》きあがって自分《じぶん》の運命《うんめい》に耳《みみ》をすましている。

ティンクは、信《しん》じるっていう返事《へんじ》をきいたみたいな気《き》がした。でもやっぱり自信《じしん》がない。

「どう思《おも》う?」ピーターにきいてみた。

「信《しん》じるなら、手《て》をたたいて。ティンクを死《し》なせないで」

ピーターは子《こ》どもたちに訴《うった》えた。

たくさんの子《こ》どもが、手《て》をたたいた。

たたかない子《こ》もいた。

しーっ、なんていうイジワルな子《こ》もちょっといた。

拍手《はくしゅ》が急《きゅう》に止《と》まった。おおぜいの母親《ははおや》が子《こ》ども部屋《べや》にようすを見《み》にきたみたいだ。でもそのときにはもう、ティンクは助《たす》かっていた。まず、声《こえ》が力強《ちからづよ》くなった。つぎに、ベッドから飛《と》びだした。それから、前《まえ》よりツンツンした顔《かお》で、部屋《へや》のなかを楽《たの》しそうに飛《と》びまわっている。信《しん》じてくれた子《こ》にお礼《れい》なんかいう気《き》はさらさらない。しーっ、といった子《こ》はとっちめてやりたいけど。

「さあ、ウェンディを助《たす》けにいこう!」

雲《くも》が浮《う》かんだ空《そら》に月《つき》がのぼったころ、ピーターは地上《ちじょう》におりたった。腰《こし》にさした武器《ぶき》のほかには何《なに》ももたずに、危険《きけん》な冒険《ぼうけん》にのりだそうとしている。ほんとうは、地面《じめん》の近《ちか》くを飛《と》びたかった。そうすれば、ちょっとめずらしいものでも見逃《みのが》さない。でも、きょうみたいな月明《つきあ》かりのなかで低空飛行《ていくうひこう》をすると、影《かげ》を引《ひ》きずりながら木立《こだち》のなかを進《すす》むことになる。そうなったら鳥《とり》が騒《さわ》ぎだし、敵《てき》の見張《みは》りにバレてしまう。

いまさらだけど、島《しま》の鳥《とり》たちにへんてこな名前《なまえ》なんかつけるんじゃなかったな。そのせいで、鳥《とり》がすっかり凶暴《きょうぼう》になって、近《ちか》づきにくいったらない。

こうなったらピカニニ族流《ぞくりゅう》に歩《ある》いて進《すす》むしかない。まあ、得意《とくい》だからいいけど。でも、どっちの方向《ほうこう》に行《い》けばいいんだろう？　まだ海賊船《かいぞくせん》にいるかどうかもはっきりわからないのに。さっき雪《ゆき》が少《すこ》し降《ふ》ったせいで、足跡《あしあと》はすっかり消《き》えている。死《し》のような静《しず》けさが島《しま》をつつんでいた。まるで自然《しぜん》がさっきの大虐殺《だいぎゃくさつ》におびえて息《いき》をひそめているみたいだ。子《こ》どもたちには、タイガー・リリーとティンカーベルからきいた森《もり》の知識《ちしき》を教《おし》えこんであるから、こんな緊急事態《きんきゅうじたい》に思《おも》いだしてくれるはずだ。たとえばスライトリーは、チャンスさえあれば木《き》に目印《めじるし》をつけるだろう。カーリーは種《たね》を落《お》とすだろうし、ウェンディなら決定《けってい》的《てき》な場所《ばしょ》にハンカチを落《お》とすだろう。だけど、そんな道《みち》しるべは暗《くら》い夜《よる》には役《やく》に立《た》たない。朝《あさ》まで待《ま》ってはいられない。空《そら》の星《ほし》たちはピーターを応援《おうえん》してたけど、手《て》を貸《か》そうとはしなかった。

ワニが、そばを通《とお》りすぎた。ほかに生《い》きものはいない。音《おと》も、動《うご》くものもない。それでもピーターは、わかってた。死《し》の危険《きけん》がつぎの木《き》で待《ま》ってるかもしれないし、うしろからそっと忍《しの》びよっているかもしれない。

そして、おそろしい誓《ちか》いをたてた。

「こんどこそ、フックかぼくかだ」

ピーターは、ヘビのようにはっていたけど、すっと立《た》ちあがって、月光《げっこう》が照《て》らしている場所《ばしょ》を矢《や》のように飛《と》んでいった。くちびるに指《ゆび》をあて、短剣《たんけん》をかまえて。よーし、おもしろくなってきたぞ。

海《かい》賊《ぞく》船《せん》

海賊川《かいぞくがわ》の河口付近《かこうふきん》に、キャプテン・キッドにちなんだ入《い》り江《え》がある。この入《い》り江《え》をななめに照《て》らす緑《みどり》の光線《こうせん》をたどると、船体《せんたい》を水中深《すいちゅうふか》くに沈《しず》めている帆船《はんせん》ジョリー・ロジャー号《ごう》が停泊《ていはく》している。スピードはありそうだけど汚《よご》れきっていて、デッキにわたした横板《よこいた》は一《いっ》本残《ぽんのこ》らず、ぼさぼさの羽根《はね》がはりついた地面《じめん》みたいでぞっとする。この船《ふね》は、どこの海《うみ》でも人食《ひとく》い船《ぶね》として有名《ゆうめい》で、見張《みは》り番《ばん》もいらない。名前《なまえ》をきいただけでおびえて、だれも近《ちか》づいてこないからだ。

船《ふね》はいま、夜《よる》の毛布《もうふ》にすっぽりくるまれているので、音《おと》をたてても岸《きし》まで届《とど》かない。そもそも船《ふね》のなかは、ほとんど音《おと》がしていない。耳《みみ》に心地《ここち》いい音《おと》といえば、ミシンの音《おと》くらいで、踏《ふ》んでいるのはスミーだ。仕事熱心《しごとねっしん》で世話好《せわず》きで平凡《へいぼん》そのもので、なぜかあわれっぽく見《み》える。どうしてあわれに見《み》えるのかは不明《ふめい》だけど、本人《ほんにん》があわれなまでに気《き》づいてないからかもしれない。とにかくどんな強《つよ》い男《おとこ》でも、スミーを見《み》るとあわてて目《め》をそらしてしまう。夏《なつ》の夜《よる》に何度《なんど》も、スミーを見《み》てフックの涙腺《るいせん》がゆるんで、涙《なみだ》がこぼれたことがあった。それもこれも、本人《ほんにん》はまったく気《き》づいてない。

海賊《かいぞく》が数人《すうにん》、手《て》すりにもたれて毒《どく》けのある夜《よる》の空気《くうき》を吸《す》っていた。ほかの海賊《かいぞく》は、並《なら》んだ樽《たる》のそばにどさっとすわり、サイコロやトランプで遊《あそ》んでいた。小《ちい》さい家《いえ》を運《はこ》んでつかれきった四人《よにん》は、デッキに横《よこ》になっていた。眠《ねむ》ってても、こっちへごろん、あっちへごろんとうまく寝返《ねがえ》りをうち、フックに近《ちか》づかないようにしている。通《とお》りがかりにうっかり鉄《てつ》の鉤《かぎ》で引《ひ》っかけられちゃ、たいへんだ。

フックはデッキを歩《ある》きながら、考《かんが》えこんでいた。何《なに》を考《かんが》えているのかは理解不能《りかいふのう》だ。いまこそ勝利《しょうり》に酔《よ》いしれるときなのに。目《め》ざわりなピーターは、永遠《えいえん》に消《き》えた。残《のこ》った子《こ》どもたちは、船《ふね》から出《だ》した板《いた》を歩《ある》かせて海《うみ》に落《お》とすだけだ。こんなむごい仕打《しう》ちをするのは、大海賊《だいかいぞく》ジョン・シルバーを負《ま》かして以来《いらい》だ。人間《にんげん》がどんなにうぬぼれが強《つよ》いか知《し》っていたら、成功《せいこう》という風《かぜ》に吹《ふ》かれて帆《ほ》がふくらんだ船《ふね》みたいに、フックが得意《とくい》になってデッキを行《い》き来《き》しててもふしぎじゃない。

ところが、フックの足《あし》どりにはちっとも浮《う》かれたところがなかった。むしろ、暗《くら》い心《こころ》に合《あ》わせて歩《ある》いていた。フックは、すっかりしょげていた。

静《しず》かな夜《よる》に船《ふね》の上《うえ》で思《おも》いにふけっていると、フックはよくこんなふうに落《お》ちこむ。ひどく孤独《こどく》になるからだ。手下《てした》に囲《かこ》まれているときほど、孤独《こどく》を感《かん》じる。育《そだ》った環境《かんきょう》がちがってわかりあえないからだ。

フックというのは、本名《ほんみょう》じゃない。正体《しょうたい》を明《あ》かしたら、いまでも国《くに》じゅうがあっというだろう。フックは、上流階級《じょうりゅうかいきゅう》の子《こ》が通《かよ》う名門《めいもん》パブリック・スクールに通《かよ》っていた。その学《がっ》校《こう》の伝統《でんとう》がいまでも衣服《いふく》のようにからだにぴったりくっついている。着《き》ている服《ふく》そのものも伝統《でんとう》にこだわっていて、いまでも船《ふね》をうばったときとおなじ服装《ふくそう》のままだけど、それが気《き》に入《い》らなかった。歩《ある》き方《かた》も、学校《がっこう》でしつけられたうつむきかげんの姿勢《しせい》が抜《ぬ》けなかった。

でも、フックがいちばん大事《だいじ》にしてきたのは、礼儀作法《れいぎさほう》だった。

どんな悪事《あくじ》をはたらいているときでも礼儀作法《れいぎさほう》は大切《たいせつ》にしたい、とフックは思《おも》っていた。

フックの心《こころ》の奥《おく》から、さびついた門《もん》がきしるような音《おと》がきこえてくる。その門《もん》から、コツコツといういかめしい音《おと》がひびいてくる。眠《ねむ》れない夜《よる》にきこえてくる金《かな》づちの音《おと》みたいに。その音《おと》は、「きょうは礼儀正《れいぎただ》しくしていたかい」と、いつも質問《しつもん》してくる。「名声《めいせい》を手《て》に入《い》れました。金《きん》ぴかで安《やす》ものの名声《めいせい》を！」フックは叫《さけ》んだ。

「なんでもいいから有名《ゆうめい》になれば、礼儀《れいぎ》にかなってるのかい」

心《こころ》の奥《おく》の学校《がっこう》からきこえるコツコツ音《おん》がききかえす。

「ジョン・シルバーが唯一《ゆいいつ》おそれた男《おとこ》、それはわたしだ」フックはいいはった。

「フリント船長《せんちょう》だっておそれたジョン・シルバーだ」

「ジョン・シルバー？　フリント？　どこの寮《りょう》にいた子《こ》かね？」

するどい切《き》りかえしが来《く》る。

フックがいちばん気《き》がかりなのは、考《かんが》えなければ礼儀正《れいぎただ》しくふるまえないことこそが、礼儀《れいぎ》が身《み》についていない証拠《しょうこ》ではないか、ということだった。

この疑問《ぎもん》に、フックは心《こころ》から苦《くる》しんだ。鉄《てつ》の鉤《かぎ》よりもするどい心《こころ》の鉤《かぎ》だ。心《こころ》の鉤《かぎ》で引《ひ》き裂《さ》かれると、青《あお》ざめた顔《かお》から汗《あせ》がぽたぽた流《なが》れ、胴衣《どうい》にシミがつく。しょっちゅう袖《そで》で顔《かお》をぬぐっても、したたる汗《あせ》は止《と》まらない。

気《き》の毒《どく》なフック。

フックはそのとき、もうすぐ死《し》ぬという予感《よかん》におそわれた。まるでピーターのおそろしい誓《ちか》いが、船《ふね》に乗《の》りこんできたみたいだ。心《こころ》が暗《くら》くなり、最後《さいご》の言葉《ことば》を残《のこ》しておこうという気《き》になった。ぐずぐずしていると時間《じかん》がなくなりそうな気《き》がする。

「フックも野心《やしん》をもちすぎたな」

自分《じぶん》のことを他人事《ひとごと》のようにいうのは、かなりへこんでいるときだ。

「わたしのことを好《す》きな子《こ》どもなんて、ひとりもいない！」

フックがこんなことを考《かんが》えるなんてヘンだ。いままで気《き》にしたことなどなかったのに、きっと、ミシンの音《おと》がきこえてきたせいだ。フックはしばらくひとりごとをいいながら、スミーをにらんでいた。スミーは、子《こ》どもたちにこわがられているのだと信《しん》じきって、のんきに縁《ふち》をかがっている。

子《こ》どもたちにしてみたら、スミーをこわがるなんてとんでもない。海賊船《かいぞくせん》にさらわれてきた子《こ》たちはみんな、スミーを好《す》きになっていた。スミーはどうしてもげんこつではなぐれないけど、口《くち》でひどいことをいったり、ぴしゃりとぶったりする。それでも子《こ》どもたちは、くっついて離《はな》れない。マイケルなんかさっき、スミーのめがねをかけてふざけてた。

やさしいおじさんだと思《おも》われているぞ、そういってやったらどうだろう？　フックはいってやりたくてうずうずしたけど、さすがに残酷《ざんこく》すぎるので、かわりに頭《あたま》のなかでいろいろ思《おも》いめぐらした。どうしてスミーは好《す》かれるんだろう？　フックは警察犬《けいさつけん》みたいにしつこくつきとめようとした。スミーがいい人《ひと》だとしたら、どこがそう思《おも》わせるんだろう？

ふと、おそろしい答《こた》えが浮《う》かんでくる。

「礼儀正《れいぎただ》しいからか？」

甲板長《かんぱんちょう》スミーは、自分《じぶん》でも気《き》づかないうちに行儀《ぎょうぎ》を身《み》につけたっていうのか？　それこそ、ほんとうの礼儀作法《れいぎさほう》ではないのか？

そういえば、自然《しぜん》と礼儀《れいぎ》が身《み》についたことを証明《しょうめい》しないと、パブリック・スクールの社《しゃ》交《こう》クラブには入《い》れてもらえなかった。

怒《いか》りにまかせてわめきちらし、フックは鉤爪《かぎづめ》をスミーの頭《あたま》の上《うえ》に振《ふ》りかざした。でも、引《ひ》き裂《さ》きはしなかった。思《おも》いとどまったのは、ある疑問《ぎもん》が浮《う》かんだからだ。

「礼儀正《れいぎただ》しい相手《あいて》を引《ひ》き裂《さ》いたら、それはいったいどういうことだ？」

答《こた》えも浮《う》かぶ。

「礼儀知《れいぎし》らずそのものだ！」

フックはすっかりみじめな気分《きぶん》になり、汗《あせ》びっしょりになってからだから力《ちから》が抜《ぬ》けた。そして、へなへなと倒《たお》れてしまった。

手下《てした》たちは、船長《せんちょう》はしばらく休憩《きゅうけい》だと思《おも》ったので、急《きゅう》に規律《きりつ》がゆるみ、どんちゃん騒《さわ》ぎがはじまった。すると、フックがしゃきっと立《た》ちあがった。バケツの水《みず》をかぶったみたいに、人間《にんげん》らしい弱《よわ》さはすっかり消《き》えていた。

「だまれ、ボンクラども。静《しず》かにしないと、錨《いかり》をぶちこむぞ」

騒《さわ》ぎはすぐにおさまった。

「子《こ》どもたちは全員鎖《ぜんいんくさり》でつないで、飛《と》べないようにしてあるんだろうな？」

「もちろんです」

「では、引《ひ》ったててこい」

子《こ》どもたちはかわいそうに、ウェンディ以外全員《いがいぜんいん》、フックの前《まえ》に一列《いちれつ》に並《なら》ばされた。しばらく、フックは子《こ》どもたちが目《め》に入《はい》ってないみたいにのんびりと、海賊《かいぞく》の歌《うた》をハミングしたり、トランプをさわったりしていた。ときどき葉巻《はまき》の火《ひ》がフックの顔《かお》をぼうっと照《て》らした。

「いいか、悪《わる》ガキども」フックは厳《きび》しくいった。

「今夜《こんや》、おまえたちのうち六人《ろくにん》は板《いた》の上《うえ》を歩《ある》いて海《うみ》に落《お》ちる。だが、ふたりだけ船室係《せんしつがかり》にしてやってもいい。さあ、だれがなる？」

「よけいなことをいってフックを怒《おこ》らせちゃダメよ」

子《こ》どもたちは、さっきウェンディからいいきかされていたので、トゥートルズがお行儀《ぎょうぎ》よく前《まえ》に出《で》た。こんな男《おとこ》の下《した》ではたらくなんてまっぴらごめんだ。ここは、この場《ば》にいない人《ひと》のせいにしよう。トゥートルズはちょっとマヌケだけど、お母《かあ》さんならいつだってかばってくれるのを知《し》っていた。子《こ》どもはみんなお母《かあ》さんのこういうところを知《し》ってて、めんどくさがりながらも利用《りよう》する。

トゥートルズは、抜《ぬ》け目《め》なくいいわけした。

「あのー、船長《せんちょう》さん、ぼくのお母《かあ》さんはたぶん、ぼくに海賊《かいぞく》になってほしくないんだと思《おも》うんです。スライトリーのお母《かあ》さんは海賊《かいぞく》になってほしいって思《おも》ってる？」

トゥートルズが目《め》くばせすると、スライトリーはいった。

「思《おも》ってないな」

まるで、思《おも》ってくれてたらいいのに残念《ざんねん》だというふうに。

「ふたごのお母《かあ》さんは海賊《かいぞく》になってほしいって思《おも》ってる？」

「思《おも》ってないな」ふたごの兄《あに》が、おなじくじょうずに答《こた》えた。「ニブスのお母《かあ》さんは……」

「だまれ」フックがどなった。

子《こ》どもたちは、うしろに引《ひ》きもどされた。

「おい、きさま」フックはジョンによびかけた。

「きさまは少《すこ》しは肝《きも》っ玉《たま》がありそうだな。海賊《かいぞく》になりたいと思《おも》ったことはないか？」

じつはジョンは、たまに算数《さんすう》の予習《よしゅう》をしているとき、海賊《かいぞく》になりたいと思《おも》っていた。しかも、フックに選《えら》ばれて感動《かんどう》していた。

「前《まえ》に、血染《ちぞ》めのジャックって名前《なまえ》にしようかって考《かんが》えたことがあります」

おずおずと答《こた》えた。

「いい名前《なまえ》だ。だったらそう呼《よ》んでやろう。仲間《なかま》になればな」

「どう思《おも》う、マイケル？」ジョンがきいた。

「ぼくが仲間《なかま》になったら、なんて名前《なまえ》つけてくれる？」マイケルがきいた。

「黒《くろ》ひげのジョーはどうだ？」

マイケルは目《め》をかがやかせた。

「どう思《おも》う、ジョン？」

マイケルはジョンに決《き》めてもらいたいし、ジョンもマイケルに決《き》めてもらいたい。

「海賊《かいぞく》になっても、イギリス国民《こくみん》でいられるんですよね？」ジョンがたずねる。

フックは、歯《は》ぎしりしながら答《こた》えた。

「『国王《こくおう》を倒《たお》せ』と誓《ちか》わねばならん」

ジョンはさっきまでの愚《おろ》かさを反省《はんせい》して、りっぱにふるまった。

「だったら断《ことわ》る！」

声《こえ》をはりあげて、フックの目《め》の前《まえ》の樽《たる》をバンとたたいた。

「じゃあ、ぼくも！」マイケルもいった。

「国王《こくおう》ばんざい！」カーリーがかん高《だか》い声《こえ》をあげる。

海賊《かいぞく》たちはかんかんになって、子《こ》どもたちの口《くち》をぴしゃりとなぐった。フックがわめきちらす。

「これできさまらの運命《うんめい》は決《き》まった。こいつらの母親《ははおや》を連《つ》れてこい。板《いた》の準備《じゅんび》をしろ！」

なんだかんだいっても、みんなまだ子《こ》どもだ。ジュークスとチェッコが運命《うんめい》の板《いた》を用意《ようい》するのを見《み》て、真《ま》っ青《さお》になった。だけどウェンディが連《つ》れてこられると、平気《へいき》なフリをしてみせた。

ウェンディは、めちゃくちゃ海賊《かいぞく》を軽蔑《けいべつ》していた。男《おとこ》の子《こ》の目《め》には、海賊《かいぞく》という職業《しょくぎょう》はそれなりにカッコよくうつる。でもウェンディは、海賊船《かいぞくせん》が何年《なんねん》もそうじされてないことだけが気《き》になった。円窓《まるまど》のガラスは汚《よご》れ、したかったらいくらでも指《ゆび》で「汚《きたな》いブタ」と落《らく》書《が》きできる。ウェンディはもう何《なん》か所《しょ》か、書《か》いていた。でもみんなが集《あつ》まってくると、頭《あたま》のなかは子《こ》どもたちのことでいっぱいになった。

「さて、うつくしいお嬢《じょう》さん」フックがいった。

シロップにつかってるみたいに甘《あま》ったるい声《こえ》だ。

「子《こ》どもたちが板《いた》の上《うえ》を歩《ある》くのを見物《けんぶつ》するがいい」

身《み》だしなみにこだわるフックだったけど、いつのまにか、レースの襟《えり》が汚《よご》れていた。そしてふいに、ウェンディがその襟《えり》を見《み》ていることに気《き》づいた。急《いそ》いでかくそうとしたけど、もう間《ま》に合《あ》わない。

「この子《こ》たち、死《し》ぬの？」ウェンディはきいた。

あんまり軽蔑《けいべつ》しきった目《め》で見《み》られて、フックはクラクラしてきた。

「そうだ」

フックはうめくように答《こた》えてから、ニタニタした。

「みんな静《しず》かにしろ。母親《ははおや》が子《こ》どもたちに最後《さいご》のお別《わか》れをいうそうだ」

ウェンディの態度《たいど》は、堂々《どうどう》としたものだった。

「きいて、子《こ》どもたち、これがあたしからのお別《わか》れよ。ほんとうのお母《かあ》さんから、伝言《でんごん》を預《あず》かってるような気《き》がするの。いい？『息子《むすこ》がイギリス紳士《しんし》らしく死《し》ぬことを望《のぞ》みます』」

海賊《かいぞく》まで、感動《かんどう》していた。トゥートルズが興奮《こうふん》して声《こえ》をあげる。

「お母《かあ》さんの望《のぞ》みどおりにするよ。ニブスはどうする？」

「お母《かあ》さんの望《のぞ》みどおりに。ふたごは？」

「お母《かあ》さんの望《のぞ》みどおりに。ジョンは……」

そのとき、やっとフックがまた口《くち》をきけるようになった。

「女《おんな》をしばれ!」

ウェンディをマストにしばりつけたのは、スミーだった。

「なあ、お嬢《じょう》ちゃん」スミーは小声《こごえ》でいった。

「助《たす》けてあげてもいいよ。おれのお母《かあ》さんになるって約束《やくそく》してくれたらね」

いくら相手《あいて》がスミーでも、ウェンディはそんな約束《やくそく》をする気《き》になれない。

「だったら、子《こ》どもがいないほうがいいわ」さげすんでいった。

情《なさ》けないけど、スミーがウェンディをしばりつけるのを男《おとこ》の子《こ》はだれも見《み》ていなかった。みんなの目《め》は、板《いた》に釘《くぎ》づけだ。これから歩《ある》く最後《さいご》の短《みじか》い道《みち》。もう男《おとこ》らしく歩《ある》こうなんて思《おも》えない。考《かんが》える力《ちから》も消《き》えてしまった。じっと見《み》つめて、ぶるぶるふるえるしかない。

フックはニタリと笑《わら》って、ウェンディに一歩《いっぽ》近《ちか》づいた。顔《かお》を子《こ》どもたちのほうへ向《む》けて、順番《じゅんばん》に処刑《しょけい》されるのを見《み》せてやろう。ところが、フックはウェンディの前《まえ》までも行《い》けなかった。ウェンディの口《くち》からしぼりだしてやろうと思《おも》った悲鳴《ひめい》もきけなかった。かわりにきこえてきたのは、べつの音《おと》だ。

あのワニの、おそろしいチクタク音《おん》。

みんな、その音《おと》をきいた。海賊《かいぞく》も、男《おとこ》の子《こ》たちも、ウェンディも。全員《ぜんいん》の顔《かお》がいっせいにひとつの方向《ほうこう》を向《む》いた。音《おと》が近《ちか》づいてくる海《うみ》のほうじゃない。フックのほうだ。みんな、これから起《お》こることに関係《かんけい》してるのはフックだけだと知《し》っていた。気《き》づいたら、芝居《しばい》の登《とう》場人物《じょうじんぶつ》から見物人《けんぶつにん》になっていた。

フックの変《か》わりようは、見《み》るもおそろしかった。すべての関節《かんせつ》が切《き》り離《はな》されたみたいに、フックは倒《たお》れて、小《ちい》さく丸《まる》まった。

音《おと》はだんだん近《ちか》づいてくる。きいているうちに、おそろしい考《かんが》えが浮《う》かんだ。ワニが船《ふね》に乗《の》りこもうとしてる！

鉤爪《かぎづめ》さえ、だらりとたれさがっていた。おそってくる敵《てき》のお目《め》あては自分《じぶん》じゃないと、鉤爪自身《かぎづめじしん》もわかっているみたいだ。こんな恐怖《きょうふ》のなかでひとりぼっちにされて、ふつうなら倒《たお》れたまま目《め》をつむって動《うご》けないだろう。でも、フックの頭脳《ずのう》はまだはたらいていた。その頭《あたま》に導《みちび》かれるまま、フックはデッキをはい、できるかぎり音《おと》から離《はな》れようとした。海《かい》賊《ぞく》たちはうやうやしく道《みち》をあけた。船《ふな》べりまで追《お》いつめられて、やっとフックは口《くち》をひらいた。

「わたしをかくせ！」しゃがれ声《ごえ》で叫《さけ》ぶ。

手下《てした》がフックのまわりを囲《かこ》んだ。船《ふね》に乗《の》りこもうとするものからは、目《め》をそらしたままだ。戦《たたか》うつもりはない。どうにもならない運命《うんめい》だから。

フックの姿《すがた》が見《み》えなくなってはじめて、子《こ》どもたちは好奇心《こうきしん》にかられて動《うご》きだした。みんな、船《ふな》べりにかけていってワニがのぼってくるのを見物《けんぶつ》しようとする。そのときだった。この夜《よる》のなかの夜《よる》に起《お》きた事件《じけん》のなかでも、いちばんびっくりすることが起《お》きた。みんなを助《たす》けようと近《ちか》づいてきたのは、ワニじゃない。ピーターだ！

ピーターは子《こ》どもたちに、はしゃいで声《こえ》をたてるなと合図《あいず》した。そして、チクタクと音《おと》を出《だ》しつづけた。

こんどこそ、フックかぼくか

人生《じんせい》には、妙《みょう》なことが起《お》きても、しばらく起《お》こったことにさえ気《き》づかないときがある。片耳《かたみみ》がきこえなくなって、たとえば三十分《さんじっぷん》くらいたってから突然気《とつぜんき》がつく、みたいに。ピーターもその夜《よ》、そんな経験《けいけん》をしていた。くちびるに指《ゆび》をあて、短剣《たんけん》をかまえながら、こっそり進《すす》んでいるときだった。ワニを見《み》かけたけれど、そのときはいつもと変《か》わったふうには見《み》えなかった。でも少《すこ》しして、そういえばチクタクという音《おと》がしていなかったと思《おも》いだした。最初《さいしょ》はヘンだと思《おも》ったけど、すぐに時計《とけい》が止《と》まったんだと気《き》づいた。

大好《だいす》きだった音《おと》が急《きゅう》に消《き》えてワニはどんな気持《きも》ちだろう、なんて思《おも》いやりもしないで、ピーターはどうやって自分《じぶん》の役《やく》に立《た》てようかと考《かんが》えた。そうだ、チクタク音《おん》をまねよう。そうすれば、猛獣《もうじゅう》たちはぼくをワニだと思《おも》ってすんなり通《とお》してくれるはずだ。ピーターはじょうずに音《おと》をまねたけど、ひとつだけ思《おも》いもよらないことが起《お》きた。チクタク音《おん》をききつけたワニが、あとをついてきた。失《な》くしたものをとりかえしたいのか、とにかくチクタク鳴《な》ってる相手《あいて》と仲《なか》よくしたいのかは、不明《ふめい》だ。いったん思《おも》いこんだらそこから抜《ぬ》けだせないくらい、ワニもおバカさんだったから。

ピーターはラクラク岸《きし》にたどりつき、まっすぐ進《すす》んでいった。水《みず》につかってたけど、脚《あし》は気《き》づいていないみたいにスムーズに動《うご》いてる。こんなふうに陸《りく》から海《うみ》へ入《はい》っていく動物《どうぶつ》はたくさんいるけど、人間《にんげん》ではたぶんピーターしかいない。ピーターが泳《およ》ぎながら考《かんが》えていたのはただひとつ。

「こんどこそ、フックかぼくか」

ずっとチクタクいいつづけているので、すでに無意識《むいしき》にやっている。気《き》づいていたら、とっくにやめていただろう。チクタクいいながら海賊船《かいぞくせん》に乗《の》りこむなんて気《き》のきいた考《かんが》えは、思《おも》い浮《う》かんでなかった。

それどころかピーターは、ネズミみたいに音《おと》もなく船腹《せんぷく》をよじのぼったつもりだった。だから、おびえた海賊《かいぞく》たちに囲《かこ》まれてるフックがワニのチクタク音《おん》をきいたみたいに情《なさ》けないかっこうをしているのを見《み》て、びっくりした。

そうか、ワニか！　ピーターが思《おも》いだしたとたん、チクタクという音《おと》がきこえてきた。一瞬《いっしゅん》、ワニだと思《おも》って、ぱっとうしろを振《ふ》りかえった。いや、ちがう、ぼくが出《だ》してるんだ。「ぼくってなんて頭《あたま》がいいんだろう！」そう思《おも》って、子《こ》どもたちに、はしゃがないように合図《あいず》した。

ちょうどこのとき、舵《かじ》とりのエド・ティントが船員部屋《せんいんべや》から出《で》てデッキを歩《ある》いてきた。ここからは、あっというまだった。ピーターは狙《ねら》いどおり、エドをぐさりと刺《さ》した。ジョンは運《うん》の悪《わる》い海賊《かいぞく》の口《くち》に手《て》をあてて、うめき声《ごえ》がもれないようにした。エドが前《まえ》のめりに倒《たお》れそうになると、四人《よにん》の男《おとこ》の子《こ》がエドのからだを支《ささ》え、どさっという音《おと》がしないようにした。ピーターが合図《あいず》を出《だ》し、死体《したい》は海《うみ》に投《な》げすてられた。水《みず》しぶきがあがり、またしーんとなった。

「ひとーり！」

スライトリーがカウントをはじめた。

ギリギリセーフで、ピーターは忍《しの》び足《あし》で船室《せんしつ》に姿《すがた》を消《け》した。ちょうどそのとき、海賊《かいぞく》たちがぞくぞくと勇気《ゆうき》をふるいおこして、あたりを見《み》まわしはじめたからだ。おたがいの苦《くる》しい息《いき》づかいがきこえる。ってことは、あのおそろしいチクタク音《おん》がやんだってことだ。

「船長《せんちょう》、行《い》っちまいましたぜ」

スミーがいいながら、めがねをふいた。

「また静《しず》かになりましたね」

フックはおそるおそるレース襟《えり》から顔《かお》を出《だ》して、一心《いっしん》に耳《みみ》をすましました。チクタク音《おん》のこだまでも、ききもらさないように。

でも、音《おと》はしていない。フックはすっくと立《た》ちあがって、胸《むね》をはった。

「さあ、板《いた》わたりだ！」

急《きゅう》に何《なに》ごともなかったみたいにいいはなつ。弱《よわ》いところを見《み》られたので、子《こ》どもたちがよけい憎《にく》たらしくなった。そして、いかにも悪党《あくとう》という歌《うた》を歌《うた》いはじめた。

そこのけ、そこのけ、楽《たの》しい板《いた》わたり
さあさあ、どんどん歩《ある》いていけ
板《いた》がかしげば、まっさかさま

デイヴィ・ジョーンズがお待《ま》ちかね！

捕虜《ほりょ》たちをさらにこわがらせようとして、フックは威厳《いげん》をそっちのけにして、板《いた》の上《うえ》を踊《おど》りながら歩《ある》くまねをしたり、しかめっ面《つら》をしたりした。そして歌《うた》いおわると、叫《さけ》んだ。

「板《いた》わたりの前《まえ》に、ムチでなでてやろうか？」

子《こ》どもたちは、ガクッとひざをついた。

「いやだ！　いやだよ！」

すごくあわれっぽく泣《な》き叫《さけ》ぶので、海賊《かいぞく》はみんなニタニタした。

「ムチをもってこい、ジュークス。船室《せんしつ》にある」フックはいった。

マズい！　船室《せんしつ》にはピーターがいる！　子《こ》どもたちは顔《かお》を見合《みあ》わせた。

「がってん承知《しょうち》！」

ジュークスが楽《たの》しそうに返事《へんじ》をして、船室《せんしつ》へのしのし入《はい》っていった。子《こ》どもたちが目《め》であとを追《お》う。フックがまた歌《うた》いはじめ、手下《てした》もいっしょになって合唱《がっしょう》しはじめたけど、子《こ》どもたちはそれどころじゃなかった。

そこのけ、そこのけ、ひっかきねこのお通《とお》りだ
ほらほら、しっぽは九本《きゅうほん》だ
そいつで背中《せなか》をなでられて……

つづきの歌詞《かし》は、だれもきけなかった。このとき船室《せんしつ》からおそろしい悲鳴《ひめい》があがったからだ。その声《こえ》は船《ふね》じゅうにひびきわたり、消《き》えた。そのあと、ニワトリの鳴《な》き声《ごえ》らしきものがつづいた。子《こ》どもたちにとってはおなじみの鳴《な》き声《ごえ》だったけど、海賊《かいぞく》には、さっきの悲鳴《ひめい》よりもっと気味《きみ》が悪《わる》かった。

「なんだ、いまのは？」フックがきいた。

「ふたーり」

スライトリーが、重々《おもおも》しくカウントする。

チェッコが一瞬《いっしゅん》ためらったけど、すぐに気《き》をとりなおして船室《せんしつ》に飛《と》びこんでいった。やがて、げっそりとしてよろよろ出《で》てきた。

「ビル・ジュークスはどうしたんだ？」

チェッコを見《み》おろすようにして、フックはどなりつけた。

「ビルは、死《し》んじまってます。刺《さ》されてます」

チェッコがぼけっとしたまま答《こた》える。

「ビル・ジュークスが死《し》んでる？」

海賊《かいぞく》たちはびっくりしてどよめいた。

「船室《せんしつ》は穴《あな》ぐらみてえに真《ま》っ暗《くら》で」チェッコがうわごとのようにいう。

「でも、なんかおそろしいものがいるんです。さっききこえた、コケコッコーって鳴《な》くやつが」

子《こ》どもたちは大喜《おおよろこ》び、手下《てした》はうなだれ、両方《りょうほう》の顔《かお》がフックの目《め》に入《はい》った。

「チェッコ」フックがひときわ冷《つめ》たい声《こえ》でいった。

「もう一回行《いっかいい》って、そのコケコッコーをつかまえてこい」

チェッコは、勇者《ゆうしゃ》のなかの勇者《ゆうしゃ》のはずなのに、すくみあがって訴《うった》えた。

「ごめんです、かんべんしてください」

フックは、鉤爪《かぎづめ》を見《み》つめてニヤニヤしている。

「行《い》かせてくださいといったんだな、チェッコ？」フックはゆっくりといった。

チェッコはヤケになって両手《りょうて》を振《ふ》りまわしながら船室《せんしつ》に向《む》かった。もう歌《うた》どころじゃない。みんな、耳《みみ》をすましている。すると、ふたたび死《し》の悲鳴《ひめい》があがり、また、ニワトリの鳴《な》き声《ごえ》がつづいた。

口《くち》をひらいたのは、スライトリーだけだ。

「三《さん》にーん」

フックは手下《てした》たちを手招《てまね》きで集《あつ》めると、どなりつけた。

「おまえたち！　あのコケコッコーをひっとらえてくるやつはいないのか？」

「チェッコが出《で》てくるまで待《ま》ちましょう」

スターキーが反論《はんろん》して、ほかの者《もの》もいっせいにそうだそうだと声《こえ》をあげた。

「そうかスターキー、おまえが行《い》ってくるのか」フックはニヤニヤした。

「とんでもねえ！」スターキーが声《こえ》をあげる。

「わたしの鉤爪《かぎづめ》は、おまえが志願《しがん》したと思《おも》っているぞ」

そういって、スターキーに近《ちか》づく。

「鉤爪《かぎづめ》のきげんをとっておいたほうが身《み》のためじゃないかな、スターキー？」

「行《い》くくらいなら首《くび》をつります」

そういいはると、また仲間《なかま》が、そうだそうだといった。

「ほう、反乱《はんらん》というやつか？」

フックはやたらニヤついてたずねる。

「スターキー、おまえが首謀者《しゅぼうしゃ》か！」

「船長《せんちょう》、かんべんしてください！」

スターキーはガタガタふるえながら泣《な》きついた。

「握手《あくしゅ》だ、スターキー」

フックが鉄《てつ》の鉤《かぎ》を差《さ》しだした。

スターキーはきょろきょろと助《たす》けを求《もと》めたけど、みんなに知《し》らんぷりされた。あとずさりすると、フックもこちらに進《すす》んでくる。フックの目《め》のなかに、赤《あか》い火花《ひばな》が見《み》える。もうおしまいだと叫《さけ》びながら、スターキーは大砲《たいほう》に飛《と》びあがると、まっさかさまに海《うみ》へ落《お》ちていった。

「四《よ》にーん」スライトリーがいった。

「さてさて、それでは、みなさん」フックはバカていねいにきいた。

「ほかに反乱《はんらん》の希望者《きぼうしゃ》はいらっしゃいますかな」

ランタンをつかんで、おどすように鉤爪《かぎづめ》を振《ふ》りあげる。

「では、わたしがコケコッコーを連《つ》れてこよう」

そういって、船室《せんしつ》へすたすた入《はい》っていった。

「五《ご》にーん」

スライトリーはいいたくてうずうずしながら待《ま》ってたら、フックがよろよろと出《で》てきた。

ランタンはもってない。

「明《あ》かりを吹《ふ》き消《け》された」フックは少《すこ》し動揺《どうよう》している。

「明《あ》かりを！」マリンズがくりかえした。

「チェッコは？」ヌードラーがきく。

「死《し》んでいる。ジュークスとおなじだ」フックは、あっさり答《こた》えた。

フックが船室《せんしつ》へもどろうとしないので、手下《てした》たちもますます不安《ふあん》になってきた。いやな予感《よかん》がただよう。海賊《かいぞく》というのは、迷信《めいしん》ぶかいものだ。クックソンがいった。

「船《ふね》にひとりよけいに乗《の》ってるのは、呪《のろ》われてる証拠《しょうこ》っていうぞ」

「ああ、きいたことがある」マリンズがつぶやく。

「そいつはいつも最後《さいご》に乗《の》りこんでくるらしい。船長《せんちょう》、そいつにしっぽはありましたか？」

「うわさじゃ、船《ふね》のなかでいちばんの悪党《あくとう》の姿《すがた》を借《か》りて出《で》てくるそうだ」

べつの男《おとこ》が意味《いみ》ありげにフックをじっと見《み》つめながらいった。

「船長《せんちょう》、そいつにも鉤爪《かぎづめ》はありましたか？」クックソンがぶしつけにきいた。

みんな口々《くちぐち》に叫《さけ》ぶ。

「この船《ふね》はたたられてる！」

子《こ》どもたちはうれしくなって思《おも》わず歓声《かんせい》をあげた。

フックは捕虜《ほりょ》のことなど頭《あたま》から消《き》え去《さ》りそうになってたけど、ぱっと振《ふ》りかえり、子《こ》どもたちを見《み》て、目《め》をかがやかせた。

「おまえたち」手下《てした》に向《む》かって声《こえ》をはりあげた。

「わたしにいい考《かんが》えがある。船室《せんしつ》のドアをあけて、この子《こ》らを押《お》しこめ。コケコッコーと死闘《しとう》をさせよう。こいつらがコケコッコーを仕留《しと》めれば、ますますけっこうコケコッコー。殺《ころ》されたところで、こちらにはなんの損《そん》もない」

手下《てした》は、さすがは船長《せんちょう》と感心《かんしん》して、命令《めいれい》どおりにせっせと動《うご》いた。子《こ》どもたちは船室《せんしつ》に押《お》しこまれ、ドアを閉《し》められた。そのあいだずっと、逆《さか》らっているフリをしていた。

「さあ、耳《みみ》をすませ！」

フックが声《こえ》をあげると、みんなじっとききいった。でも、ドアのほうに目《め》を向《む》ける勇気《ゆうき》はない。例外《れいがい》はひとりだけ。ずっとマストにしばられたままでいたウェンディだ。ウェンディは、悲鳴《ひめい》やニワトリの鳴《な》き声《ごえ》をきこうとしていたんじゃない。またピーターがあらわれるのを待《ま》っていた。

たいして待《ま》たなくてもよかった。ピーターは船室《せんしつ》で、探《さが》しものをとっくに見《み》つけていた。子《こ》どもたちの手錠《てじょう》をはずす鍵《かぎ》だ。全員《ぜんいん》、手《て》あたりしだいに武器《ぶき》を身《み》につけて、そっと出《で》てきた。ピーターはまず、子《こ》どもたちにかくれているように合図《あいず》して、ウェンディのロープを切《き》った。あとは全員《ぜんいん》で飛《と》んでいってしまえば楽勝《らくしょう》だ。それなのに、どうしてもできない理由《りゆう》があった。「こんどこそ、フックかぼくか」という誓《ちか》いだ。

ピーターはウェンディにみんなといっしょにかくれているようにささやき、自分《じぶん》はウェンディのマントを着《き》て変装《へんそう》してマストを背《せ》に立《た》った。そして大《おお》きく息《いき》を吸《す》うと、声《こえ》をあげた。

コケコッコー！

海賊《かいぞく》たちには、ガキどもはみんな船室《せんしつ》で殺《ころ》されてるぞ、ときこえた。みんな、あわてふためき、フックにいくらけしかけられても、これまでイヌのように扱《あつか》われてきた恨《うら》みがつのってきた。フックは、いま手下《てした》たちから目《め》を離《はな》したら飛《と》びかかってくるかもしれない、と感《かん》じた。

「諸君《しょくん》」

フックは、いざとなったらなだめすかすか、なぐりつけるかだ、と身《み》がまえた。ほんのちょっとも気《き》を許《ゆる》せない。

「ようやくわかったぞ。この船《ふね》には、不幸《ふこう》をもたらす不信心者《ふしんじんもの》が乗《の》っている」

「ああそうだ、鉤《かぎ》の手《て》をした男《おとこ》だ」手下《てした》がわめく。

「いやいや、ちがう。あの娘《むすめ》だ。海賊船《かいぞくせん》に女《おんな》が乗《の》って、いいことがあったためしはない。

いなくなれば、万事解決《ばんじかいけつ》だ」

手下《てした》のなかには、そういえばむかし、フリント船長《せんちょう》もそんなことをいってたなと思《おも》いだした者《もの》もいた。

「ひとまずやってみるか」疑《うたが》わしそうにいう。

「娘《むすめ》を海《うみ》に放《ほう》りこめ」

フックが命《めい》じると、手下《てした》はマントにくるまった人間《にんげん》に突進《とっしん》した。

「だれも助《たす》けちゃくれねえぜ、お嬢《じょう》ちゃん」マリンズがあざけるようにいう。

「ひとりいる」マントにくるまった人間《にんげん》がいう。

「だれだ？」

「復讐《ふくしゅう》の鬼《おに》、ピーターパンだ！」

とんでもない答《こた》えが返《かえ》ってきた。ピーターがマントをぬぎすてた。その瞬間《しゅんかん》、海賊《かいぞく》たちは船室《せんしつ》で仲間《なかま》をたたきのめしたのがだれだったかを知《し》った。フックは二度《にど》口《くち》をひらいたけど、二度《にど》とも何《なに》もいえなかった。あんまりびっくりして、フックの強《つよ》い心《こころ》もダメージを受《う》けていた。

フックは、やっと叫《さけ》んだ。

「ずたずたに切《き》り裂《さ》いてしまえ！」

自信《じしん》がなさそうな声《こえ》だ。

「さあ、みんな、かかれーっ！」

ピーターの声《こえ》がひびきわたる。

つぎの瞬間《しゅんかん》、武器《ぶき》のかちあう音《おと》が船《ふね》じゅうに鳴《な》りひびいた。海賊《かいぞく》が一致団結《いっちだんけつ》していたら、まちがいなく勝《か》っていただろう。でも、気《き》をとりなおしていないうちに戦《たたか》いははじまった。それぞれ、自分《じぶん》だけは最後《さいご》まで生《い》き残《のこ》ろうとして、あっちへ走《はし》りこっちへ走《はし》りして、ぶんぶん武器《ぶき》を振《ふ》りまわした。一対一《いったいいち》なら海賊《かいぞく》のほうが強《つよ》いけど、すっかり守《まも》りに入《はい》っているので、子《こ》どもたちはふたりひと組《くみ》で相手《あいて》を選《えら》べた。海《うみ》に飛《と》びこむ者《もの》もいたし、暗《くら》い奥《おく》まったところにかくれてスライトリーに見《み》つかる者《もの》もいた。スライトリーは戦《たたか》わずに、ランタンをもって海賊《かいぞく》の顔《かお》に光《ひかり》を浴《あ》びせてまわった。光《ひかり》に目《め》がくらんだ海賊《かいぞく》たちは、あっさり子《こ》どもたちの剣《けん》のえじきになった。きこえるのは、武器《ぶき》がかちあう音《おと》と、ときどき起《お》こる悲鳴《ひめい》と水《みず》しぶきの音《おと》と、スライトリーが単調《たんちょう》に数《かず》をかぞえる声《こえ》ぐらいだった。五人《ごにん》、六人《ろくにん》、七人《しちにん》、八人《はちにん》、九人《くにん》、十人《じゅうにん》、十一人《じゅういちにん》……。

暴《あば》れまわる男《おとこ》の子《こ》たちがフックをとりかこんだころには、手下《てした》はひとりもいなくなっていた。フックは不死身《ふじみ》のように、火《ひ》の輪《わ》みたいに剣《けん》を振《ふ》りまわし、だれも寄《よ》せつけなかった。フックだけは、男《おとこ》の子《こ》たち全員《ぜんいん》でかかってもかないそうにない。何度《なんど》せまっても、剣《けん》で追《お》いはらわれた。フックが鉤爪《かぎづめ》で男《おとこ》の子《こ》のひとりをつるして盾《たて》がわりにしているとき、マリンズを剣《けん》で突《つ》き刺《さ》したばかりの子《こ》が、目《め》の前《まえ》に飛《と》びこんできた。

「みんな、剣《けん》をおさめろ。こいつはぼくの相手《あいて》だ」その子《こ》が叫《さけ》ぶ。

気《き》づいたらフックは、ピーターと向《む》かいあっていた。子《こ》どもたちはうしろにさがって、遠巻《とおま》きにしている。

長《なが》いこと、ふたりはにらみあっていた。フックはかすかにふるえ、ピーターはふふんと笑《わら》っている。

「ピーター、おまえだったのか」フックがやっと口《くち》をひらいた。

「ぜんぶおまえのしわざか」

「そうとも、ジェームズ・フック」きっぱりとした返事《へんじ》が返《かえ》ってくる。

「ぜんぶぼくだ」

「うぬぼれた生意気《なまいき》なやつめ。死《し》ぬ覚悟《かくご》はいいか」

「腹黒《はらぐろ》い悪党《あくとう》め。かかってこい」ピーターもいいかえす。

すぐに、無言《むごん》の戦《たたか》いがはじまった。しばらくは互角《ごかく》の勝負《しょうぶ》だった。ピーターはすばらしい剣《けん》の使《つか》い手《て》で、目《め》がくらむほどのすばやさで攻撃《こうげき》をかわす。ときどきフェイントをかけては、すきをついて剣《けん》を出《だ》す。ただ、腕《うで》が短《みじか》いせいで相手《あいて》まで届《とど》かない。フックは剣《けん》さばきではピーターにひけをとらないけど、手首《てくび》の動《うご》きがかたい。力《ちから》まかせの攻撃《こうげき》で追《お》いつめ、得意《とくい》の突《つ》きでいっきに片《かた》づけようとする。むかしリオで、ジョン・シルバーから教《おそ》わった方法《ほうほう》だ。だけどおどろいたことに、その突《つ》きが何度《なんど》もかわされた。そこでフックはピーターに近《ちか》づき、これまで空中《くうちゅう》を引《ひ》っかいていただけの鉤爪《かぎづめ》でとどめを刺《さ》そうとした。するとピーターは、その下《した》をかいくぐり、いっきに突《つ》っこんで、わき腹《ばら》を刺《さ》した。フックは、自分《じぶん》の変《か》わった色《いろ》の血《ち》をぞっとするほどきらっているから、思《おも》わず剣《けん》を落《お》とした。もう、ピーターのなすがままだ。

「いまだ！」子《こ》どもたちがいっせいに叫《さけ》んだ。

ところがピーターは、堂々《どうどう》とした態度《たいど》で相手《あいて》が剣《けん》を拾《ひろ》うのを待《ま》った。フックは剣《けん》をとったものの、ピーターの礼儀正《れいぎただ》しさを目《ま》の当《あ》たりにして、いたたまれなくなった。

それまでフックは、悪魔《あくま》と戦《たたか》っているつもりだった。それが、もっと暗《くら》い疑《うたが》いにおそわれた。

「ピーターパン、きさまはどこのどいつだ」しゃがれ声《ごえ》できく。

「ぼくは若《わか》さだ。喜《よろこ》びだ」

ピーターは、思《おも》いつきで答《こた》える。

「卵《たまご》を割《わ》って生《う》まれたひな鳥《どり》だ」

もちろん、口《くち》からでまかせだ。だけどフックには、礼儀《れいぎ》を身《み》につけている何《なに》よりの証拠《しょうこ》に思《おも》えた。ピーターは自分《じぶん》が何者《なにもの》か、まったく自覚《じかく》がないまま自然《しぜん》にふるまっている。それこそ礼儀正《れいぎただ》しさの証拠《しょうこ》だ。

「さあ、もう一度《いちど》」フックはヤケになった。

こんどは、やたらめったら剣《けん》を振《ふ》りまわして戦《たたか》う。どんな大人《おとな》も子《こ》どもも、あたったとたんにまっぷたつにされそうだ。でもピーターは、その剣《けん》が起《お》こす風《かぜ》に吹《ふ》かれるように、ひらりひらりと身《み》をかわした。そして何度《なんど》もすきを見《み》て突《つ》っこんで、ぐっと刺《さ》した。フックは、勝《か》てる気《き》がしなくなってきた。もう生《い》きながらえたいという気力《きりょく》もない。でも、ひとつだけ願《ねが》いがあった。一度《いちど》でいいから、ピーターが礼儀《れいぎ》に欠《か》けるところを見《み》たい。

フックは勝負《しょうぶ》を捨《す》てて、火薬庫《かやくこ》へかけこみ、火《ひ》をつけた。

「あと二分《にふん》で、この船《ふね》はこっぱみじんだ」

これであわてふためけば、ピーターも本性《ほんしょう》をさらけだすぞ。

ところが、ピーターは火薬庫《かやくこ》に入《はい》って砲弾《ほうだん》をかかえて出《で》てくると、落《お》ち着《つ》いて海《うみ》へ投《な》げすてた。

フックは道《みち》を踏《ふ》みはずしたけど、最後《さいご》は、イギリス人《じん》としての伝統《でんとう》を守《まも》った。ほかの男《おとこ》の子《こ》たちがバカにするようにまわりを飛《と》んでいるなか、フックはデッキをよろめきながら、力《ちから》なく攻撃《こうげき》を返《かえ》した。目《め》の前《まえ》に、むかしの自分《じぶん》の姿《すがた》が浮《う》かんでいた。学校《がっこう》の運動場《うんどうじょう》をうつむきかげんで歩《ある》いたり、校長先生《こうちょうせんせい》からほめられたり、名門校《めいもんこう》のフットボールの試合《しあい》を見物《けんぶつ》したりしている。靴《くつ》も、ベストも、ネクタイも、靴下《くつした》も、ぜんぶきちんとしている。

ジェームズ・フック。なかなか英雄《えいゆう》らしいところのある海賊《かいぞく》だった。

いよいよ、別《わか》れのときだ。

ピーターが剣《けん》をかまえてゆっくり飛《と》びながら近《ちか》づいてくる。それを見《み》て、フックは海《うみ》に身《み》を投《な》げようと船《ふな》べりに飛《と》びあがった。ワニが待《ま》っているとも知《し》らずに。なにしろ、時計《とけい》は止《と》まっていたから。

フックは最後《さいご》にひとつ、フックの名誉《めいよ》は、わずかだけど守《まも》られた。

フックは最後にひとつ、勝利の満足感を味わった。船べりに立ち、飛んでくるピーターのほうを振《ふ》りかえると、足《あし》を使《つか》えと身《み》ぶりで伝《つた》えた。ピーターは剣《けん》で突《つ》かずに、フックを蹴《け》った。

フックの願《ねが》いがかなった。

「礼儀知《れいぎし》らずめ」

フックはあざけって、満足《まんぞく》そうにワニの口《くち》のなかに落《お》ちていった。

こうして、ジェームズ・フックは死《し》んだ。

「十七《じゅうしち》にーん」

スライトリーが大声《おおごえ》をあげた。正確《せいかく》な数字《すうじ》ではなかったけど。

十五人《じゅうごにん》はその夜《よる》、犯《おか》した罪《つみ》の報《むく》いを受《う》けたけど、ふたりは泳《およ》いで岸《きし》にたどりついた。スターキーはピカニニ族《ぞく》につかまって、赤《あか》ん坊《ぼう》のお守《も》りをさせられた。海賊《かいぞく》にとってはみじめな落《お》ちぶれようだ。スミーはめがねをかけて世界《せかい》をさまよい、おれはジェームズ・フックがおそれたただひとりの男《おとこ》だといいふらしながら、その日暮《ひぐ》らしをつづけた。

ウェンディは、もちろん、戦《たたか》いに加《くわ》わらずに、目《め》をかがやかせながらピーターを見守《みまも》っていた。戦《たたか》いのあと、ふたたびウェンディはみんなの中心《ちゅうしん》になった。全員《ぜんいん》を平等《びょうどう》にほめ、マイケルに海賊《かいぞく》をひとり殺《ころ》した場所《ばしょ》を見《み》せてもらうと、誇《ほこ》らしくてたまらなくなった。そのあと子《こ》どもたちを船長室《せんちょうしつ》へ連《つ》れていき、かけ時計《どけい》を指《ゆび》さした。一時半《いちじはん》だ！

夜《よ》ふかしは大問題《だいもんだい》だ。ウェンディはあわてて、海賊《かいぞく》のベッドに子《こ》どもたちを寝《ね》かしつけた。ピーターだけは、得意《とくい》になってデッキを行《い》ったり来《き》たりしていたけど、そのうち大砲《たいほう》のそばで眠《ねむ》りこんでしまった。

ピーターはその夜《よ》、夢《ゆめ》を見《み》た。眠《ねむ》りながら泣《な》いているピーターを、ウェンディはぎゅっと抱《だ》きしめてあげた。

家《いえ》に帰《かえ》る

つぎの朝早《あさはや》くには、子《こ》どもたちははたらきはじめていた。大波《おおなみ》で船《ふね》が揺《ゆ》れていたからだ。甲板長《かんぱんちょう》になったトゥートルズが、なまけている子《こ》がいないか目《め》を光《ひか》らせている。全員《ぜんいん》ひざ丈《たけ》の海賊服《かいぞくふく》を着《き》て、顔《かお》をきれいに洗《あら》い、船《ふね》の揺《ゆ》れに合《あ》わせて肩《かた》を揺《ゆ》すって歩《ある》き、ゆるゆるのズボンを引《ひ》っぱりあげながらせかせかと作業《さぎょう》をしている。

船長《せんちょう》はもちろんピーターだ。一等航海士《いっとうこうかいし》はニブス、二等航海士《にとうこうかいし》はジョン。女性《じょせい》がひとりで、あとは平《ひら》の船乗《ふなの》りで、船首《せんしゅ》のほうにある部屋《へや》で寝起《ねお》きしている。舵《かじ》をとるピーターは、笛《ふえ》で全員《ぜんいん》に招集《しょうしゅう》をかけると、手短《てみじか》に警告《けいこく》した。船乗《ふなの》りらしくりっぱにつとめをはたしてほしい、はむかったら八《や》つ裂《ざ》きにしてくれる、と。ぶっきらぼうで荒々《あらあら》しい船乗《ふなの》りっぽい言《こと》葉《ば》に、みんなはほれぼれした。つづいていくつか厳《きび》しい命令《めいれい》が出《だ》されてから、船《ふね》は向《む》きを変《か》え、イギリスへと出発《しゅっぱつ》した。

ピーター船長《せんちょう》は、海図《かいず》を調《しら》べて計算《けいさん》した。この天候《てんこう》がつづけば、六月二十一日《ろくがつにじゅういちにち》ごろポルトガル沖《おき》のアゾレス諸島《しょとう》に着《つ》く。そこからは時間短縮《じかんたんしゅく》のために空《そら》を飛《と》んでいこう。

まともな船《ふね》にしたいと思《おも》う子《こ》もいれば、海賊船《かいぞくせん》のままがいいと思《おも》う子《こ》もいた。でも、船長《せんちょう》にこき使《つか》われて、希望《きぼう》がいいだせなかった。発案者《はっあんしゃ》がわからないように円形《えんけい》にサインする嘆願書《たんがんしょ》も出《だ》せなかった。命令《めいれい》を即実行《そくじっこう》するしかない。スライトリーなんか、水深《すいしん》をはかれと命《めい》じられて困《こま》った顔《かお》をしただけで、ひどくしかられた。いまのところピーターは、ウェンディにあやしまれないようにまじめぶってるけど、そんなフリをしていられるのもあたらしい服《ふく》ができるまでだろう、とみんな考《かんが》えていた。フックの気色悪《きしょくわる》い服《ふく》を、ウェンディがピーター用《よう》にしぶしぶ仕立《した》てなおしているところだから。はじめてその服《ふく》を着《き》た夜《よる》、ピーターは長《なが》いこと船室《せんしつ》にすわって、フックのパイプを口《くち》にくわえていたらしい。人《ひと》さし指《ゆび》を鉄《てつ》の鉤《かぎ》のように曲《ま》げ、片手《かたて》をおどすように高《たか》くかかげていたそうだ。

ずっと前《まえ》にウェンディたちが飛《と》びだしてきたあの家《いえ》は、子《こ》どもたちからすっかりほったらかしにされていたけど、ウェンディのお母《かあ》さんは三人《さんにん》を責《せ》めるつもりはなかった。たとえ同情《どうじょう》の目《め》を向《む》けられることがあっても、「わたしのことなんか、どうでもいいの。あの子《こ》たちの幸《しあわ》せがいちばんです」とでもいいそうだ。お母《かあ》さんというのは、だから、子《こ》どもにつけこまれる。

そしていま、あの子《こ》ども部屋《べや》の住人《じゅうにん》たちは、家路《いえじ》についている。ウェンディとジョンとマイケルは、船《ふね》の上《うえ》であれこれサプライズ計画《けいかく》を立《た》てながら、想像《そうぞう》をめぐらせていた。お母《かあ》さんは大《おお》はしゃぎして、お父《とう》さんは「ばんざい」と叫《さけ》ぶんじゃないか。ナナはかけてきて抱《だ》きつくだろうな。

子《こ》ども部屋《べや》でひとつだけ変《か》わったのは、朝九時《あさくじ》から夕方六時《ゆうがたろくじ》のあいだ、犬小屋《いぬごや》が置《お》かれていないことだ。子《こ》どもたちが飛《と》んでいったとき、お父《とう》さんはつくづく思《おも》った。ぜんぶ自分《じぶん》のせいだ、ナナを鎖《くさり》につないでおくべきじゃなかった。すべての点《てん》においてナナのほうがかしこかった、と。お父《とう》さんはめちゃくちゃ単純《たんじゅん》で、ハゲてさえいなかったら子《こ》どもみたいなものだ。でも、りっぱな正義感《せいぎかん》と勇気《ゆうき》をもっていて、正《ただ》しいと思《おも》ったことは最後《さいご》までやりとげる。だから、子《こ》どもたちが飛《と》んでいったあと、とことん考《かんが》えた末《すえ》、犬小屋《いぬごや》にもぞもぞともぐりこんでしまった。出《で》てきて、とお母《かあ》さんがいくらやさしくお願《ねが》いしても、悲《かな》しそうに、でもきっぱり断《ことわ》る。

「いいや、わたしにはここがお似合《にあ》いだ」

自分《じぶん》を責《せ》めるあまりにお父《とう》さんは、子《こ》どもたちがもどってくるまで犬小屋《いぬごや》を出《で》ないと誓《ちか》った。なんでも度《ど》がすぎるまでやらないと気《き》がすまない。でないと、あっさりあきらめてしまう。あんなにいばっていたお父《とう》さんが、だれより謙虚《けんきょ》だった。夕方《ゆうがた》になると犬小屋《いぬごや》のなかにすわって、子《こ》どもたちがどんなにかわいかったか、お母《かあ》さんと話《はな》した。

ナナに対《たい》する扱《あつか》いも、いじらしいほどていねいになった。犬小屋《いぬごや》には入《い》れさせなかったけど、それ以外《いがい》はぜんぶナナの望《のぞ》みどおりにした。

毎朝《まいあさ》、お父《とう》さんは犬小屋《いぬごや》ごと馬車《ばしゃ》に乗《の》せられ、会社《かいしゃ》へ運《はこ》ばれる。そして夕方六時《ゆうがたろくじ》になるとおなじようにして家《いえ》へ帰《かえ》ってくる。以前《いぜん》はあんなにご近所《きんじょ》の評判《ひょうばん》を気《き》にしてたのに、すっかりハートが強《つよ》くなったらしい。そのうち、お父《とう》さんは世間《せけん》の注目《ちゅうもく》の的《まと》になった。心《こころ》のなかではとても苦《くる》しんでいたはずだけど、この小《ちい》さな家《いえ》をからかわれても平気《へいき》な顔《かお》をしていたし、なかをのぞかれると礼儀正《れいぎただ》しく帽子《ぼうし》をとってあいさつした。

まるでドン・キホーテみたいに理想《りそう》を追《お》い求《もと》めすぎているようにも見《み》えるけど、それでもりっぱだ。お父《とう》さんがこんなまねをしている理由《りゆう》が世間《せけん》に知《し》れわたると、人々《ひとびと》は感動《かんどう》の渦《うず》につつまれた。馬車《ばしゃ》のあとを追《お》い、がんばれと励《はげ》ます人《ひと》もいる。きれいな女《おんな》の子《こ》が馬車《ばしゃ》に群《むら》がってサインを求《もと》める。一流《いちりゅう》の新聞《しんぶん》にインタビュー記事《きじ》がのる。社交界《しゃこうかい》からディナーパーティに招待《しょうたい》される。招待状《しょうたいじょう》には「犬小屋《いぬごや》のままお越《こ》しください」と書《か》きそえてあった。

　そしてとうとう、木曜日《もくようび》になった。お母《かあ》さんは夕方《ゆうがた》、子《こ》ども部屋《べや》でお父《とう》さんの帰《かえ》りを待《ま》っていた。悲《かな》しい目《め》をしている。あんなに陽気《ようき》だったのに、見《み》る影《かげ》もない。子《こ》どもたちを失《うしな》ったお母《かあ》さんにイジワルなことをいえる人《ひと》などいないだろう。しょうもない子《こ》どもたちをどんなに甘《あま》やかしても、しかたない。いすにすわっていたお母《かあ》さんは、うたた寝《ね》をはじめた。口《くち》もとがゆるんで、胸《むね》が痛《いた》むみたいにさすっている。耳《みみ》もとで、いたずらっ子《こ》たちが帰《かえ》ってきますよとささやいたら、どんなに喜《よろこ》ぶだろう。実際《じっさい》、子《こ》どもたちは力強《ちからづよ》く飛《と》びつづけて、窓《まど》から三《さん》キロほど先《さき》にいる。

　するとお母《かあ》さんがはっと目《め》を覚《さ》まし、子《こ》どもたちの名前《なまえ》を呼《よ》びはじめた。部屋《へや》にはナナしかいないのに。

「ああ、ナナ。夢《ゆめ》を見《み》たの。かわいい子《こ》どもたちが帰《かえ》ってきた夢《ゆめ》よ」

ナナはうるっとしたけど、お母《かあ》さんのひざの上《うえ》にそっと前脚《まえあし》をかけるくらいしかできなかった。そこへ、犬小屋《いぬごや》がもどってきた。お父《とう》さんが顔《かお》を出《だ》してお母《かあ》さんにキスをしようとする。お父《とう》さんの顔《かお》は前《まえ》よりやつれてたけど、おだやかな感《かん》じもする。

お父《とう》さんが帽子《ぼうし》をわたすと、ライザはバカにしたような顔《かお》で受《う》けとった。想像力《そうぞうりょく》に欠《か》けるライザには、お父《とう》さんが犬小屋生活《いぬごやせいかつ》をつづける理由《りゆう》が理解《りかい》できなかった。外《そと》では、馬車《ばしゃ》についてきた人《ひと》たちがまだ歓声《かんせい》をあげていた。お父《とう》さんは感動《かんどう》している。

「あの声援《せいえん》がきこえるかい？　ありがたいことだ」お父《とう》さんがいう。

「小《ちい》さな男《おとこ》の子《こ》ばかりですね」ライザがせせら笑《わら》った。

「きょうは大人《おとな》も交《ま》じっている」

お父《とう》さんは顔《かお》を赤《あか》くしながらも、きっぱりいった。ライザがふんっという顔《かお》をしても、文句《もんく》ひとつついわなかった。お父《とう》さんはどんなに人気者《にんきもの》になっても、思《おも》いあがらず、むしろやさしくなった。しばらく犬小屋《いぬごや》から半分《はんぶん》からだを出《だ》して、世間《せけん》からどんなに注目《ちゅうもく》されているか、お母《かあ》さんと話《はな》した。人気者《にんきもの》になったからって調子《ちょうし》にのらないでくださいね、というお母《かあ》さんの手《て》を、お父《とう》さんは安心《あんしん》させるようににぎりしめた。

「だが、弱気《よわき》になってきたら、自分《じぶん》をコントロールできる自信がない！」

「だって、あなた」お母《かあ》さんがおずおずきいた。

「いまでも後悔《こうかい》でいっぱいなんでしょう？」

「当《あ》たり前《まえ》じゃないか！　わたしの受《う》けた罰《ばつ》を考《かんが》えてみなさい。犬小屋《いぬごや》に住《す》んでいるんだ」

「それって罰《ばつ》なの？　まさか楽《たの》しんでないわよね？」

「なんだと！」

お母《かあ》さんはもちろん、お父《とう》さんにあやまった。それからお父《とう》さんは眠《ねむ》くなって、犬小屋《いぬごや》のなかで丸《まる》くなった。

「遊《あそ》び部屋《べや》のピアノを弾《ひ》いて、気持《きも》ちよく眠《ねむ》らせてくれないか」

お父《とう》さんはたのんだ。お母《かあ》さんがピアノの前《まえ》へ行《い》こうとしたとき、お父《とう》さんは考《かんが》えなしにつけくわえた。

「あと、窓《まど》を閉《し》めてくれ。風《かぜ》が冷《つめ》たくてね」

「まあ、なんてことというの。それだけはムリよ。窓《まど》はあの子《こ》たちのためにあけておかなくちゃ。どんなときでもよ」

　こんどはお父《とう》さんがあやまる番《ばん》だった。お母《かあ》さんが遊《あそ》び部屋《べや》に行《い》ってピアノを弾《ひ》くと、お父《とう》さんはすぐに眠《ねむ》ってしまった。そしてお父《とう》さんが眠《ねむ》っているあいだに、子《こ》どもたちが部屋《へや》へ飛《と》びこんできた。


……と思《おも》ったら、じつは飛《と》びこんできたのは、ピーターとティンカーベルだった。

そういう順番《じゅんばん》になったのには、理由《りゆう》があった。

「急《いそ》げ、ティンク」ピーターがささやく。

「窓《まど》を閉《し》めて、かんぬきをかけるんだ！　うん、それでよし。さあ、ぼくたちは玄関《げんかん》のドアから出《で》ていくぞ。これでウェンディは、お母《かあ》さんに閉《し》めだされたと思《おも》うはずだ。そしたら、ぼくのところへ帰《かえ》ってくるしかなくなる」

　こういうわけだった。ピーターが海賊《かいぞく》をやっつけたあと島《しま》へもどらなかったのも、子《こ》どもたちを家《いえ》に帰《かえ》すのにティンクひとりを案内役《あんないやく》にしなかったのも、ピーターの頭《あたま》のなかに悪《わる》だくみがあったからだった。

ピーターはうしろめたいどころか、うれしくてはしゃいだ。それから、だれがピアノを弾《ひ》いているのか確《たし》かめて、ティンクにささやいた。

「ウェンディのお母《かあ》さんだ！　きれいな人《ひと》だなあ。まあ、ぼくのお母《かあ》さんほどじゃないけど。口《くち》に指《ゆび》ぬきがついてるけど、ぼくのお母《かあ》さんほどたくさんじゃない」

もちろんピーターは、自分《じぶん》のお母《かあ》さんのことをなんにも知《し》らない。でも、ときどき自慢《じまん》する。

お母《かあ》さんが弾《ひ》いている曲《きょく》は『ホーム、スイートホーム』だけど、ピーターは知《し》らなかった。ただ、「帰《かえ》ってきて、ウェンディ」といっているのはわかった。ピーターは勝《か》ちほこって叫《さけ》んだ。

「ウェンディにはもう会《あ》えないよ。だって、窓《まど》が閉《し》まっているから！」

いつのまにか、音楽《おんがく》がやんでいた。ピーターはまた、のぞきこんだ。そして目《め》にしたのは、お母《かあ》さんがピアノに頭《あたま》をのせた姿《すがた》と、両方《りょうほう》の目《め》に浮《う》かんでいる二粒《ふたつぶ》の涙《なみだ》だった。

「窓《まど》をあけてほしいのか。でも、あけないぞ。あけてやるものか！」

ピーターがもう一度《いちど》のぞくと、まだ涙《なみだ》がたまってる。もしかすると、またあふれでてきたものかもしれない。

「ウェンディのことが大好《だいす》きなんだな」ぽつんといった。

だんだん腹《はら》が立《た》ってくる。だって、ウェンディが帰《かえ》ってこない理由《りゆう》をぜんぜんわかってないじゃないか。

理由《りゆう》はかんたん。

「ぼくもウェンディが大好《だいす》きなんだ。どちらかひとりしか、ウェンディといっしょにいられないんだよ」

だけど、お母《かあ》さんはあきらめようとしない。ピーターの心《こころ》は沈《しず》んだ。お母《かあ》さんを見《み》ないようにしても、その姿《すがた》が心《こころ》から離《はな》れない。ピーターはスキップしたり、ヘン顔《がお》をしたりした。やめたとたん、お母《かあ》さんが心《こころ》のなかに入《はい》ってきてノックしている気《き》がした。

「いいよ、わかったよ」とうとうピーターはいった。

涙《なみだ》をぐっとこらえて、窓《まど》のかんぬきをはずした。

「行《い》こう、ティンク。バカなお母《かあ》さんなんていらない」

ピーターは、飛《と》んでいった。

そういうわけで、ウェンディとジョンとマイケルがもどってきたとき、窓《まど》はあいていた。勝手《かって》に家出《いえで》をして歓迎《かんげい》してもらう資格《しかく》なんかないけど、ちっとも悪《わる》びれずに三人《さんにん》は床《ゆか》におりたった。末《すえ》っ子《こ》のマイケルは、自分《じぶん》の家《いえ》をもう忘《わす》れていた。

「ジョン、ぼく、前《まえ》にもここにいた気《き》がする」不思議《ふしぎ》そうにきょろきょろしている。

「当《あ》たり前《まえ》だろ。バカだなあ。それ、おまえが寝《ね》てたベッドだよ」

「ああ、そうだった」

そういったものの、マイケルはあまり自信《じしん》がなさそうだ。

「あっ、犬小屋《いぬごや》だ！」

ジョンはかけていって、なかをのぞきこもうとした。

「ナナがいるんでしょ」ウェンディがいう。

ジョンは、なかを見《み》てひゅうと口笛《くちぶえ》をふいた。

「あれ？　男《おとこ》の人《ひと》がいる」

「パパ！」ウェンディが叫《さけ》んだ。

「パパなの？　ねえ、見《み》せて。ぼくにも見《み》せて」

マイケルがせがんで、なかをじっくり見《み》た。

「ぼくが殺《ころ》した海賊《かいぞく》ほどおっきくないね」

あからさまにガッカリしている。お父《とう》さんが眠《ねむ》ってたからよかったようなものの、これが自分《じぶん》と再会《さいかい》した息子《むすこ》の第一声《だいいっせい》だと知《し》ったら悲《かな》しんだだろう。

お父《とう》さんが犬小屋《いぬごや》にいるのを、ウェンディとジョンは不思議《ふしぎ》に思《おも》った。

「たしか前《まえ》は犬小屋《いぬごや》で寝《ね》てなかったよね」

ジョンは自分《じぶん》の記憶《きおく》に自信《じしん》がもてない。

「ジョン」ためらいがちにウェンディがいう。

「あたしたち、自分《じぶん》で思《おも》ってるより、前《まえ》の生活《せいかつ》を覚《おぼ》えてないのかも」

三人《さんにん》とも、背《せ》すじがぞっとした。

「ママもダメだなあ。ぼくたちが帰《かえ》ってきたのにいないなんて」

ジョンが憎《にく》たらしくいう。

ちょうどそのとき、お母《かあ》さんがまたピアノを弾《ひ》きはじめた。

「ママだわ！」

ウェンディが遊《あそ》び部屋《べや》をのぞいた。

「ほんとだ！」ジョンがいう。

「じゃあ、ウェンディはぼくたちのお母《かあ》さんじゃないの？」

マイケルは眠《ねむ》くなってきたらしい。

「やだ、何《なに》いってるの！」

ウェンディは声《こえ》をあげて、はじめて心《こころ》から反省《はんせい》した。

「もっと早《はや》く帰《かえ》るべきだったわ」

「そっと入《はい》ってみようよ。ママにうしろから目《め》かくしをしてやるんだ」

ジョンが提案《ていあん》する。

ウェンディは、もっといい案《あん》を考《かんが》えついた。こんなにうれしい知《し》らせは、それとなく知《し》らせなくちゃ。

「みんなでベッドにもぐるのよ。で、ママが入《はい》ってきてもじっとしてるの。まるで、ずっとそこにいたみたいに」

だから、お父《とう》さんが眠《ねむ》ったか確《たし》かめようと、お母《かあ》さんが子《こ》ども部屋《べや》にもどってきたとき、ベッドは三《みっ》つともふさがっていた。子《こ》どもたちはお母《かあ》さんが歓声《かんせい》をあげるのを待《ま》ってたけど、何《なに》もきこえてこない。お母《かあ》さんは、自分《じぶん》の目《め》が信《しん》じられなかった。子《こ》どもたちがベッドで寝《ね》ている夢《ゆめ》は何度《なんど》も見《み》ていたので、まただとしか思《おも》っていなかった。

お母《かあ》さんは、暖炉《だんろ》のそばのいすに腰《こし》かけた。

どういうこと？　子《こ》どもたちは不安《ふあん》になって、背《せ》すじがぞくっとした。

「ママ！」ウェンディが大声《おおごえ》で呼《よ》びかけた。

「ウェンディ！」

そういったものの、お母《かあ》さんはまだ夢《ゆめ》だと思《おも》っている。

「ママ！」

「ジョンね」

「ママ！」

マイケルは、やっとお母《かあ》さんを思《おも》いだしたらしい。

「マイケルね」

お母《かあ》さんはわがまま娘《むすめ》と息子《むすこ》に向《む》かって手《て》をのばした。二度《にど》とこの子《こ》たちを抱《だ》きしめられないと思《おも》っていた。その子《こ》たちがいま、自分《じぶん》の腕《うで》のなかにいる。ベッドから抜《ぬ》けだしてかけよってきたウェンディとジョンとマイケルの三人《さんにん》を、お母《かあ》さんの腕《うで》はしっかりとつつみこんだ。

「お父《とう》さん、お父《とう》さん！」

やっと口《くち》がきけるようになると、お母《かあ》さんは呼《よ》んだ。

お父《とう》さんは目《め》を覚《さ》まして、お母《かあ》さんと喜《よろこ》びあった。ナナもかけてきた。こんなに幸《しあわ》せいっぱいの光景《こうけい》は、そうそうない。見《み》ていたのは、窓《まど》からじっとのぞいている男《おとこ》の子《こ》だけだった。その子《こ》は、ほかの子《こ》たちがぜったい知《し》らない喜《よろこ》びをかぞえきれないほど知《し》っている。だけど、いま窓《まど》ごしに見《み》つめているひとつの喜《よろこ》びからは、永遠《えいえん》に閉《し》めだされていた。

ウェンディが大人《おとな》になったとき

ウェンディたちのあとから飛《と》んできたほかの男《おとこ》の子《こ》たちは、ウェンディが自分《じぶん》たちのことをお母《かあ》さんとお父《とう》さんに説明《せつめい》しているあいだ、下《した》で待《ま》っていた。そして、五百《ごひゃく》までかぞえて、階段《かいだん》をのぼっていった。飛《と》んでいくより印象《いんしょう》がよさそうだからだ。そしてお母《かあ》さんの前《まえ》に一列《いちれつ》に並《なら》ぶと、帽子《ぼうし》をとった。海賊服《かいぞくふく》なんか着《き》てくるんじゃなかったな、と思《おも》った。何《なに》もいわなかったけれど、目《め》でぼくたちをここの家《いえ》の子《こ》どもにしてくださいと訴《うった》えた。お父《とう》さんのほうも見《み》るべきだったけど、すっかり忘《わす》れていた。

お母《かあ》さんはすぐに、みんなうちの子《こ》にしましょう、といった。でも、お父《とう》さんはやけに元気《げんき》がない。六人《ろくにん》じゃ多《おお》すぎるのかな、と男《おとこ》の子《こ》たちは心配《しんぱい》になった。

「まったくおまえって子《こ》は、なんでも二倍《にばい》にしてしまうんだから」

お父《とう》さんがウェンディにケチくさいことをいった。ふたごは、自分《じぶん》たちのことだと思《おも》った。

ふたごの兄《あに》はプライドが高《たか》いので、顔《かお》を赤《あか》くしながらきいた。

「手《て》にあまるってことですか。だったら、ぼくたち、帰《かえ》ってもいいんです」

「パパったら！」

ウェンディはショックだった。お父《とう》さんの顔《かお》はくもったままだ。自分《じぶん》でも恥《は》ずかしい態《たい》度《ど》をとっているのはわかっていたけど、どうしようもなかった。

「ぼくたち、からだを折《お》り曲《ま》げて寝《ね》られます」ニブスがいった。

「わたしがいつもみんなの髪《かみ》を切《き》ってあげてるのよ」ウェンディがいった。

「あなた！」

お母《かあ》さんは、愛《あい》するお父《とう》さんがみっともなく見《み》えるのがたえられない。

お父《とう》さんが泣《な》きだして、本心《ほんしん》がわかった。わたしだって気持《きも》ちよくむかえてやりたいが、きみたちはお母《かあ》さんだけではなくわたしの同意《どうい》も求《もと》めるべきじゃないか？　自分《じぶん》の家《いえ》なのに、どうでもいい人間《にんげん》扱《あつか》いされているみたいだ。

「ぼく、どうでもいいなんて思《おも》ってないよ」トゥートルズがすぐにいった。

「カーリーは、どうでもいいと思《おも》う？」

「ううん、思《おも》わない。スライトリーは？」

「とんでもない。ふたごは？」

男《おとこ》の子《こ》たちのだれも、お父《とう》さんのことをどうでもいいなんて思《おも》ってなかった。お父《とう》さんはすっかり気《き》をよくして、応接間《おうせつま》にみんなが入《はい》れるスペースがあるかどうか見《み》てやろうといった。

「きっと入《はい》れます」みんなはきっぱりいった。

「では、リーダーのわたしにつづけ！」

お父《とう》さんは陽気《ようき》にいった。

「いいか、うちに応接間《おうせつま》があってもなくても、あるフリをするんだ。さあ、行《い》くぞ！」

お父《とう》さんは家《いえ》のなかを踊《おど》りながら進《すす》んだ。

みんな、「さあ、行《い》くぞ！」と叫《さけ》んで踊《おど》りながら、お父《とう》さんのあとについていった。応《おう》接間《せつま》が見《み》つかったかどうかはともかく、いろいろスペースを見《み》つけたので、みんなうまくおさまった。

ピーターはといえば、飛《と》んでいってしまう前《まえ》に、もう一度《いちど》ウェンディに会《あ》った。窓辺《まどべ》まで来《き》たわけではなく、通《とお》りがかりにわざと窓《まど》をかすった。ウェンディが窓《まど》をあけて呼《よ》び入《い》れてくれるのを期待《きたい》しているみたいに。そして、ウェンディは窓《まど》をあけた。

「やあ、ウェンディ、さようなら」

「えっ、まさか、行《い》っちゃうの？」

「うん」

「ねえ、ピーター」ウェンディが口《くち》ごもりながらいう。

「あたしのパパやママにステキな話《はなし》をしてくれない？」

「ううん」

「あたしの話《はなし》は？」

「ううん」

お母《かあ》さんが窓《まど》のほうへやってきた。ウェンディを見張《みは》るようになっていたからだ。ほかの男《おとこ》の子《こ》たちみたいにあなたもうちの子《こ》にしたいわ、とお母《かあ》さんはピーターにいった。

「学校《がっこう》へ通《かよ》わせるつもり？」ピーターがすかさずきいた。

「ええ」

「それから、会社《かいしゃ》にも？」

「たぶん」

「そのうち大人《おとな》にならなくちゃいけない？」

「そのうちね」

「ぼくは学校《がっこう》なんか行《い》きたくないし、まじめくさったことなんか勉強《べんきょう》したくない」

ピーターはムキになっていった。

「大人《おとな》になんかなりたくない。ああ、ウェンディのお母《かあ》さん、ぼく、目《め》が覚《さ》めてひげなんて生《は》えてたら、ぜったいイヤだよ！」

「ピーター」

ウェンディがなぐさめるようにいう。

「あたし、ひげのあるあなたも好《す》きよ」

お母《かあ》さんが差《さ》しのべる手《て》を、ピーターははねつけた。

「近《ちか》づかないで。だれもぼくをつかまえて、大人《おとな》になんかできっこないんだ」

「でも、どこで暮《く》らすつもりなの？」

「ウェンディのためにたてた家《いえ》があるから、そこでティンクといっしょに暮《く》らすよ。妖精《ようせい》たちがあの家《いえ》を、自分《じぶん》が寝《ね》る木《き》のてっぺんまで運《はこ》んでくれることになってるから」

「わあ、ステキ」

うっとりするウェンディの腕《うで》を、お母《かあ》さんはしっかりつかんだ。

「妖精《ようせい》はもうどこにもいないのかと思《おも》ってたわ」お母《かあ》さんがいう。

「若《わか》い妖精《ようせい》がいつだってたくさんいるのよ」

ウェンディが説明《せつめい》した。もうすっかり妖精《ようせい》の専門家《せんもんか》だ。

「赤《あか》ちゃんが最初《さいしょ》に笑《わら》ったときに妖精《ようせい》が生《う》まれるの。いつもあたらしい赤《あか》ちゃんがいるから、あたらしい妖精《ようせい》もいるの。木《き》のてっぺんで暮《く》らしてて、ふじ色《いろ》なのが男《おとこ》の子《こ》で、白《しろ》いのが女《おんな》の子《こ》。あと、青《あお》い子《こ》がちょっとおバカさんで、自分《じぶん》がどっちかまだわかってないの」

「楽《たの》しいだろうなあ」

ピーターは、ウェンディにウインクをした。

「夜《よる》はさみしそうね。火《ひ》のそばにぽつんとすわってるんでしょ」ウェンディがいう。

「ティンクがいる」

「ティンクなんかちっとも役《やく》に立《た》たないわ」ウェンディがキツくいう。

「なんなの？　かげでコソコソいっちゃって！」

どこかのすみっこからティンクが叫《さけ》ぶ。

「役《やく》に立《た》たなくたっていいさ」ピーターがいう。

「ダメよ、そんなの。ダメに決《き》まってるでしょ」

「じゃあいっしょに、あの小《ちい》さな家《いえ》に行《い》こうよ」

「行《い》ってもいい、ママ？」

「ダメよ。やっと帰《かえ》ってきたのに」

「でも、ピーターにはお母《かあ》さんが必要《ひつよう》なの」

「あなたにも必要《ひつよう》よ、ウェンディ」

「もういいよ」

ただの社交辞令《しゃこうじれい》だった、みたいにピーターがいった。そのくせ、口《くち》もとがひきつってる。

そんなピーターを見《み》て、お母《かあ》さんは気前《きまえ》のいい提案《ていあん》をした。毎年《まいとし》、春《はる》のあいだの一週間《いっしゅうかん》、大《おお》そうじをしにウェンディをピーターのところへ行《い》かせてあげるわ、と。

ウェンディは、一週間《いっしゅうかん》なんて短《みじか》すぎるし、春《はる》なんてまだまだ先《さき》じゃない、と思《おも》った。

でも、この約束《やくそく》のおかげで、ピーターはすっかり元気《げんき》をとりもどした。ピーターには時《じ》間《かん》の感覚《かんかく》がない。それに、いっぱい冒険《ぼうけん》をしてきているから、今回《こんかい》のことなんてほんのささいな冒険《ぼうけん》にすぎない。ウェンディはそこに気《き》づいたらしく、最後《さいご》にピーターに、どことなくさみしい言葉《ことば》をかけた。

「あたしのこと、春《はる》の大《おお》そうじのときまで忘《わす》れちゃダメよ。」

もちろん、ピーターは約束《やくそく》した。それから飛《と》んでいった。

ピーターはお母《かあ》さんからキスをもらっていった。いままでだれももらえなかったお母《かあ》さんのキスを、いともかんたんにもらった。不思議《ふしぎ》だけど、お母《かあ》さんは満足《まんぞく》そうだった。

男《おとこ》の子《こ》はもちろんみんな、学校《がっこう》へ通《かよ》った。第一《だいいち》クラスがいちばん上《うえ》で、たいていの子《こ》は第三《だいさん》クラスに入《はい》ったけど、スライトリーだけ、はじめ第四《だいよん》クラスに入《い》れられ、あとで第五《だいご》クラスに落《お》とされた。一週間《いっしゅうかん》も通《かよ》わないうちに、島《しま》を出《で》てくるなんてバカだったな、とみんな思《おも》った。でも、もう手遅《ておく》れだ。しばらくすると、どこにでもいるふつうの子《こ》になった。残念《ざんねん》ながら、飛《と》ぶ力《ちから》もだんだんとなくなっていった。はじめのうちは、夜《よる》になるとナナに足《あし》をベッドの柱《はしら》にくくりつけられて飛《と》んでいかないようにされたし、ふざけて乗《の》りものから落《お》っこちるまねをして遊《あそ》んだけど、そのうち、しばられた足《あし》を引《ひ》っぱるのはやめ、バスから飛《と》びおりるとけがをするとわかった。やがて、なげた帽子《ぼうし》のあとを飛《と》んで追《お》いかけることもできなくなった。練習不足《れんしゅうぶそく》だね、と男《おとこ》の子《こ》たちはいいあった。でもほんとはもう、飛《と》べるなんて信《しん》じられなくなっていた。

マイケルはひとりでいつまでも信《しん》じていたので、みんなからよくからかわれた。一年《いちねん》たってピーターがウェンディをむかえにきたときも、マイケルはウェンディといっしょにいた。ウェンディは、ネバーランドにいたときに木《こ》の葉《は》と木《き》イチゴでつくったワンピースを着《き》て、ピーターといっしょに飛《と》んでいった。どうしよう、服《ふく》の丈《たけ》が短《みじか》くなったことに気《き》づかれちゃったらイヤだわ。でも、よかった、ピーターったらぜんぜん気《き》づいてないみたい。夢中《むちゅう》になって、自分《じぶん》の話《はなし》ばっかりしてるし。

ウェンディは、むかしの冒険話《ぼうけんばなし》をするのを楽《たの》しみにしていた。だけどピーターの頭《あたま》のなかはあたらしい冒険《ぼうけん》でいっぱいで、古《ふる》い冒険《ぼうけん》のことはけろっと忘《わす》れていた。

「フック船長《せんちょう》ってだれ？」

ウェンディがいちばんの強敵《きょうてき》の話《はなし》をもちだしたのに、ピーターはきょとんとしている。

「えっ、覚《おぼ》えてないの？」

ウェンディはびっくりした。

「あなたがフック船長《せんちょう》を殺《ころ》して、あたしたちの命《いのち》を救《すく》ってくれたのに」

「殺《ころ》したら忘《わす》れちゃうから」

ピーターはあっけらかんとしている。

ティンカーベルはあたしに会《あ》って喜《よろこ》んでくれるかな、と不安《ふあん》を打《う》ちあけると、ピーターはいった。

「ティンカーベルってだれ？」

「もう、ピーターったら！」

ウェンディはショックを受《う》けた。説明《せつめい》してあげても、ピーターは思《おも》い出《だ》せない。

「妖精《ようせい》っていっぱいいるから。その子《こ》、もういないんじゃないかな」

ピーターのいうとおりで、妖精《ようせい》は長生《ながい》きしない。けれど、からだが小《ちい》さいから、短《みじか》い時間《じかん》でも本人《ほんにん》たちにはじゅうぶん長《なが》く感《かん》じられるらしい。

この一年《いちねん》をピーターが一日《いちにち》ぶんくらいにしか思《おも》っていないことに、ウェンディは悲《かな》しくなった。待《ま》っていたウェンディにしてみたら、ものすごく長《なが》い一年《いちねん》だったのに。でも、ピーターを見《み》てるとやっぱり胸《むね》がドキドキする。ふたりは木《き》のてっぺんにある小《ちい》さな家《いえ》で、楽《たの》しく春《はる》の大《おお》そうじをした。


つぎの年《とし》、ピーターはむかえに来《こ》なかった。ウェンディは、古《ふる》いワンピースがどうにも小《ちい》さくなっていたから、あたらしい服《ふく》を着《き》て待《ま》っていたけれど、ピーターは来《こ》なかった。

「きっと病気《びょうき》なんだよ」マイケルがいった。

「ピーターが病気《びょうき》にならないの、知《し》ってるでしょ」

マイケルがふるえながら耳《みみ》もとでささやいた。

「ウェンディ、ピーターなんて子《こ》、ホントはいないのかも！」

そのときマイケルが泣《な》いてなかったら、ウェンディが泣《な》いていただろう。

ピーターはつぎの春《はる》はやってきた。前《まえ》の年《とし》にすっぽかしたことなんかまったく気《き》づいてないからびっくりだ。

ウェンディが子《こ》ども時代《じだい》にピーターと会《あ》ったのは、それが最後《さいご》だった。しばらくウェンディは、成長《せいちょう》しないように努力《どりょく》していた。常識《じょうしき》テストで賞《しょう》をもらっても、ピーターを裏切《うらぎ》ってるみたいな気《き》がする。でも何年《なんねん》たっても、ピーターはのんきなもので、やってこない。そのつぎに会《あ》ったとき、ウェンディは結婚《けっこん》していた。もうピーターのことなんて、むかしのおもちゃ箱《ばこ》のなかの小《ちい》さなほこりくらいにしか思《おも》わなくなっていた。ウェンディは大人《おとな》になっていた。もともと、大人《おとな》になりたいって思《おも》うタイプだった。結局《けっきょく》ウェンディは、自《じ》分《ぶん》から進《すす》んでほかの女《おんな》の子《こ》より一日早《いちにちはや》く大人《おとな》になった。

このころには、男《おとこ》の子《こ》たちも大人《おとな》になって、どこにでもいるふつうの人間《にんげん》になっていたから、とりたてておもしろい話《はなし》はない。ふたご、ニブス、カーリーは、それぞれ小《ちい》さいかばんと傘《かさ》をもって会社《かいしゃ》へ毎日通《まいにちかよ》っている。マイケルは機関車《きかんしゃ》の運転士《うんてんし》になった。スライトリーは、貴族《きぞく》の令嬢《れいじょう》と結婚《けっこん》して貴族《きぞく》になった。鉄《てつ》の扉《とびら》から出《で》てくるかつらをつけた裁判官《さいばんかん》は、大人《おとな》になったトゥートルズだ。自分《じぶん》の子《こ》どもたちにきかせるお話《はなし》をなんにも知《し》らないあごひげのおじさんが、ジョンだ。

ウェンディは、ウエディングドレスにピンクのサッシュベルトを巻《ま》いて結婚《けっこん》した。ピーターが教会《きょうかい》におりてきて、結婚《けっこん》に異議《いぎ》を申《もう》し立《た》てなかった理由《りゆう》は不明《ふめい》だ。

また何年《なんねん》かすぎて、ウェンディに女《おんな》の子《こ》が生《う》まれた。

名前《なまえ》はジェーン。いつでも何《なに》かしらききたいことがありそうな顔《かお》をしている。生《う》まれた瞬間《しゅんかん》から質問《しつもん》をしたがっているみたいだった。大《おお》きくなってちゃんと質問《しつもん》できるようになると、ジェーンはピーターパンのことばかりきいた。ピーターの話《はなし》が大《だい》のお気《き》に入《い》りで、ウェンディは思《おも》い出《だ》せるかぎり話《はな》してきかせた。ジェーンの子《こ》ども部屋《べや》は、むかしウェンディたちが空《そら》に飛《と》んでいったときにいた部屋《へや》だ。ウェンディのお父《とう》さんが階段《かいだん》ののぼりおりがおっくうになってきたので、ジェーンのお父《とう》さんがその家《いえ》を三《さん》パーセントの利子《りし》で分《ぶん》割払《かつばら》いで買《か》った。ウェンディのお母《かあ》さんは亡《な》くなっていた。

子《こ》ども部屋《べや》には、ベッドがふたつしかなかった。ジェーンと乳母《うば》のベッドだ。犬小屋《いぬごや》もない。ナナも老衰《ろうすい》でこの世《よ》からいなくなっていた。最後《さいご》のほうはかなり気《き》むずかしくなって、自分以外《じぶんいがい》だれも子《こ》どもの世話《せわ》をわかってない、と思《おも》いこんでいた。

週《しゅう》に一度《いちど》、乳母《うば》が休《やす》みをとるので、ウェンディがジェーンを寝《ね》かしつける。お話《はなし》の時間《じかん》だ。ジェーンの思《おも》いつきで、シーツをお母《かあ》さんと自分《じぶん》の頭《あたま》にすっぽりかぶせてテントごっこをした。そして、おそろしい真《ま》っ暗《くら》やみのなかでささやいた。

「何《なに》が見《み》える？」

「今夜《こんや》はなんにも見《み》えないわ」

ナナがいたら、これ以上《いじょう》お話《はな》ししちゃいけませんっていうだろうなと思《おも》いながら、ウェンディはいった。

「ううん、見《み》える。ママの小《ちい》さいときが見《み》える」ジェーンがいう。

「ずっとむかしのことよ、ジェーン。時間《じかん》って、飛《と》ぶようにすぎるのね！」

「時間《じかん》って飛《と》ぶの？　ママが小《ちい》さいとき飛《と》んだみたいに？」すかさずきいてくる。

「ママが飛《と》んだ？　ねえ、ジェーン。ママはときどき、ほんとうに飛《と》んだのかどうかわからなくなるの」

「飛《と》んだよ」

「なつかしいわ！」

「どうしていまは飛《と》べないの、ママ？」

「大人《おとな》になったから。大人《おとな》になると、飛《と》び方《かた》を忘《わす》れちゃうの」

「どうして忘《わす》れちゃうの？」

「陽気《ようき》でも無邪気《むじゃき》でも生意気《なまいき》でもなくなるからよ。飛《と》べるのは、陽気《ようき》で無邪気《むじゃき》で生意気《なまいき》な子《こ》だけなの」

「陽気《ようき》で無邪気《むじゃき》で生意気《なまいき》な子《こ》って、どんな子《こ》？　あたしも、陽気《ようき》で無邪気《むじゃき》で生意気《なまいき》な子《こ》になりたい」

ウェンディはたまに、小《ちい》さいときが見《み》えると答《こた》えるときもある。

「そうね、あれはきっと、この子《こ》ども部屋《べや》だわ！」

「うん、そうだよ！　お話《はなし》をつづけて」ジェーンがいう。

こうしてふたりは、あの夜《よる》の大冒険《だいぼうけん》にのりだす。ピーターが影《かげ》を探《さが》しに飛《と》びこんできた夜《よる》だ。

「あのおバカさんったら、石《せっ》けんで影《かげ》をくっつけようとしていたの。うまくいかなくて、えんえん泣《な》いちゃってね。その声《こえ》でママは目《め》を覚《さ》まして、影《かげ》を縫《ぬ》いつけてあげたの」

「ひとつ抜《ぬ》けてるよ」

ジェーンが突《つ》っこむ。もう、お母《かあ》さんより話《はなし》をしっかり覚《おぼ》えている。

「床《ゆか》にすわって泣《な》いてるピーターを見《み》て、ママはなんていったの？」

「『どうして泣《な》いてるの？』っていったわ」

「そう、それ」

ジェーンはすーっと息《いき》を吸《す》った。

「それからピーターに飛《と》び方《かた》を教《おし》えてもらって、ネバーランドへ行《い》ったの。ネバーランドには妖精《ようせい》と海賊《かいぞく》とピカニニ族《ぞく》がいて、人魚《にんぎょ》の入《い》り江《え》と地下《ちか》の家《いえ》と小《ちい》さな家《いえ》があるのよ」

「そうそう！　ねえ、ママはどれがいちばん好《す》きだった？」

「そうねえ、地下《ちか》の家《いえ》かしらね」

「あたしもだよ。ピーターは最後《さいご》にママになんていったの？」

「『ずっと待《ま》っててね。そうすれば、またいつかの夜《よる》、ぼくがコケコッコーって鳴《な》く声《こえ》がきこえてくるから』」

「うん、そう！」

「でもね、残念《ざんねん》だけど、ピーターったらママのこと、すっかり忘《わす》れちゃったのよ」

ウェンディはそんなことを笑《わら》っていえるくらい大人《おとな》になっていた。

「コケコッコーって、どんなふうだった？」

ある夜《よ》、ジェーンはきいた。

「こんなふうよ」

ウェンディはピーターのコケコッコーのまねをした。

「ううん、ちがう。こんなふうだよ」ジェーンは大《おお》まじめにいった。

ウェンディよりずっとうまく鳴《な》いてみせる。

ウェンディはドキッとした。

「まあ、ジェーン、なんで知《し》ってるの？」

「眠《ねむ》ってるときによくきこえてくるから」

「ああ、そうね、眠《ねむ》ってるときにきく女《おんな》の子《こ》はおおぜいいるらしいわね。でも、起《お》きているときにきいたのはママだけよ」

「ママってラッキーだね！」

そしてある夜《よる》、悲劇《ひげき》が起《お》こった。その年《とし》の春《はる》、夜《よる》のお話《はなし》がすっかり終《お》わって、ジェーンはベッドでもう眠《ねむ》っていた。子《こ》ども部屋《べや》には、暖炉《だんろ》の火《ひ》しか明《あ》かりがなかったので、ウェンディはつくろいものをしようと暖炉《だんろ》のそばの床《ゆか》にすわった。すると、コケコッコーという声《こえ》がきこえてきた。そして窓《まど》が、むかしのように風《かぜ》でぱっとひらいて、ピーターが床《ゆか》におりたった。

ピーターはむかしとちっとも変《か》わってない。あいかわらず、ぜんぶ乳歯《にゅうし》のままだ。

ピーターは小《ちい》さな男《おとこ》の子《こ》で、ウェンディは大人《おとな》だ。ウェンディは暖炉《だんろ》の前《まえ》で縮《ちぢ》こまったまま、動《うご》く勇気《ゆうき》も出《で》ない。どうしていいかわからず、うしろめたい気持《きも》ちでいっぱいになった。すっかり大人《おとな》になっていたから。

「やあ、ウェンディ」ピーターがいった。

ウェンディがどれだけ変《か》わったか、これっぽっちも気《き》づいてないらしい。なにしろピーターは、自分《じぶん》のことしか頭《あたま》にないからだ。それとも、明《あ》かりが暗《くら》いからウェンディの白《しろ》いドレスがはじめて会《あ》ったときに着《き》ていたネグリジェに見《み》えたのかもしれない。

「こんばんは、ピーター」

かぼそい声《こえ》でこたえて、からだをできるだけ小《ちい》さく見《み》せようとした。心《こころ》のなかで、何《なに》かが叫《さけ》んでいた。

「大人《おとな》のわたし、お願《ねが》いだからいなくなって」

「あれ、ジョンはどこ?」

ベッドがひとつ足《た》りないことに気《き》づいて、ピーターがきく。

「ジョンはもうここにいないの」

ウェンディは声《こえ》をつまらせた。

「マイケルは寝《ね》てるの?」

ピーターがちらっとジェーンを見《み》る。

「ええ」

ウェンディは答《こた》えたけど、ピーターだけじゃなくジェーンも裏切《うらぎ》っている気《き》がした。

「ううん、ちがうの。マイケルじゃないの」

神《かみ》さまのばちがあたらないように、急《いそ》いでいいなおした。

ピーターはじっと見《み》つめている。

「へーえ、あたらしい子《こ》？」

「ええ」

「男《おとこ》の子《こ》？　女《おんな》の子《こ》？」

「女《おんな》の子《こ》よ」

これでピーターもわかってくれるはずと思《おも》ったら、これっぽっちもわかってなかった。

「ピーター」

ウェンディはためらいながらきいた。

「わたしを連《つ》れて飛《と》んでいくつもり？」

「もちろんさ。そのために来《き》たんだから」

ちょっと口調《くちょう》が厳《きび》しくなる。

「春《はる》の大《おお》そうじの時期《じき》ってこと、忘《わす》れちゃった？」

何度《なんど》もすっぽかしたくせに、なんていまさらいってもしかたがない。

「わたし、行《い》けない」

ごめんね、ピーター。

「飛《と》び方《かた》を忘《わす》れてしまったの」

「また教《おし》えてあげるよ」

「ダメよ、ピーター、わたしに妖精《ようせい》の粉《こな》をかけてもむだになるだけよ」

ウェンディが立《た》ちあがると、はじめてピーターは心配《しんぱい》になってきた。

「どうしたんだ？」あせってたずねる。

「部屋《へや》を明《あか》るくするわね。自分《じぶん》の目《め》でたしかめて」

ピーターがおびえるなんて、あとにも先《さき》にもこのときだけだった。

「明《あか》るくしないで！」ピーターは叫《さけ》んだ。

ウェンディは、ピーターの髪《かみ》をなでてあげた。もう、ピーターのことで胸《むね》を痛《いた》める小《ちい》さい女《おんな》の子《こ》じゃない。大人《おとな》の女性《じょせい》だ。すべてほほ笑《え》みで受《う》けとめられる。涙《なみだ》にぬれたほほ笑《え》みだけど。

ウェンディが明《あ》かりをつけたとたん、ピーターにはわかった。苦《くる》しくなって、うめき声《ごえ》をあげた。背《せ》の高《たか》いうつくしい女《おんな》の人《ひと》がかがみこんで、自分《じぶん》を抱《だ》きあげようとしている。

ピーターは、ぱっとうしろにさがった。

「どうしたんだ？」また叫《さけ》んだ。

もう話《はな》すしかない。

「わたし、年《とし》をとったのよ、ピーター。二十歳《はたち》をとっくにすぎてるの。ずっと前《まえ》に大人《おとな》になったのよ」

「大人《おとな》になんかならないって約束《やくそく》したじゃないか！」

「しかたなかったの。結婚《けっこん》もしてるのよ」

「ウソだ」

「ほんとうよ、そこで眠《ねむ》ってる女《おんな》の子《こ》は、わたしの子《こ》なの」

「ウソだ、そんなはずないよ」

でも、ほんとうなんだろうな、とピーターは思《おも》った。そして、眠《ねむ》っている子《こ》どものほうへ一歩《いっぽ》近《ちか》づいて、短剣《たんけん》を振《ふ》りかざした。もちろん、刺《さ》したりはしないで、床《ゆか》にすわりこんで泣《な》きじゃくった。ウェンディは、どうやってなぐさめたらいいかわからなかった。むかしはかんたんだったのに。いまはただの大人《おとな》になっちゃった。頭《あたま》を冷《ひ》やしたくて、部屋《へや》からかけだしていった。

ピーターは泣《な》きつづけた。そのうち、泣《な》き声《ごえ》でジェーンが目《め》を覚《さ》ました。ジェーンはベッドに起《お》きあがると、興味《きょうみ》しんしんで目《め》をかがやかせた。

「ねえねえ、なんで泣《な》いてるの？」

ピーターが立《た》ちあがってお辞儀《じぎ》をしたので、ジェーンもベッドの上《うえ》でお辞儀《じぎ》を返《かえ》した。

「こんばんは」

「こんばんは」

「ぼく、ピーター・パンっていうんだ」

「うん、知《し》ってる」

「お母《かあ》さんをむかえにきたんだ。ネバーランドに連《つ》れていこうと思《おも》って」

「うん、知《し》ってる。あたし、ずっと待《ま》ってたの」

ウェンディがおそるおそるもどってみると、ピーターはベッドの柱《はしら》にすわって、楽《たの》しそうにコケコッコーと鳴《な》いていた。ジェーンのほうは、部屋《へや》を飛《と》びまわってはしゃいでいる。

「この子《こ》がぼくのお母《かあ》さんになるんだ」

ピーターが説明《せつめい》すると、ジェーンは床《ゆか》におりてピーターの横《よこ》に立《た》った。ジェーンの顔《かお》には、ピーターが女《おんな》の人《ひと》に期待《きたい》しているあこがれの表情《ひょうじょう》が浮《う》かんでいる。

「ピーターにはお母《かあ》さんが必要《ひつよう》なの」ジェーンがいった。

「ええ、知《し》ってる」

ウェンディは少《すこ》しさみしそうにいった。

「そんなの、わたしがいちばんわかってる」

「さようなら」

ピーターがウェンディにあいさつした。

ピーターが空中《くうちゅう》に舞《ま》いあがる。ジェーンもためらいもなく、いっしょにふわりと浮《う》かんだ。もう歩《ある》くより飛《と》ぶほうがラクみたいだ。

ウェンディは窓《まど》にかけよった。

「ダメ、行《い》っちゃダメよ！」声《こえ》をはりあげてとめる。

「春《はる》の大《おお》そうじのときだけ。あたしにやってほしいんだって」ジェーンがいう。

「いっしょに行《い》けたらいいのに！」

ウェンディはため息《いき》をついた。

「だってママ、飛《と》べないんでしょ」

もちろん、けっきょくウェンディは、ふたりを飛《と》んでいかせた。窓辺《まどべ》に立《た》って、空《そら》の向《む》こうに遠《とお》ざかって星《ほし》のように小《ちい》さくなるふたりを、ウェンディはいつまでも見送《みおく》った。


ウェンディはいまごろ、髪《かみ》が白《しろ》くなりはじめ、背《せ》がまた縮《ちぢ》んでいるかもしれない。こういうのはみんな、ずっとむかしの話《はなし》だから。ジェーンもふつうの大人《おとな》になって、マーガレットという娘《むすめ》がいる。毎年《まいとし》、春《はる》の大《おお》そうじのときには、ピーターが忘《わす》れてなければマーガレットをネバーランドに連《つ》れていく。ピーターは、マーガレットから、自分《じぶん》がむかしした冒険《ぼうけん》の話《はなし》をきかせてもらうと、目《め》をきらきらさせてきいる。マーガレットが大人《おとな》になったら、また女《おんな》の子《こ》が生《う》まれるだろう。すると、こんどはその子《こ》がピーターパンのお母《かあ》さんになる。こうして、いつまでもつづいていく。子《こ》どもたちが、陽気《ようき》で無邪気《むじゃき》で生意気《なまいき》であるかぎり。

〈完《かん》〉

訳者《やくしゃ》あとがき

代田亜香子《だいたあかこ》

アニメーションやミュージカルやディズニーランドのアトラクションで有名《ゆうめい》な『ピーターパン』ですが、じっさいに本《ほん》で物語《ものがたり》を読《よ》んだ経験《けいけん》のある人《ひと》は、意外《いがい》に少《すく》ないのではないでしょうか。夜空《よぞら》を子《こ》どもたちが飛《と》んだり、妖精《ようせい》のティンカーベルがキラキラ光《ひかり》を放《はな》ちながらピーターの肩《かた》にとまっていたり、海賊《かいぞく》と戦《たたか》ったり、ワニが大《おお》きな口《くち》をあけて待《ま》ちかまえていたりといったシーンが一度見《いちどみ》ただけでも目《め》に焼《や》きつきますが、くわしいお話《はなし》はあまり知《し》られていないのではないかと思《おも》います。こんなに多《おお》くの人《ひと》に長《なが》いあいだ愛《あい》されてきた傑作《けっさく》ですから、原作《げんさく》を読《よ》んでちゃんとしたストーリーを知《し》ったら、アニメーションもミュージカルもディズニーランドも、さらに楽《たの》しめるはずです。

この物語《ものがたり》は、作者《さくしゃ》ジェームズ・M《エム》・バリーが一九〇二年《ねん》に本《ほん》にしたものに何度《なんど》か筆《ふで》を加《くわ》えたのち、一九一一年《ねん》に“Peter《ピーター》 and《アンド》 Wendy《ウェンディ》”というタイトルで出版《しゅっぱん》したものです。そのとき、最終章《さいしゅうしょう》の「ウェンディが大人《おとな》になったとき」が書《か》き加《くわ》えられました。

　有名《ゆうめい》な登場人物《とうじょうじんぶつ》以外《いがい》にも、この物語《ものがたり》にはおもしろいキャラクターがたくさん出《で》てきます。「ハゲてさえいなかったら子《こ》どもみたいな」お父《とう》さん、なんでも受《う》け入《い》れてしまうちょっと天然《てんねん》なお母《かあ》さん、生真面目《きまじめ》でよく気《き》がつく犬《いぬ》のナナといった、ネバーランドの住人《じゅうにん》ではないキャラクターもとても味《あじ》わい深《ぶか》く、愛《あい》すべき存在《そんざい》です。ファンタジー作品《さくひん》なので、現《げん》実世界《じっせかい》に住《す》むキャラクターたちも、キスをくちびるにちょこんとつけていたり、ちょん切《ぎ》れた影《かげ》を引《ひ》き出《だ》しにしまったり、犬小屋《いぬごや》に入《はい》ったまま出勤《しゅっきん》したり、ふしぎな行動《こうどう》をとるのですが、それがとてもユーモラスに描《えが》かれています。

　そして、だれもが知《し》っているキャラクターは、いうまでもなく魅力的《みりょくてき》です。ピーターパンは、無邪気《むじゃき》で生意気《なまいき》でうぬぼれていて、それなのに胸《むね》が思《おも》わずきゅんとしてしまう魅力《みりょく》があります。フック船長《せんちょう》は、極悪非道《ごくあくひどう》でイケメンで、礼儀正《れいぎただ》しさを何《なに》よりも重《おも》んじる気品《きひん》ただようジェントルマンですが、子《こ》ども時代《じだい》を思《おも》いだして涙《なみだ》ぐむような純真《じゅんしん》な心《こころ》をもっている、愛《あい》すべき悪役《あくやく》です。

　インターネットで「ピーターパン」と検索《けんさく》すると、それに続《つづ》いて「シンドローム」とか

「症候群《しょうこうぐん》」という言葉《ことば》が出《で》てきます。「ピーターパンシンドローム」は一九八三年《ねん》にアメリカの心理学者《しんりがくしゃ》が書《か》いた本《ほん》のタイトル（“The Peter Pan Syndrome《ザ ピーター パン シンドローム》”）で、いつまでも子《こ》どものままでいたいと願《ねが》う大人《おとな》の心理状態《しんりじょうたい》をあらわした表現《ひょうげん》です。でも、この物語《ものがたり》に出《で》てくるピーターパンは、強《つよ》い信念《しんねん》のもとにあえて大人《おとな》にならないと決心《けっしん》していて、姿《すがた》かたちもほんとうに子《こ》どものままなのです。まわりがみんな大人《おとな》になってしまったら、とうぜんとり残《のこ》されてさみしい思《おも》いをするはずですが、ピーターはビックリするくらい忘《わす》れっぽいので、すぐに立《た》ち直《なお》ってしまうようです。だから、ウェンディが大人《おとな》になっても、ウェンディの娘《むすめ》が大人《おとな》になっても、ずっとずっと、この物語《ものがたり》は続《つづ》いていきます。

　見聞《みき》きして知《し》っているのと、じっさいに読《よ》むのとでは印象《いんしょう》がちがうのとおなじように、子《こ》どものころに読《よ》むのと、大人《おとな》になってから読《よ》むのとでは、ちがった感想《かんそう》をもつのではないかと思《おも》います。もちろん大人《おとな》になってから読《よ》んでも楽《たの》しめますが、そのちがいに気《き》づくためにも、ティーンエイジャーのうちに一度《いちど》は読《よ》んでおきたい作品《さくひん》です。読《よ》むたびに以前《いぜん》は気《き》づかなかったあたらしい視点《してん》が生《う》まれるような、そのときに自分《じぶん》をとりまく状況《じょうきょう》や年《ねん》代《だい》によってちがう感想《かんそう》が生《う》まれてくるような、ふしぎで奥《おく》の深《ふか》い作品《さくひん》です。わくわくする空《そら》の旅《たび》をいっしょにしている気分《きぶん》で読《よ》んだり、ピーターの心《こころ》に寄《よ》り添《そ》って深《ふか》く考《かんが》えてみたり、ウェンディとティンカーベルの女子《じょし》の争《あらそ》いを楽《たの》しんだり、いろんな読《よ》み方《かた》ができます。さすがは一世紀以上《いっせいきいじょう》も読《よ》み継《つ》がれてきただけのことはある、すばらしい作品《さくひん》です。

この作品《さくひん》を訳《やく》すにあたっては、たくさんの人《ひと》にお世話《せわ》になりました。英語《えいご》から日本語《にほんご》に訳《やく》したり調《しら》べものをしたりするのをお手《て》つだいしてくださった岸本智恵《きしもとちえ》さん、二木夢子《ふたきゆめこ》さん、若松陽子《わかまつようこ》さん、ネバーランドではしゃぐ子《こ》どもにもどったような楽《たの》しい雰囲気《ふんいき》のなかで訳文《やくぶん》の細《こま》かい相談《そうだん》にのってくださった編集《へんしゅう》の杉浦宏依《すぎうらひろい》さんに、心《こころ》から感謝《かんしゃ》します。

ピーター・パンといっしょに、ふしぎで胸《むね》がわくわくする空《そら》の旅《たび》をしてください。

Shogakukan Junior Bunko

★小学館ジュニア文庫★
ピーターパン

2017年12月25日　初版第1刷発行

作／J.M.バリー
訳／代田亜香子
絵／日本アニメーション

発行人／立川義剛
編集人／吉田憲生
編集／杉浦宏依

発行所／株式会社　小学館
〒101-8001　東京都千代田区一ツ橋2－3－1
電話　編集　03-3230-5105
販売　03-5281-3555

印刷・製本／大日本印刷株式会社

翻訳協力／岸本智恵・二木夢子・若松陽子

デザイン／クマガイグラフィックス

編集協力／辻本幸路

Printed in Japan　ISBN 978-4-09-231202-9